기암관의 살인

기암관의 살인

살인

다카노 유시 지음

송현정 옮김

차례

기암관의 살인 등장인물 소개

사토 미스터리를 좋아하는 사람을 대상으로 모집한 기묘한 아르바이트에 붙게 된 청년으로 이 소설을 이끌어가는 화자 중 한 사람이다. 이 게임에서는 기암관 주인인 미에이도 사다하루와 여행 중에 만나 초대받은 여행객 역할을 맡았다. 유일하게 친근감을 느끼던 도쿠나가가 사라지자 그를 찾아 나섰다가 이 이상한 게임에 참가하게 된다.

도쿠나가 사토와 처지가 서로 비슷하여 유일하게 대화를 나눴던 일용직 청년. 그러나 사적으로 만나는 '친구'라고 부를 사이까지는 아니었다. 얼마 전 '짭짤한 일거리'가 들어왔다며 사토에게 말한 후 실종되었다.

고엔마 기암관의 집사 역할을 맡았다. 실은 40대 중반의 '리얼 머더 미스터리' 게임 회사의 직원, 게임 진행을 총괄한다.

텐가와 레이타 미카이도 사다하루의 친우로 기암관에 초대받은 20대 후반의 남자, 둘은 마술부 동호회이며, 아마추어 마술사이자 본업은 청년 기업가이다.

선장 중년의 남자, 말수가 없다.

미카이도 사다하루 기암관의 주인, 아버지에게서 물려받은 굴지 기업 미카이도의 주인으로 현재는 여행 중 이다.

미카이도 시즈쿠 미카이도 사다하루의 딸이자, 사카키와 야마네를 초대한 미스터리 연구회 부원이다.

사카키 시즈쿠의 대학 선배이자, 같은 미스터리연구회의 일원이다. 안경을 쓴 이지적인 인상의 남자다.

야마네 시즈쿠의 대학 동기이자 미스터리연구회 일원이다. 음침한 분위기에 건강이 나빠 보이는 안색으로 티셔츠 너머로 배가 세 겹으로 접히는 체형의 남자다.

가모 히비코 30대 중반 여성, 엽기범죄학을 연구하는 연구원이다. 텐가와와 같은 배를 타고 왔으나 배 고장으로 우연히 이 저택에 머물게 된다. 어딘지 나사가 하나 빠진 듯한 사고방식과 태평한 말투로 믿음이 가지 않는다.

고사카 저택의 50대 여성 관리인이다.

마나베 저택의 요리사로 작년에 고용되어 기암관으로 왔다.

시라이 기암관 주인의 주치의다.

기리코

구죠 미야비

카

한자키

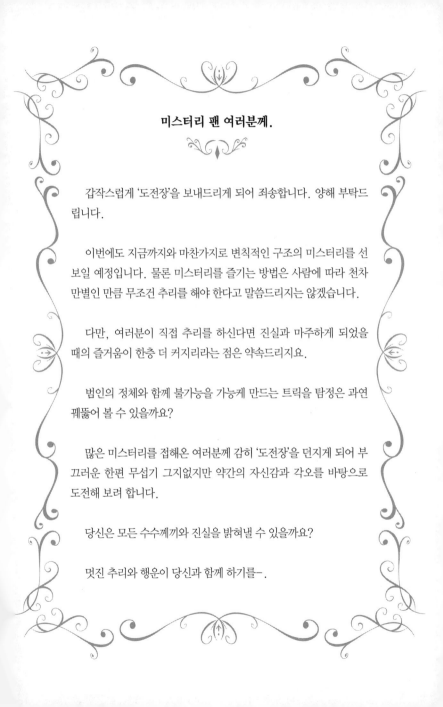

미스터리 팬 여러분께.

갑작스럽게 '도전장'을 보내드리게 되어 죄송합니다. 양해 부탁드
립니다.

이번에도 지금까지와 마찬가지로 변칙적인 구조의 미스터리를 선
보일 예정입니다. 물론 미스터리를 즐기는 방법은 사람에 따라 천차
만별인 만큼 무조건 추리를 해야 한다고 말씀드리지는 않겠습니다.

다만, 여러분이 직접 추리를 하신다면 진실과 마주하게 되었을
때의 즐거움이 한층 더 커지리라는 점은 약속드리지요.

범인의 정체와 함께 불가능을 가능케 만드는 트릭을 탐정은 과연
꿰뚫어 볼 수 있을까요?

많은 미스터리를 접해온 여러분께 감히 '도전장'을 던지게 되어 부
끄러운 한편 무섭기 그지없지만 약간의 자신감과 각오를 바탕으로
도전해 보려 합니다.

당신은 모든 수수께끼와 진실을 밝혀낼 수 있을까요?

멋진 추리와 행운이 당신과 함께 하기를-.

제 1 장

해결편

신부 복장의 남자가 빗물에 젖은 시체를 바라보고 있었다.

목 윗부분이 완전히 으깨져 파편들이 사방에 흩어져 있다.

봄이 시작될 무렵이라 다행이었다.

남자는 새삼 안도했다.

여름이었다면 벌써 악취를 내뿜기 시작했을 것이다. '탐정'이 사람들을 불러 모으기라도 했더라면 귀찮은 일이 벌어질 뻔했다. 그로테스크한 시체야 보지 않으면 그만이지만, 냄새는 어찌할 도리가 없다. 시체 냄새를 맡기만 해도 토하는 사람도 있으니.

섬 관계자 열세 명이 시체를 에워싸듯 모였다.

'탐정'의 설명이 시작되었다.

"우리는 줄곧 우시마츠 씨가 언제 탑에 올라갔을지에 대해서만 생각했습니다. 그런데 사실은 그것이야말로 범인의 계략이었습니다."

'탐정'이 눈앞의 첨탑을 올려다보았다.

원래 시계탑으로 만들어졌다는 '설정'으로 높이는 지상 7층 정도 되는 높이에 꼭대기까지는 계단과 엘리베이터로 올라갈 수 있다.

짓는데 꽤 많은 경비가 들었지만, 진행을 위해 꼭 필요한 심벌이니 어쩔 수 없었다.

절해고도에 우뚝 선 기다란 첨탑. 섬 밖에서 보면 께름칙한 분위기가 풍기는 것이 제법 그럴싸하다. 외딴섬을 무대로 삼은 가장 큰 이유는 경찰이 끼어들지 못하게 하기 위해서였지만, 분위기 조성에도 톡톡히 역할을 해주니 결과적으로 일석이조였다.

남자는 '탐정'의 이야기에 귀를 기울였다.

"경찰이 오지 못하는 이상, 사망 추정 시각은 여러분의 증언으로 추측할 수밖에 없었습니다. 그 결과, 우시마츠 씨가 탑에서 뛰어내린 건 어젯밤 새벽 3시경이었을 걸로 생각되었지요. 하지만 그 시각에 우시마츠 씨는 아직 살아있었습니다."

"그래도 우시마츠가 탑에서 뛰어내린 건 맞잖아? 그게 아니라면 이렇게 비참하게 죽었을 리가 없다고."

다쓰조가 이의를 제기하자 '탐정'은 마치 그런 말이 나올 걸 기다리기도 했다는 듯한 얼굴로 고개를 끄덕였다.

"맞습니다. 이렇게 완벽하게 머리가 으깨지려면 엄청난 충격이 필요하지요. 사람의 힘으로는 절대 불가능합니다. 하지만 탑에서 뛰어내리는 것 말고도 가능한 방법이 있습니다."

거들먹거리며 시간을 끌자, 사람들은 침을 꿀꺽 삼키며 '탐정'을 뚫어져라 쳐다보았다.

"사실 탑 위에서 떨어진 건 우시마츠 씨가 아니라 바로 흉기였던 것입니다."

"그게 무슨 소리야?"

도라키치가 소리쳤다.

표정이 영 어색하다. 다음에는 스태프로 돌려야지.

남자는 머릿속에 메모했다.

'탐정'은 아랑곳하지 않고 말을 이었다. 자신의 추리에 취해서 다른 건 신경 쓰이지 않는 눈치였다.

"탑 앞에서 보자는 연락을 받은 우시마츠 씨는 범인이 지정한 대로 입구 앞에서 기다리고 있었습니다. 자, 그러면 머리 위에는 뭐가 있었을까요?"

"창문이군… '천국의 방'의……."

도라키치가 깨달았다는 듯이 중얼거렸다.

천국의 방은 탑 꼭대기에 있는 방으로 동쪽으로 거대한 창문이 뚫려 있었다.

"범인은 창문 바로 아래에 우시마츠 씨가 서 있는 것을 확인하고 '천국의 방'에서 밑으로 떨어트렸습니다. 이 섬의 신을."

"신……이라면 히무로 님을?"

"네, 빙고에 보존 중이었던 거대 얼음. 정확히 말하자면 커다란 고드름 여러 개를 고착시킨 바로 그 얼음 말입니다. 아마도 탑의 엘리베이터에 실을 수 있는 최대한의 크기로 만들었겠지요. 이걸 위해 엘리베이터를 사용하지 못하도록 한 겁니다."

"아! 그래서 엘리베이터가 계속 수리 중이었던 거였구나."

"엘리베이터의 적재량이라면 300킬로그램이던가? 그런 걸 머리에 직격으로 맞으면 가루가 될 법도 하군."

수긍하는 말소리가 잇따라 들렸다.

남자는 가슴이 벅차올랐다.

그 광경은 망막에 고스란히 새겨져 있었다.

탑 위에서 떨어진 얼음이 사람의 머리통을 깨부수는 모습은 그야말로 압권이었다. '탐정'의 눈앞에서 보여주지 못한 게 안타까울 따름이다. 훨씬 재밌어졌을 텐데.

"사망 추정 시각이 변경됨에 따라 몇 분의 알리바이가 사라지게 되었습니다. 그중에서도 히무로를 빙고에서 보관할 수 있고 엘리베이터를 자유롭게 사용할 수 있었던 사람. 그런 사람은 단 한 명뿐입니다……. 범인은 바로!"

'탐정'은 손가락으로 범인을 가리키고 그의 알리바이가 깨질 수밖에 없는 이유와 살인 동기를 조목조목 설명했다.

80점 정도는 되겠군-.

남자는 '탐정'의 추리를 끝까지 들은 다음 작게 숨을 내뱉었다.

뭐, 이 정도면 나쁘지 않다. 준비한 수수께끼를 힘닿는 데까지 풀어 보게 두어야 '탐정'의 만족도도 높아지는 법이다. 그렇다고 전부 풀 수 있게 해버리면 너무 쉽다는 불평이 나올 수도 있다.

관계자들이 한동안 '탐정'을 칭찬하며 치켜세우는 시간이 끝나길 기다렸다가 돌아가서 파티로 안내하자 모두 줄줄이 저택으로 향했다. 아무도 시체에는 눈길조차 주지 않는다. 섬사람들이야 모두 운영자 측 사람들이니 당연하다고 하면 당연한 일이지만, '탐정'조차 시체가 진짜인 것에 대해 아무런 감정도 들지 않는 모양이었다.

참 내가 하는 일이지만 정말 미친 짓이라니까.

남자는 쓴웃음을 지었다.

"이번에도 역시 아주 훌륭했어."

파티가 한창인 저택의 홀에서 클라이언트가 기분 좋은 얼굴로 한 손에 샴페인 잔을 들고 다가왔다.

"감사합니다."

남자는 깊이 머리를 숙였다. 여전히 신부 복장을 한 채였다.

조금 전까지만 해도 '탐정'으로서 다른 사람처럼 행동하던 클라이언트는 언제 그랬냐는 듯 평소와 같은 부유층다운 모습으로 돌아와 있었다.

"그런데 딱 하나가 아쉽더군. 트릭은 재밌었는데 말이야, 사건이 좀 시시하달까. 다음에는 연쇄살인으로 가보는 건 어떤가."

"죽는 사람을 늘려달라……라는 말씀이실까요?"

남자는 얼굴에 감정을 드러내지 않은 채 확인했다.

단골의 요청이다. 망설이는 모습을 보여서는 안 된다.

"어려운가?"

"천만에요. 또 찾아주시기를 진심으로 기다리고 있겠습니다. 예약만 넣어주시면 바로 준비하겠습니다."

"잘 부탁하네."

"알겠습니다. 항상 감사합니다."

"기대가 크네. 이제 웬만한 살인사건으로는 놀랍지도 않다니까."

클라이언트는 기분 나쁜 웃음을 지으며 다시 한번 강조했다.

"더 많이 죽여달라고."

지하철역에서 지상으로 나오자마자 땀이 솟아올랐다.

"더워 죽겠구만."

남자가 투덜거렸다.

머잖아 여름도 끝나가는데 아직도 이래서야. 입고 있는 양복이 거추장스럽기만 했다. 메시 소재로 만들어진 신부 복장이 그리워질 정도다. 최근에는 좀처럼 식욕도 없다. 체력 부족을 절감 중이다.

하지만 발걸음이 무거운 이유는 따로 있었다. 못마땅한 업무 파트너. 거절당할 것이 뻔한 요청. 틀림없이 듣게 될 불평불만……

목적지인 맨션이 보이기 시작했다. 억 소리가 날만큼은 아니지만 제법 비싼 축에 드는 맨션이다.

오토록 장치가 설치된 자동문 앞에서 인터폰을 했다.

조금 기다리자 퉁명스러운 목소리가 스피커에서 울렸다.

〈왜 집까지 찾아오고 그래〉

"죄송합니다, 작가님. 전화도 드리고 메일도 보내드렸는데 답이 없으셔서요. 혹시 무슨 일이라도 생기신 건지 걱정이 돼서요."

물론 거짓말이다. 걱정 따위 한 적 없다.

마감 기한이 지났는데 아무리 재촉해도 통 연락이 없어서 직접 받으러 온 터였다.

〈아직이야. 좀 더 기다려.〉

"이제 곧 개최일이라서요. 진척 상황이라도 좀 알려주세요."

〈메일 보낸다니까.〉

"아니요, 여기까지 왔으니 잠깐 얼굴이라도 뵙고 가겠습니다. 또 제가 의견이라도 드릴 수 있잖아요."

〈자, 그럼 말해 보던가.〉

"여기……에서요?"

〈내가 줄거리는 보내줬잖아.〉

인터폰 너머로 끝내버릴 속셈인가.

남자는 어금니를 앙다물었다.

팔리지도 않는 미스터리 작가인 주제에. 이런 고급 맨션에 살게 된 게 누구 덕분인지도 모르고!

지금까지 몇 번이나 입 밖으로 튀어나올 뻔했던 말을 또다시 간신히 삼켰다.

클라이언트는 벌써 현금으로 수억 엔을 지불했다. 세트장 건축도 빠르게 진행되고 있다. 캐스팅도 거의 끝나간다. 개최 스케줄도 모두 공유했다. 이제 일정을 미루는 것은 불가능하다. 시나리오가 완성되기만을 가만히 앉아서 기다릴 여유가 없다. 그렇다고 너무 닦달해서 작가가 화가 나 아예 손을 놔버리기라도 하면 사태는 더욱 심각해진다.

"작가님도 아시다시피 우리 일은 내용이 내용이니만큼 어디 새어 나가면 둘 다 곤란해지지 않습니까. 제발 좀 안에서 이야기하게 해주세요."

심기를 건드릴 말은 피하면서도 완강하게 나가자 마침내 자동문이 열렸다.

남자는 맨션 입구로 들어가 엘리베이터에 탔다.

"젠장."

하필이면 골라도 이런 자식을 스카우트하다니.

남자는 과거의 자신을 책망했다.

하지만 애초에 선택지는 많지 않았다.

남자가 다니는 회사는 아주 좋게 말하면, 전 세계의 부유층들에게 리얼한 추리 게임을 제공하는 일을 한다. 클라이언트는 탐정 역을 맡아 살인사건의 추리를 즐기고 회사는 매번 클라이언트의 요청에 맞춰 공들여 게임을 기획하고 무대 제작부터 캐스팅, 시나리오에 이르기까지 처음부터 끝까지 모든 것을 준비한다.

공공연하게 말할 수 없는 이유는—이 게임에서 일어나는 살인이 진짜이기 때문이다.

'탐정'은 말 그대로 리얼한 살인극을 수사하는 것이다. 그 강렬한 자극과 비일상적 경험을 위해 클라이언트는 수억 엔에 달하는 참가비를 아끼지 않는다. 이 '리얼 살인 미스터리'는 200년도 더 전부터 해외에서 비밀리에 활발하게 이루어지기 시작했고, 이를 위한 전문 회사까지 탄생했다. 남자가 일하는 곳이 바로 그 회사의 일본지부로 여기에서는 살인극부터 추리 게임에 이르는 전 과정을 '탐정 유희'라고 부른다.

"실력은 쓸 만한데, 매번 이래서야."

남자가 한숨을 쉬자 엘리베이터가 목적지에 도착했다.

작가의 집으로 곧장 가서 초인종을 눌렀다.

이제부터 한바탕 씨름할 걸 생각하니 진저리가 났다.

불법적인 일에는 여러 폐해가 있다. 그중 한 가지가 인재 채용이다. 실제로 사람을 죽이는 미스터리를 써달라는 말을 듣고 순순히 승낙할 작가는 좀처럼 없다. 경솔하게 말을 꺼냈다가는 경찰에 신고당하기 십상이다. 그렇기에 제대로 된 미스터리를 쓸 줄 아는 동시에 이쪽 사정도 눈감아줄 인재는 무척 소중한 존재이다. 작가를 스카우트한 직원에게는 포상금까지 줄 정도다.

이런 상황이다 보니 출판 관계자들이 모이는 바에서 '왜 내 소설을 아무도 안 읽어 주는 거야'라며 푸념하는 작가와 맞닥트리게 된 건 행운과도 같았다. 비록 인성은 바닥 중에서도 가장 아랫바닥이었지만.

문이 열리자 심기가 불편해 보이는 작가의 얼굴이 보였다.

"바쁘신데 정말 죄송합니다, 작가님. 저희도 사정이 아주 급해서요."

남자가 머리를 조아리자 작가는 발길을 돌려 안으로 사라졌다.

남자가 당황해서 닫히려는 문을 붙잡고 안으로 들어갔다.

"실례하겠습니다."

택배 상자가 어지럽게 나뒹구는 현관을 지나 아마도 거실일 것으로 짐작되는 공간에 들어섰다. 그곳에는 가구라고는 하나도 없이 바닥에서 천장까지 책이 산처럼 쌓여 있었다. 여기만 보면 아무도 여기가 고급 맨션이라고는 상상도 못 할 것이다.

"여기서 잠시 기다려."

작가의 말에 책더미에 둘러싸여 대기하고 있자니 안쪽 방에서 프린터기 소리가 들려왔다.

10분 정도 후 작가는 원고 다발을 들고 돌아왔다.

"이미 완성하신 거였군요!"

기쁜 배신감에 남자의 얼굴이 헤벌쭉해졌다.

"아니, 결말이 아직이야."

작가가 내키지 않는 듯 원고를 건넸다.

"지금 다른 원고를 쓰고 있으니까 정리할 때까지 말 걸 생각하지 말고."

"다른 원고요?"

"당신이랑 관계없어. 작가가 원고를 여러 개 한꺼번에 쓰는 거야 당연한 일이잖아."

"하아……그건 그런데요."

몇 년 동안 집필 의뢰가 없다고 넋두리하던 게 누군데.

작가는 일부러 더 바쁜 척 부산을 떨며 안쪽 방으로 사라졌다.

남자는 심호흡을 하며 분노를 가라앉혔다. 시나리오는 평정심을 갖고 읽고 싶었다.

선 채로 원고로 시선을 돌리고 첫 번째 장을 읽기 시작했다. 읽을수록 원고를 넘기는 손이 빨라졌다.

"너무 훌륭한데."

어느새 분노는 온데간데없이 사라졌다.

부유층이 탐정 유희에 거금을 내는 까닭은 리얼한 살인이라는 자극을 바라서다. 단순히 시체를 보여주는 것만으로는 그들을 만족시킬 수 없다. 미스터리로서의 완성도 요구된다. 그 때문에 살해 방법, 트릭, 수수께끼, 추리의 힌트, 무대 설정, 등장인물 등이 모두 매력적이면서 동시에 그럴듯하게 진행되는 스토리가 필수조건이다. 이 원고는 그 모든 걸 갖추고 있었다.

문득 고개를 드니 작가가 팔짱을 낀 채 불안한 얼굴로 바라보고 있었다. 이러니저러니 해도 반응이 신경은 쓰이는 모양이다.

"작가님, 정말 훌륭한 스토리예요!"

덮어놓고 칭찬하자 작가는 금방 다시 건방진 태도로 돌아갔다.

"뭐, 여러 가지 조건이 많아서 좀 애를 먹긴 했지만. 이 정도쯤은 식은 죽 먹기지. 난 프로니까."

이번 클라이언트의 요구는 두 가지. '연쇄살인'과 '모방살인'. 이 밖에도 진행과 운영 면에서의 조건들까지 포함하면 시나리오 작성은 난해한 퍼즐 맞추기와도 같은 작업이다.

"결정적 증거를 어떻게 찾을지만 정하면 되겠네요."

지금 시나리오에는 결말이 빠져있었다.

탐정 유희는 접대를 위한 요소도 꼭 필요하다. 트릭과 수수께끼의 재미보다도 어떻게 클라이언트를 기분 좋게 할지가 관건이다. 단골이 될지 말지를 좌우하는 요소이기도 하다. 이럴 때 중요한 것이 결정적 증거를 제시하는 방법이다. 범인이 더는 발뺌할 수 없는 결정적 증거를 쓱 내미는 쾌감을 클라이언트에게 제공할 수만 있다면 이전 과정에서 다소 실수가 있었다고 할지라도 만족도가 높아진다.

"마지막 살인은 피가 많이 나겠는데요."

"뭐, 목을 자르니까 당연하지."

"그러면 범인에게 혈흔이 묻어 있었다고 하면 어떨까요?"

결말만 정해지면 이제 완성이다. 드디어 준비를 진행할 수 있다.

남자는 어떻게든 이 자리에서 끝을 맺으리라 다짐했다.

하지만 작가로부터 돌아온 건 싸늘한 시선이었다.

"이래서 아마추어는 안 된다니까. 난 그런 흔해 빠진 건 싫다고."

네 취향 따위는 내가 알 바 아니지.

남자는 분노를 억누르고 미소를 지으며 참을성 있게 제안을 계속했다.

"온몸에 피가 묻어 있는 건 어떨까요?"

"흠, 피의 양을 '확대' 시키자는 거지? 오스본의 체크리스트(브레인

스토밍의 창시자 알렉스 오스본이 고안한 아이디어 발상법-역주)로군. 그럼, 뿜어져 나온 대량의 피를 뒤집어쓴 걸로 하면 어때?"

"좋네요!"

"그런데 온몸에 피를 뒤집어쓴 걸 마지막까지 주위 사람들한테 들키지 않을 방법이 있으려나… 뭐, 제일 쉬운 건 가운을 입어서 감춰뒀다가 탐정이 그걸 확 벗겨버린다던가?"

"멋집니다! 아이디어가 번쩍번쩍 떠오르시네요. 역시 작가님이세요!"

남자가 박수를 치며 칭찬했다.

너무 호들갑을 떨었나 싶었지만, 작가는 내심 만족스러운 얼굴이었다.

"난 프로니까 당연하지."

"그러면 그 방향으로 부탁드립니다. 완성된 원고는 내일까지 받아 볼 수 있을까요?"

조금만 더 쓰면 시나리오는 완성된다. 사실 나머지는 직접 써도 될 정도였지만, 그런 짓을 했다가는 작가가 무슨 일을 벌일지 모른다. 어떻게든 끝까지 쓰게 할 수밖에 없다.

"작가님, 아무쪼록 잘 부탁드립니다!"

"으음… 저쪽 원고 상황을 좀 보고."

이 자식이-.

위에 찌르는 통한 통증이 느껴졌다.

"작가님, 이제 정말 일정이 빠듯하다고요. 제발 잘 부탁드립니다."

"알았어, 알았다고. 아무튼 여전히 사람을 막 굴린다니까."

"감사합니다!"

남자는 연신 허리를 숙이며 부탁했다.

엘리베이터에 올라타자 피곤이 한꺼번에 몰려왔다. 위가 찌릿찌릿하다.

저런 놈한테 언제까지 끌려다녀야 하는 거야. 다른 작가를 찾기만 하면 바로 잘라 버릴 텐데.

그래도 간신히 위기는 벗어날 수 있을 것 같다.

남자는 안도와 괴로움을 느끼며 맨션을 나섰다.

작가에게서 시나리오 완성본이 도착한 건 일주일 후였다.

제2장

기암관에 오신 것을 환영합니다

1.

카리브해를 항해하는 소형 크루즈 선. 그 갑판 위 난간 손잡이에 '사토'가 매달려 있었다.

배에 탄 뒤로 한마디도 말하지 않았다.

배가 흔들려서 무섭기도 했지만, 그보다 불안함이 더 컸다.

푸에르토리코에서 출항한 지 반나절. 승선 직전 앞으로 '사토'라는 이름으로 지내야 한다는 지시를 받은 후로는 어디로 데려가는지, 무엇이 기다리고 있는지 아무것도 모른 채 머나먼 타지에서 정보를 차단당한 상태였다. 게다가 출항하자마자 뱃멀미를 시작하는 바람에 몸도 마음도 녹초가 되어버렸다. 갑판에 나와 바깥 공기를 쐬고 있으면 울렁거리는 건 좀 덜했지만, 바다에 빠질 것만 같아서 손잡이를 꼭 잡고 매달려 있어야만 했다.

사토. 사토. 사토.

딱히 할 일도 없으니 갑작스레 부여받은 이름을 가만히 되뇌었다.

계절은 겨울. 고작 며칠 전 일본에서 출국할 때만 해도 코트를 입고 있었는데 지금은 반소매 차림이다. 불쾌한 습기가 짜증스럽게 온몸에 얽혀든다.

저 멀리 작은 섬이 여러 개 보였다. 벌써 어떤 나라의 국경을 넘은 건지도 모른다.

대체 뭐가 어떻게 되어가는 거야-.

사토는 이제야 후회했다.

어떤 아르바이트에 지원해서 면접을 본 것이 보름 전. 면접관은 여권과 가족이 있는지, 미스터리를 잘 알고 있는지를 질문했다. 업무 내용은 외국에 있는 한 저택에서 3일간 지내는 것. 잠자리도 식사도 모두 제공된다. 일본에서 이동해야 하는 게 번거롭고 시간이 걸리기는 해도 이렇게만 하면 100만 엔을 준다고 했다.

그야말로 꿀이다. 이렇게 생각하지 않았다면 거짓말이다.

하지만 진짜 목적은 따로 있었다.

반년 전, 일용직 친구였던 도쿠나가가 사라졌다.

경제적 이유로 대학 진학을 포기한 후 딱히 취업도 내키지 않아서 스무 살이 훌쩍 넘도록 프리터로 지내오던 사토가 마음을 터놓고 지낸 유일한 친구였다. 다른 사람들은 두 사람이 친한 줄도 몰랐을 것이다.

도쿠나가와 알게 된 건 인재 파견 회사를 통해 나간 일용직 아르바이트 현장에서였다. 현장은 날마다 바뀌었다. 빌딩 청소, 하수공사, 정원사 보조. 사토도 도쿠나가도 거의 매일 아르바이트를 했기에 나갈 때마다 현장에서 얼굴을 마주치다가 대화를 나누게 되었다. 두 사람 모두 가족이나 친척과 교류가 없다시피 하고 친구도 없는 처지가 비슷했다. 게다가 둘 다 사교적이지 않다 보니 아르바이트 현장 말고 다른 곳에서 따로 만난 적도 없고, 아르바이트가 끝나고 함께 밥을 먹으러 간 적도 없다. 그저 현장에서 도쿠나가와 나누는 대화가 그나마 자신과 사회를 이어주는 것 같은 기분이 들었다. 그리고─.

"돈은 갚아야 할 텐데."

파친코에서 갖고 있던 돈을 모두 잃은 다음 날, 현장에서 도쿠나가에게 1만 엔을 빌렸다. 빨리 갚으라는 재촉에도 차일피일 시간을 끌었다. 그러던 도중 갑자기 도쿠나가가 아르바이트를 그만두었다.

돈을 돌려주지 않아도 된다.

이렇게 기뻐할 수만은 없었다. 오히려 고독을 느꼈다.

아르바이트 관계자도 도쿠나가가 그만둔 이유를 몰랐다. 원체 사람들이 자주 들락날락하는 일이었다. 도쿠나가도 등록된 수많은 사람 중 한 명에 불과할 뿐이었다. 파견 담당자도 도쿠나가의 신상에 대해서는 전혀 알지 못했다.

사적으로도 연결된 사람이 아무도 없던 탓에 도쿠나가의 소식은 어디에서도 들을 수가 없었다. 남아있는 단서라고는 도쿠나가가 사라지기 전에 말했던 '짭짤한 아르바이트'.

지정된 장소에서 며칠 지내기만 하면 큰돈을 준대.

그렇게 말하며 순진하게 웃었다.

사토는 구인 사이트와 SNS를 닥치는 대로 뒤지기 시작했다. 하지만 한참을 뒤져봐도 엇비슷한 것조차 찾을 수 없었다. 반쯤 포기한 상태로 습관처럼 체크를 되풀이하던 어느 날 이 아르바이트를 발견했다.

나도 모르게 범죄에 가담하게 되는 불법 아르바이트가 아닌지 의심했지만 무언가를 옮겨야 한다는 설명은 없었다. 도착한 곳에서 그저 지내기만 하면 끝이라고 했다. 이전에도 비슷한 고액 아르바이트가 화제가 된 적이 있었다. 온종일 빈둥대며 일정 기간을 지내면 미국 NASA에서 2만 달러를 준다고 했던 것 같다.

이것도 그런 연구 같은 거려나. 만약 도쿠나가를 찾지 못하더라도 돈이라도 벌 수 있으니-.

그렇게 생각하고 덜컥 지원했다.

모집 조건에 적혀있던 '미스터리를 좋아하는 사람'이라는 문구에도 마음이 끌렸다.

면접 때 분위기로는 당연히 떨어질 줄 알았는데 어떤 점이 눈에 들었던 건지 채용되었다. 아무리 그래도 이렇게까지 철저하게 정보를 숨기는 건 역시나 의심쩍다.

갑판 구석에는 안경을 쓴 젊은 남자가 지그시 바다를 바라보고 있었다.

배에는 사토 외에도 두 명의 승객이 더 있다. 모두 일본인이고 자신과 비슷한 나이대 같았다. 다만, 갑판에 서 있는 남자는 단정한 얼굴 생김새로 보아 사는 세계가 달라 보였다.

다른 한 명은 선실에 앉아 있었다. 티셔츠 위로 드러나 보일 정도로 두툼한 뱃살이 꼭 삼겹살 같았다. 머리는 깔끔했지만, 건강이 나쁘기라도 한 건지 얼굴색이 영 안 좋았다. 흐릿한 눈에서는 음침한 기운이 느껴졌다. 앉아서 문고본을 읽고 있는데 사토도 얼마 전에 읽었던 소설이었다. 캠핑 가이드가 주인공인 미스터리 소설. 마음이 불안하던 차에 같은 취미를 가진 동지를 만난 것 같아 기뻤다.

"저기요."

선실 입구에서 말을 걸자 삼겹살은 귀찮다는 듯 흘깃 곁눈질만 했다.

"그 책, 저도 읽었는데 재미있죠?"

사토가 어색하게 웃음을 지으며 말하자 삼겹살은 다시 책으로 눈을 돌리며 건성으로 대답했다.

"뭐, 그럭저럭."

뭐야, 그 정도면 재밌는 거지. 단점이 없는 건 아니지만.

사토는 어떻게든 대화를 이어가고 싶었다. 말동무라도 있으면 불안함이 사라지지 않을까 하는 기대도 있었다.

"미스터리 좋아하세요? 사실 저도-."

"미안한데, 좀 조용히 해줄래? 독서 중이잖아."

"……아, 네."

같은 취미를 가진 동지에게 거절당한 사토는 다시 갑판으로 나가 난간 손잡이를 움켜쥐었다.

밀려드는 소외감이 문득 면접 때의 광경을 떠올리게 했다.

아르바이트할 때 말고는 대부분 추리소설을 읽으면서 지냅니다.
라고 말하자 좋아하는 작품이 무엇이냐는 질문을 받았다.

덜 대중적인 작품을 말해야 더 높은 점수를 주려나.

망설였지만 잠시 고민하다가 『명탐정 코난』이라고 대답했다.

어린 시절부터 지금까지 연재되는 만화는 물론 애니메이션까지 빼놓지 않고 보고 있는 작품이다. 더 많은 영향을 받은 작품은 따로 있었지만 사실상 가장 오랫동안 접해 온 미스터리는 이 장수 시리즈라고 할 수 있었다. 모두가 잘 알만한 작품이라는 점도 고려한 대답이었다.

면접관의 미묘한 표정을 보고 실수한 건가 싶어 후회했는데 다음 날 채용 통보를 받았다.

삼겹살도 미스터리를 읽고 있다. 이 남자도 면접에서 뽑힌 걸까.

미스터리를 좋아하는 것이 채용 조건이라니. 더더욱 고용주의 속셈이 궁금했다.

30분 정도가 지난 후 배가 외딴섬에 도착했다. 사토와 다른 두 명은 아무런 설명도 듣지 못한 채 배에서 내려야만 했다.

섬은 도쿄돔 정도의 크기였지만 마을이나 촌락이 있기에는 너무 작았다. 그런데도 불구하고 제대로 된 부두가 만들어져있는 걸 보면 사람들의 왕래는 계속 있었던 것 같았다. 섬의 옆쪽은 깎아지른 듯한 절벽이었고 그 위로 숲이 우거져 있었다. 그리고 숲 안쪽으로 뾰족한 바위산이 얼굴을 내밀고 있었다.

갑판에 있던 안경과 삼겹살도 배에서 내렸다. 세 사람 모두 짐은 그리 많지 않았다.

"가자."

배가 섬에서 멀어지는 모습을 바라보던 안경이 삼겹살을 향해 말했다.

짐을 들고 절벽을 깎아 만든 계단을 올랐다. 사토도 아무 말 없이 뒤를 따랐다.

계단 끝에서 시작되는 숲부터는 포장된 도로가 쭉 뻗어 있었다.

숲을 빠져나온 순간 사토의 입에서 작은 탄성이 새어 나왔다.

3층짜리 서양식 목조 저택 건물이 홀연히 나타난 것이다.

기이한 광경이었다.

언덕 위에 자리 잡은 저택은 측면이 아슬아슬하게 벼랑 끝까지 이어져 있었다. 뒤편에는 바위산이 우뚝 솟아 있어서 마치 바위산에 파묻혀있는 것처럼 보이기도 했다.

저택 입구의 명패에는 한자로 '미에이도'라고 새겨져 있었다.

카리브해의 섬에 있는 건물을 '서양식 건물'이라고 부르는 게 이상하다는 생각도 들었지만, 겉모습만 보면 메이지 시대부터 쇼와 초기에 걸쳐 일본에 지어졌던 서양식 건물과 똑 닮아 있었다.

"기암관이다."

안경이 사토와 삼겹살을 바라보며 말했다.

기암관?

그 이름은 사토를 감상에 젖게 했다.

모리스 르블랑의 『괴도신사 뤼팽』 시리즈에 등장하는 '기암성'. 이 저택의 이름이 소설에서 유래된 건 명확해 보였다.

여기에서 3일간 지내야 하는 건가.

세 사람은 안경을 선두로 열려있던 문을 통과해 저택 현관 입구에 섰다. 도어벨을 울리자 양쪽으로 열리는 육중한 문이 열리며 한 중년 남성이 나왔다.

"사카키입니다."

안경이 이름을 밝혔다.

남성은 정중하게 인사하며 말했다.

"미스터리 연구회 여러분이시군요. 기다리고 있었습니다. 집사인 고엔마입니다. 옆에 계신 분은 야마네 씨이시죠?"

"네."

야마네라는 이름을 듣고 삼겹살이 고개를 까딱했다.

"아가씨의 학교 친구분은 두 분이라고 들었습니다만…….."

고엔마가 사토를 수상하다는 듯 쳐다보았다.

"아…그, 그러니까……사토입니다."

횡설수설하며 대답하자 그제야 고엔마가 알았다는 듯 크게 끄덕였다.

"아아, 주인님께 연락받았습니다. 세계 각지를 돌아다니며 여행을 하신다는 분이시군요."

"……네, 맞습니다."

오늘 아침까지도 사전 정보를 거의 듣지 못하다가 출항 직전에야 자신을 스태프라고 밝힌 사람으로부터 '여행자 사토'라고 소개하면 된다고 들었다. 부호인 미에이도 하루사다와는 여행지에서 우연히 친해지게 되어 섬에 초대받았다는 설정이라는 말과 함께.

사전에 받은 지시는 세 가지.

첫째, 머무르는 동안에는 되도록 주위 사람들과 교류하지 말고 누가 말을 걸더라도 짧게 대답만 할 것.

둘째, 아르바이트로 참가하고 있다는 사실은 비밀로 할 것. 다른 사람의 신변이나 정보를 캐려는 행동도 금지.

그리고 세 번째로는 무슨 일이 일어나도 끝까지 맡은 역할에 충실할 것.

고엔마의 반응으로 보아 '여행자 사토'라는 정보는 제대로 전달된 것 같았다.

"자, 여러분 안으로 들어오시죠."

고엔마의 안내에 따라 저택 안으로 발걸음을 옮겼다.

검붉은색 카펫이 깔린 홀이 나타났고 안쪽으로는 위층으로 이어지는 커다란 계단이 있었다.

공조기가 있는 건가?

저택 안에 들어오자마자 불쾌한 습기가 사라지고 약간 시원해졌다.

"주인님은 모레 돌아오실 예정입니다. 그때까지 편안히 계시면 됩니다."

고엔마는 사토를 향해 웃어 보였다. 기분 탓인지 눈은 웃고 있지 않는 것처럼 보였다.

저택의 주인 미에이도가 부재중인 가운데 한발 먼저 도착한 여행자.

사토는 자신의 역할을 이해하고 끄덕였다.

"다행히 헤매지 않고 잘 도착했네."

젊은 여성의 목소리가 들렸다.

소리가 난 쪽으로 시선을 돌리자 민소매 원피스를 입은 여성이 계단을 내려오고 있었다.

"시즈쿠, 네가 말했던 것보다 훨씬 더 멀었다고."

안경, 아니 사카키의 얼굴에 엷은 미소가 떠올랐다.

"어머? 사카키 선배가 약한 소릴 다하네, 이런 모습 처음인걸. 초대한 보람이 있네요."

시즈쿠라고 불린 여성이 우아하게 웃었다. 어른처럼도 보이지만 여고생처럼도 보였다.

"긴 여행에 안 지칠 사람은 없다고. 안 그래?"

맞장구를 바라는 사카키의 말에 야마네는 '네, 뭐'라며 중얼거렸다.

"야마네도 여기까지 와줘서 정말 고마워. 이제야 좀 재밌게 지낼 수 있겠어. 여기엔 정말 아무것도 없어서 심심해 죽을 지경이거든. 빨리 미스터리 연구회 동호회방으로 돌아가고 싶다니까."

시즈쿠는 저택의 사람인 듯했다. 대화를 듣자니 사카키, 야마네와 같은 대학의 미스터리 연구회에 소속되어 있는 것 같았다.

대학은 문턱도 못 밟아봤고 동호회 활동 같은 것과도 전혀 연이 없으니 딴 세상 이야기지만.

사토가 머쓱해하는 걸 보고 시즈쿠는 미소를 지어 보였다.

크고 약간 처진 눈, 작지만 오똑한 코, 도톰한 입술. 오밀조밀한 얼굴이 자연스러운 화장 덕에 더 돋보였고, 여유로운 행동에서는 부유한 집에서 곱게 자란 티가 묻어났다.

"안녕하세요. 미에이도 하루사다의 딸인 시즈쿠에요."

"처, 처음 뵙겠습니다."

사토는 당황하며 머리를 숙였다.

그 머리 위로 벨 소리가 울렸다.

"또 손님인가?"

시즈쿠가 고엔마를 바라보며 물었다.

"주인님의 친구분이 한 분 더 오시기로 하셨습니다. 응접실에서 잠시 기다려주시면 금방 방으로 안내해 드리겠습니다."

고엔마가 현관 옆의 넓은 방을 손으로 가리켰다.

"담화실이 더 좋지 않을까? 내가 안내할게. 자, 이쪽으로 오세요."

시즈쿠의 안내를 받아 사카키와 야마네가 계단으로 향했다. 사토는 이번에도 아무 말 없이 뒤따랐다.

2층에 도착하자 시즈쿠는 가운데 위치한 방문을 열고 세 사람을 들어오게 했다.

맨 끝에 서 있던 사토는 걸음을 옮기며 꾸벅 고개를 숙였다.

시즈쿠는 인사 대신 살짝 웃어 보였다.

가까이에서 보니 훨씬 더 아름답다.

사토는 순식간에 홀딱 넘어가 버릴 뻔한 스스로를 꾸짖었다.

담화실에 들어가자마자 맨 처음 눈에 들어온 것은 방 안쪽에 세워놓은 목각상이었다. 실제 사람 크기의 반 정도 되어 보이는 신장(神將). 성난 얼굴로 오른손에 창을 들고 왼손은 손바닥을 앞으로 내민 채 입에 단도를 물고 있다.

어디 있어야 할지를 몰라 목각상을 바라보고 있었더니 등 뒤에서 쾌활한 목소리가 들렸다.

"와, 멋진데."

이십 대 후반으로 보이는 멀끔한 남자가 고엔마와 함께 담화실에 들어왔다.

남자는 방에 들어오자마자 목각상 옆으로 다가왔다.

"분위기 있는데요, 이거."

"텐가와 님, 그 단도는 떨어질 수 있으니 건드리지 않도록 조심해 주십시오."

"아아, 죄송죄송."

고엔마가 조심스럽게 저지하자 텐가와라고 불린 남자가 머리를 긁적였다.

그리고 뒤를 돌아 방에 있는 사람들을 바라보았다.

"아, 제가 자기소개가 늦었네요. 자꾸 죄송하네. 저는 텐가와입니다. 이름은 레이타이구요. 유감스럽게도 '강'은 탁해져 있습니다(텐가와天河에 들어간 한자 河의 원래 발음은 '카와'이지만 탁음이 되어 '가와'로 발음한다는 의미-역주)."

텐가와는 센스 있는 농담이라도 하는 양 이름을 밝혔다.

누구 하나 반응이 없다.

고엔마와 시즈쿠는 복도에서 이야기를 나누고 있었다.

반응이 고팠는지 텐가와는 가까이에 있던 사토를 향해 씩 웃었다.

"아…네…텐가와 씨이시라고요."

마냥 무시할 수도 없는 노릇이라 사토는 짧게 답했다.

"여러분, 죄송합니다."

그때 갑자기 시즈쿠가 격식을 차린 말투로 모두를 향해 말했다.

"저택에 묵기로 한 손님이 예정보다 많아졌습니다. 양해 좀 부탁드릴게요."

고엔마가 말을 보탰다.

"텐가와 님을 모시고 온 배가 고장이 나서 승객 한 분과 선장님이 긴급대피하게 되었습니다. 이 섬에는 정기적인 배편이 없어서 모레 주인님이 오시면 그 배를 타고 가셔야 할 것 같은데 괜찮으실까요?"

거절할 권리도 없었기에 사토는 가만히 고개만 끄덕였다.

사카키도 야마네도 별다른 말은 없다.

"감사합니다."

고엔마가 인사를 하고 홀로 돌아갔다.

텐가와가 안심한 듯 가슴을 쓸어내렸다.

"다행이네요. 저도 책임감을 느끼고 있었거든요. 사실 다른 섬으로 가는 배였는데 제가 태워달라고 부탁을 했던 거라. 그런데 이게 웬일. 갑자기 고장이 났지 뭡니까. 뭐, 어떻게 생각하면 여기 들렸던 게 행운이었던 셈이죠. 결과적으로 피난도 할 수 있게 되었으니."

참 말이 많은 남자다.

사토는 텐가와가 또 말을 걸어 올까 봐 슬쩍 멀찌감치 떨어졌다.

담화실에는 창문이 없었다.

사토는 저택의 외관을 떠올렸다. 저택 뒤편은 바위산과 접해있다. 그래서 창문을 만들지 않았겠거니 하고 마음대로 추측했다. 창문으로 바람이 들어오지 않으면 습기 때문에 내부 공기가 끈적끈적해질 수도 있을 테지만 공조기 덕분에 습기가 제거되고 있는 것 같았다.

담화실 옆면에는 커다란 책장이 한쪽 면을 가득 채우고 있었다.

외국 서적이 빽빽하게 꽂혀 있다.

별 볼 일 없는 영어 실력이어도 책 제목은 읽을 수 있었다.

A Study in Scarlet, The Sign of Four, The Adventures of Sherlock Holmes…

『셜록 홈즈』시리즈의 원서다. 영어 원제목 정도는 알고 있다.

책장에 꽂힌 책을 순서대로 눈으로 좇았다.

오귀스트 뒤팽. 아르센 뤼팽. 브라운 신부. 엘러리 퀸. 고전 미스터리에 등장하는 유명 탐정들의 이름들이 이어졌다. 눈 앞에 펼쳐진 장관에 가슴이 뜨거워졌다.

제목을 모르는 책도 군데군데 있었고 시선을 돌리자 옆 책장에는 국내 미스터리들이 가득했다. 역시나 고전 작품들이었다. 아동용 책도 있었다.

사토는 그중 한 권에 무심코 손을 뻗으려다가 황급히 멈추었다.

위험하다, 위험해. 정신 차려야지.

손이 향하던 책 표지에는 『황금가면』이라고 쓰여있었다.

"이쪽입니다. 방을 준비할 때까지 잠시 기다려 주십시오."

고엔마가 데려온 두 사람은 방 안 공기를 바꾸었다.

먼저 들어온 사람은 삼십 대 중반쯤으로 보이는 여성이었다. 정장 재킷에 바지를 입은 딱딱한 차림과는 대조적으로 온화한 표정에 말투도 퍽 부드러웠다.

"갑자기 실례하게 되었네요. 죄송해요-. 저는 가모 히비코라고 해요-."

"이분 직업을 들으면 다들 깜짝 놀랄 걸요?"

히비코의 자기소개가 끝나기도 전에 텐가와가 끼어들었다.

"자, 빨리 말씀해 주세요."

"아-, 저는 엽기범죄학을 연구하고 있어요-."

"엽기범죄학……엽기살인 같은 걸 전문으로 연구하신다는 건가요?"

사카키가 흥미롭다는 듯 물었다.

"네, 맞아요. 이상한가요~?"

"아니요! 엄청나게 멋지십니다!"

텐가와가 호들갑을 떨며 치켜세우자 히비코는 우후후 하고 웃었다.

엽기범죄학이라는 학문이 있다니. 최근 미스터리 세계에서는 직업이 점점 세분되고 있다. 그냥 탐정이 아니라 무슨 무슨 탐정. 탐정이 학자인 경우에도 단순한 범죄학이 아니라 무슨 무슨 범죄학, 법의학이면 무슨 무슨 법의학. 세분화시켜서 특화하는 걸로 이전 작품들과 차별을 꾀하려는 것이다. 그러고 보니 얼마 전에도 '임상법의학자'가 주인공인 미스터리를 읽었다(작가 본인의 전작 『임상법의학자·마카베 텐』을 이야기하는 것-역주).

"자자, 부담 갖지 마시고."

고엔마에게 이끌려 나타난 다음 사람은 챙 모자와 선글라스, 마스크로 얼굴을 가린 중년 남성이었다. 말 한마디 없이 우두커니 서 있다. 텐가와와 히비코 덕분에 화기애애했던 방 안 공기가 순식간에 무거워졌다.

"여기 이분은 선장님이십니다."

본인이 인사를 하지 않으니 고엔마가 대신 소개했다.

고엔마의 말을 듣고 따라온 걸 보면 일본어가 통하기는 하는 것 같았다. 다만, 주위 사람들과 대화하려는 생각이 눈곱만큼도 없어

보였다. 여기에 오는 동안 배에서도 마찬가지였는지 텐가와도 말을 붙이려 하지 않았다.

"다행히도 지금 인원이면 방도 부족하지 않고 식자재도 충분합니다. 지금부터 각자 방을 안내해 드리겠습니다. 휴대전화는 사용할 수 없으니 바깥에 연락하고 싶으실 때는 저쪽에 있는 전화를 사용해 주십시오."

고엔마가 문 옆을 가리켰다.

그것이 전화라는 걸 인식하기까지는 다소 시간이 필요했다.

송화기와 수화기가 분리된 벽에 거는 형태의 전화기. 전쟁 중이나 전쟁이 막 끝났을 무렵을 시대 배경으로 하는 영화에서나 보던 골동품이었다. 저택 주인의 취향이 꽤 철저한 모양이었다.

"저기요ㅡ 혹시 인터넷은 되나요~?"

히비코가 조심스레 물었다.

"아니요, 이곳에서는 전기만 사용할 수 있습니다."

고엔마가 죄송한 기색으로 대답했다.

"TV도 없어요. 정말 따분하다니까요."

시즈쿠가 넌더리를 냈다.

"아가씨."

고엔마가 시즈쿠에게 뭐라 하려던 찰나 앞치마 차림의 중년 여성이 방으로 들어왔다.

"방 준비가 다 되었나 봅니다. 저와 여기 고사카가 안내하겠습니다."

고엔마의 옆에서 앞치마 차림의 여성이 고개를 숙였다.

"텐가와 님과 사토 님의 방은 1층에 있는 손님용 객실입니다."

"1층이요? 아, 네 괜찮습니다."

텐가와가 흔쾌히 대답했다.

"그럼-."

곧바로 내려가려던 고엔마를 텐가와가 손을 들어 잠시 멈춰 세웠다.

"저는 이 목각상을 조금 더 보고 싶은데요."

"그러시지요. 그러면 2층 분들부터 먼저 안내하도록 하겠습니다."

사카키를 비롯한 다른 사람들이 고엔마와 고사카를 따라 나갔다.

방에는 사토와 텐가와, 시즈쿠만 남았다.

빨리 혼자 있고 싶었는데.

사토가 원망스러운 눈으로 텐가와를 쳐다보았다.

여유롭게 목각상을 감상하는 텐가와에게 시즈쿠가 다가갔다.

"인사가 늦었네요. 미에이도 시즈쿠라고 해요."

시즈쿠는 미소가 어울렸다. 자연스러운 미소가 우아한 매력을 풍겼다. 사토는 시즈쿠를 보며 귀한 집에서 자란 아가씨란 말에 딱 어울리는 사람이라고 생각했다.

"텐가와 씨는 전에도 이곳에 오신 적이 있으시다면서요?"

자신을 바라보는 사토의 시선은 눈치채지 못한 채 시즈쿠가 텐가와에게 물었다.

"네, 몇 번 놀러 온 적이 있습니다. 하루사다 씨와는 마술 친구라서요. 매직 클럽을 소개해 주신 것도 하루사다 씨였습니다."

"매직클럽?"

자신도 모르게 소리 내어 말해버렸다.

"사회인 마술 동호회이지요."

텐가와가 목각상을 바라보며 대답했다.

아와사카 츠마오의 작품에도 같은 이름의 마술 동호회가 등장한다. 분명 거기에서 따온 이름일 것이다. 굳이 아는 척은 하지 않았지만, 한편으로는 위화감이 들었다. 무언가 왠지 부자연스럽다.

"저와는 처음 만나시는 거죠?"

시즈쿠가 슬쩍 떠보듯이 물었다.

"아마 그런 것 같은데요."

텐가와가 빙그레 웃어 보이자 시즈쿠는 안도한 표정으로 밝게 웃었다.

"그렇죠? 혹시 뵌 적이 있으면 어쩌나 싶어서 걱정했어요. 뵀던 분을 기억 못 하면 실례라고 아버지한테 야단맞거든요."

"드디어 만나 뵙게 되어서 기쁩니다."

"저는 계속 여기 있는 게 아니라서요. 학교가 쉴 때만 온답니다."

"지금은 방학인가요?"

"아니요, 졸업에 필요한 학점을 전부 이수해서요. 그랬더니 아버지가 졸업식까지 여기 와 있으라고 하셔서. 이럴 줄 알았으면 좀 더 천천히 할 걸 후회하고 있어요."

"이런이런, 이렇게 멋진 기암관을 두고 왜."

"멋지기는요. 지루해서 죽을 것 같아요. 그래서 동호회 선배와 동기에게 와달라고 했어요. 원래는 더 많이 부르고 싶었는데, 워낙 멀다 보니 오겠다는 사람은 아까 그 두 사람뿐이더라고요."

그게 사카키와 야마네군.

시즈쿠의 시선이 혼자 끄덕거리고 있던 사토에게 향했다.

"사토 씨는 처음이시지요? 아버지와는 어떻게 아시는 사이신가요?"

간단한 질문인데 사토는 잔뜩 긴장했다.

잘못 대답하면 큰일이다.

"……여행 중에 아버님과 친해져서요……그래서……."

"아아, 그러셨군요. 하여튼 아버지도 참 자기가 없을 때도 이렇게 지인들을 초대한다니까요. 손님들이 좀 더 오래 머무르면 좋겠다면서요. 이 저택을 자랑하고 싶으셔서 그러시는 건 알겠는데 덕분에 손님들을 대접해야 하는 고엔마 씨랑 일하는 분들만 고생이에요. 아, 지금 한 말은 아버지께는 비밀로."

"네……."

되도록 주위 사람들과 교류하지 말 것. 지시를 들었을 때는 간단한 일이라고 생각했는데 막상 닥치니 좀처럼 쉽지 않다. 지금도 맞장구를 쳐야 할 타이밍이었는데 적당히 대답만 하고 넘어가려다 보니 시즈쿠 혼자 신나게 떠들어 버린 셈이 되어버렸다. 엄청 무뚝뚝하거나 말솜씨라고는 없는 사람이라고 생각할지도 모른다.

"오래 기다리셨습니다. 방으로 안내해 드리겠습니다."

돌아온 고엔마를 따라서 1층으로 내려갔다.

홀에서 바다를 바라보는 쪽에는 응접실과 식당이 있었다. 계단을 내려가자 고엔마는 방향을 꺾어서 응접실을 등지고 걸어갔다.

"사토 님의 방은 이쪽입니다. 열쇠는 방 안에 두었으니 자유롭게 사용하시면 됩니다."

여러 장의 그림이 걸려있는 공간을 사이에 두고 양쪽에 두 개의 객실이 준비되어 있었다.

"텐가와 님은 안쪽 방입니다."

사토와 텐가와는 서로 인사를 하고 각자 방으로 들어갔다.

방문을 연 사토의 눈이 휘둥그레졌다.

저택의 주인이 직접 초대한 손님용 객실답게 무척 큰 방이었다. 침대와 일인용 팔걸이 소파, 서랍장과 옷장 등 생활에 필요한 가구는 모두 갖춰져 있었다. 창문 너머로는 저택으로 올 때 지나온 숲이 보였다.

사토는 소파에 짐을 두고 침대에 쓰러지듯 누웠다.

순식간에 긴장이 풀리는 느낌이다.

대체 무슨 일이 벌어지고 있는 건지 짐작조차 되지 않았다. 그저

막연히 드는 생각은 자신이 무언가를 위한 장기말이 되었다는 것뿐이었다.

장기말 취급은 익숙하잖아-.

사토는 자조하며 팔을 베고 생각에 잠겼다.

눈을 감자 폭염 속의 공사 현장이 떠올랐다.

티셔츠도 바지도 진흙투성이에 땀이 비 오듯 쏟아졌다.

길바닥에 앉아 잠시 쉬고 있는데 현장 감독이 슈퍼마켓의 비닐봉지를 들고 나타났다.

-물 좀 마시면서 해.

작업자들과 아르바이트생들이 봉투로 몰려들었다.

차례를 기다리던 사토가 마지막으로 봉투에 손을 뻗었다.

물은 남아있지 않았다.

-이런 하나가 부족했나 보네. 뭐, 너는 없어도 괜찮지?

무시하는 듯한 말에도 억지웃음을 지어 보였다. 화조차 나지 않았다. 계속 이렇게 살아왔으니까.

이번에는 집이었다.

전화로 아르바이트를 그만둔다고 말했다. 조금도 망설이지 않고 알았다는 대답이 바로 돌아왔다.

도쿠나가가 갑자기 그만두었을 때도 비슷한 심정이었으려나. 아니면 인생을 바꿔보고자 고민하고 있었을까. 마음속까지는 알 길이 없지만 어쨌든 이 아르바이트와 관련이 있을 거라는 생각이 들었다.

마지막으로 만났을 때 도쿠나가는 새로운 아르바이트에 대해 입을 꾹 다물고 아무 말도 해주지 않았다. 며칠 전만 해도 '짭짤한 아르바이트가 있다'면서 좋아하던 게 거짓말 같았다. 사토도 이 아르바이트에 채용되었을 때 절대 다른 사람한테 말하지 말라고 주의를 받았다.

그렇게 주의 주지 않아도 사토는 딱히 말할 데가 없었다. 고용주는 이러한 사실조차 다 알고 있었을지도 모른다. 도쿠나가 역시 고독한 건 매한가지였지만, 친구까지는 아니더라도 가느다란 실로 이어진 사람이 딱 한 사람 있었다. 남은 아니어도 친구까지는 아닌 그런 사람이 지금 '사토'가 되어 여기에 있다.

아무튼지 간에 피곤하다.

사토는 생각을 멈추고 깊은 잠에 빠졌다.

2.

고용인들만 지나다니는 복도를 걸어가며 고엔마가 자기 뺨을 양손으로 찰싹 소리가 나게 쳤다.

벌써 자신의 이름을 몇 번이나 잘못 말할 뻔했다. 지난번에는 신부인 '고테가와'였고, 이번에는 집사인 '고엔마'.

엄청나게 헷갈리네. 그러니까 이름 좀 잘 지으라니까―라며 작가를 탓했다.

아니, 겨우 이런 일로 짜증 낼 때가 아니다. 그러잖아도 다른 문제들이 산더미처럼 많아서 도무지 진정할 수가 없다.

'탐정'이 요청한 대로 무대를 준비했다. 자화자찬이기는 해도 제법 훌륭했다. 건물의 기초 부분은 예전에 사용했던 그대로지만 외관은 고풍스러우면서도 세련된 서양식 건물을 완벽히 재현했다. 미스터리 팬이 아니더라도 감탄할 수밖에 없을 정도다.

안전대책도 빼놓지 않았다. 카리브해의 섬들은 지역 경찰의 눈을 피하기 안성맞춤인 장소다. 플로리다의 대부호들이 오랫동안 불법 파티를 벌여 온 섬도 이 부근이다. 심지어 탐정 유희는 비정기적으로 열리니 경찰에게 적발될 가능성은 거의 없다. 그런데-.

"하여튼 이놈이나 저놈이나."

고엔마는 작게 한숨을 내뱉었다.

클라이언트의 막무가내 요구로 인해 불안 요소들이 생겨났고 그 탓에 무대 뒤에서는 크고 작은 사건 사고가 이어졌다. 정해진 계획대로 일을 처리해야만 직성이 풀리는 고엔마의 성격상 예기치 못한 상황들은 스트레스 그 자체였다.

이렇게까지 궁지에 몰린 기분은 처음이었다. 가능만 하다면 지금이라도 중단하고 싶을 정도였다. 하지만 이미 거액의 돈이 움직이고 있는 상황에서 그건 불가능했다. 중단해도 실패해도 막대한 책임을 질 수밖에 없다. 최악의 경우에는 해고당할지도 모른다.

그렇게 놔둘 수는 없지.

고엔마는 주방을 들여다보았다.

셰프인 마나베가 스태프들과 함께 저녁 식사를 준비하고 있다. 고사카도 분주하게 움직이고 있다.

"고기는 어떻게 됐어?"

멀찍이 떨어져 묻자 마나베가 뒤돌아 답했다.

"어떻게든 될 것 같습니다."

"좋았어. 또 하나 해결됐고."

오늘 아침 배달된 고기가 업체의 실수로 주문한 양의 절반만 도착했다. 서둘러 추가 주문을 했지만, 이 지역 일대에서 고기가 전부 동이 나버려서 급히 메뉴를 변경해야만 했다. 게다가 일부 객실에서는 갑자기 물이 나오질 않았다. 황급히 모든 배수관을 점검하고 수리를 끝마친 시각은 미스터리 연구회 사람들이 도착하기 바로 직전이었다.

"죄다 이렇게 아슬아슬해서야."

고엔마가 길게 한숨을 내쉬었다.

"저녁 식사는 시간에 맞출 수 있겠어?"

"문제없습니다."

마나베의 대답을 들은 고엔마가 자세를 바로잡았다.

"그럼, 고사카 씨. 모두 식당으로 안내하지."

고엔마는 고사카와 나누어서 각 방을 돌며 손님들을 식당으로 모았다.

식당의 커다란 테이블은 열 명은 거뜬히 앉고도 남을 만큼 거대했다.

손님들은 각자의 자리에서 식사를 즐겼다. 고기 요리도 칭찬 일색이라 고엔마는 남몰래 안도하며 가슴을 쓸어내렸다.

비단 이번 뿐만 아니라 '탐정'은 언제나 수억 엔이라는 거금을 지불한다. 살인과 수수께끼 풀이 외의 서비스도 최고로 준비하지 않으면 클레임을 피할 수 없다. 식사는 그중에서도 특히 중요한 요소다. 부족한 고기는 마나베의 아이디어로 해결했다. 일부러 고기 요리를 아주 조금씩만 내놓아 희소성을 연출하기로 한 것이다. 물론 맛에는 자신이 있었다.

작게 자른 고기를 깨작거리는 '탐정'도 만족스러워 보였다.

고엔마와 마나베는 눈을 마주치며 서로의 건투에 눈빛으로 박수를 보냈다. '탐정'이 와인을 요청하자 마나베가 고기와 어울리는 최고급 와인을 가져왔다.

마나베가 와인을 따르기 시작하자 고엔마는 미에이도 저택의 스태프를 소개했다. 고사카, 마나베가 모두에게 인사했다. 실제로는 요리사부터 기술 스태프까지 훨씬 많은 사람이 뒤에서 대기하고 있지만, 그들은 시나리오에 등장하지 않으므로 존재를 드러내지 않는 것이 원칙이다.

"그리고 스태프는 아니지만 소개해 드릴 분이 또 있습니다. 주인님의 주치의이신 시라이 선생님입니다."

고엔마의 말에 테이블 끝에 앉아 있던 중년 남성이 자리에서 일어나 인사했다.

"시라이입니다. 미에이도 씨가 가는 곳이라면 어디든 함께 하고 있습니다. 그런데 제가 잔소리를 너무 했는지 일할 때는 따라오지 말라고 하셔서 어쩔 수 없이 지금은 집을 지키는 신세입니다."

몇 명의 웃음소리가 터졌다.

"혹시 포커를 좋아하시는 분이 계시면 꼭 한 번 함께 하시죠."

무난하면서도 친근한 인사를 마친 시라이가 자리에 앉았다.

"자, 이제 자유롭게 이야기 나누시지요."

고엔마가 소개를 마치려 하자 '탐정'이 손을 들었다. 벌써 의욕이 넘치는 얼굴이다. 아직 사건은 시작도 안 했는데.

'탐정'은 다소 어색한 연기로 식탁을 둘러보더니 선장이 오지 않았다고 지적했다.

고엔마는 차분하게 대답했다. 예상했던 질문이었다.

"식욕이 없다고 방에 있겠다고 하셨습니다."

'탐정'이 탐탁지 않은 표정을 지었다.

"몸 상태는 괜찮다고 하셨으니 걱정하지 않으셔도 됩니다. 식사는 나중에 방으로 가져다드리겠습니다."

더는 '탐정'이 아무 말도 못 하게 고엔마가 쐐기를 박았다.

'탐정'은 여전히 못마땅한 듯했지만 음식과 술이 들어가면서 점차 기분이 나아져 보였다.

테이블 여기저기에서 이야기가 활기를 띠었다.

"시즈쿠 씨는 대학교 4학년이라고요ㅡ. 취직은 정해지셨나요~?"

히비코와 시즈쿠는 여자들끼리 이야기꽃을 피웠다.

"일단은 아버지 회사에 들어가기로 했어요."

"그렇구나ㅡ. 부럽네요ㅡ."

"낙하산인 셈이라 부끄럽지만 그래도 일단은 사회인이 되는 거니까요. 취업하기 싫어서 대학원에 간 사카키 선배보다는 제가 나은 걸로."

시즈쿠가 사카키를 향해 농담을 던졌다.

사카키가 겸연쩍어하면서 화제를 바꿨다.

"그보다도 담화실에 있던 책장. 그건 정말 훌륭하던데."

"어머, 역시 알아봐 주셨군요!"

"고전 작품들밖에 없긴 했지만 웬만한 도서관보다도 훨씬 잘 갖춰져 있더라고."

"책장이요~?"

히비코가 고개를 갸웃했다.

사토도 흥미진진하게 이야기를 들었다.

"아버지의 장서예요. 거의 다 고전 작품들이긴 하지만 동서양의 미스터리를 모아두었지요."

"아버님이 미스터리를 좋아하시는구나ㅡ."

"그럼요, 별장 이름을 기암관으로 지으실 정도인걸요."

"아, 죄송해요. 저는 미스터리를 잘 몰라서."

"아르센 뤼팽 시리즈에 기암성이라는 아지트가 등장하거든요."

"그러면 여기가 아버님의 아지트인 거군요!"

"유치하죠? 일 빼고는 미스터리랑 마술밖에 관심이 없으시다니까요. 이렇게 말하는 저도 아버지의 영향을 받아서 미스터리를 좋아하지만요."

시즈쿠가 민망해하며 웃었다.

그때 사카키의 옆에서 조용히 듣기만 하던 야마네가 갑자기 몸을 뒤로 젖히며 소리쳤다.

"우아악!"

평화롭던 공기가 삽시간에 얼어붙었다.

"아이고, 죄송합니다. 제가 놀라게 했네요."

이렇게 말하며 웃는 텐가와의 손에는 칼날이 30센티미터 정도 되는 나이프가 쥐어져 있었다.

"여기 오기 전에 들린 섬에서 팔더라고요. 커틀러스라고 이 지역에서 농업용으로 쓰는 나이프라고 하더군요. 옛날에는 해적들도 즐겨 썼다고 하고요. 마술 소도구로 쓰면 좋을 것 같아서 작은 걸 하나 사봤습니다."

"텐가와 씨는 마술사세요~?"

'마술'이라는 단어를 듣고 히비코가 눈을 반짝였다.

"그냥 아마추어예요. 본업은 경영자입니다."

"청년 사업가! 멋있어요."

시즈쿠가 감탄했다.

"천만의 말씀입니다. 미에이도 그룹에 비하면 보잘것없지요."

"저희 아버지도 할아버지에게서 물려받았을 뿐인걸요."

"나중에는 시즈쿠 씨가 이어받겠군요."

"네? 무슨 말씀이세요. 저는 많이 부족하죠."

텐가와 시즈쿠가 중심이 되어 이야기가 무르익어 갔다.

고엔마는 시계를 보았다.

설마 잊어버리진 않았겠지만, 슬슬 신호를 줘 볼까.

"아가씨."

"네, 알고 있어요."

자연스럽게 대답하는 걸 보니 제대로 기억하고 있었던 것 같다.

"사실 여러분들에게 도움을 청하고 싶은 일이 있어요."

시즈쿠가 새로운 화제를 꺼냈다.

"그저께 제 앞으로 편지 한 통이 도착했습니다. 그런데 도무지 내용을 알 수가 없어서 여러분들에게 해석을 부탁드리고 싶어요. 고엔마 씨."

고엔마가 주머니에서 편지를 꺼내 시즈쿠에게 건넸다.

"저도 명색이 미스터리 연구회 멤버인데 아무것도 알아내지 못한 것이 너무 분하지만, 여러분들이라면 아실지도 모른다는 생각이 들어서요. 한 번 봐주세요."

시즈쿠는 테이블에 앉은 사람들이 편지를 돌려 보게 했다.

편지로 시선을 옮긴 '탐정'의 미간이 찌푸려지는가 싶더니 가만히 내용을 응시하다가 이내 알 수 없는 미소를 지었다.

다른 사람들도 재밌어하기도 하고 께름칙해하기도 하고 무표정으로 읽고 넘기는 등 제각각의 반응을 보였다.

마지막으로 사토의 손으로 편지가 넘어왔다.

편지를 읽던 사토의 표정이 굳었다.

"이만, 가져가겠습니다."

그때 고엔마가 슬쩍 사토에게서 편지를 빼앗듯 가져갔다.

사토는 '아, 죄송합니다'라며 고개를 숙이더니 다시 음식을 먹기 시작했다.

엑스트라 주제에 어딜 수수께끼를 풀려고-.

고엔마는 속으로 욕지거리를 뱉으며 편지를 주머니에 넣었다.

3.

고엔마에게 편지를 뺏겼지만, 사토의 머릿속에는 편지 내용이 고스란히 남아있었다.

란포는 숨기고

세이시는 막는다

마지막으로 아키미츠가 목을 딴다

사람들로부터 편지에 대한 질문이 이어졌고 시즈쿠는 차례로 대답했다.

봉투에는 받는 사람의 이름만 적혀 있었고 보내는 사람의 이름이나 주소는 쓰여있지 않았다. 편지 내용도 봉투에 쓰인 이름과 마찬가지로 손으로 쓴 글씨가 아닌 인쇄된 것이라 필적감정도 불가능. 이런 편지를 받은 이유조차 모른다고 한다.

"정말 어렵군요. 이것만 봐서는 암호인지 협박장인지도 모르겠는데요."

텐가와가 흥미롭다는 표정으로 적극 나섰다.

"분명한 건 세 사람의 이름뿐이네요. '란포', '세이시', '아키미츠'."

사카키가 식사를 하면서 말했다.

"각각 에도가와 란포, 요코미조 세이시, 다카기 아키미츠를 말하고 있는 건 틀림없을 것 같습니다."

사토도 그건 추측할 수 있었다.

사카키의 미스터리 강의가 이어졌다.

"세 명 모두 일본 미스터리 소설의 기초를 닦은 거장들인 데다가

이 세 명이 함께 나오면 또 다른 해석도 가능하지요."

"일본의 3대 탐정, 아케치 코고로, 긴다이치 코스케, 가미즈키 요스케를 탄생시킨 아버지라는 거지? 거기까진 나도 해석했어."

시즈쿠가 말을 받자 히비코가 작게 손뼉을 쳤다.

"시즈쿠 씨도 보통이 아니네요-. 역시 미스터리 연구회."

"아니에요, 미스터리 팬에게는 세계 3대 미녀보다 간단한 문제인걸요."

시즈쿠가 쑥스러운 듯 겸손하게 말했다.

"그런가요-. 근데 세계 3대 미녀가 누구더라?"

골똘히 생각하는 히비코를 내버려둔 채 사카키가 말을 이어갔다.

"지금까지 해석으로 봤을 때 하나는 확실하네요. 보낸 사람은 미스터리를 매우 잘 알고 있는 사람이라는 것."

"미스터리 연구회 멤버들에게 3대 미스터리 작가와 관련된 편지를 보낼 정도니까 말이지. 역시 사카키 선배야!"

이번에는 시즈쿠가 사카키를 추켜세웠다.

사카키는 겸손하기는커녕 의기양양하게 콧방귀를 뀌었다.

"어쩐지 불길한 느낌도 듭니다만."

텐가와가 입을 열었다.

"첫 번째 줄 '란포는 숨기고', 두 번째 줄 '세이시는 막는다'. 여기까지만 보면 보물찾기의 힌트처럼도 보이는데. 마지막 줄 '마지막으로 아키미츠가 목을 딴다' 이 문장이 의미하는 건-."

텐가와가 사람들을 둘러보았다.

"─살인 예고."

식탁이 고요해졌다.

"살인인가요~? 그거라면 또 제 전문 분야죠─."

히비코의 농담 섞인 한마디가 침묵을 깨트렸다.

다른 사람들의 표정도 밝기만 했다. 모두 진지하게 받아들이지 않는 것 같았다.

사토도 심각하게 생각하지 않았다.

'목을 판다'라는 표현이 찜찜하기는 하지만 살인 예고라기에는 비약이 지나친 느낌이다. 그래도 마냥 무시할 수는 없었다. 만약 이 저택이 도쿠나가의 실종과 관련되어 있다면 사소한 것이라도 모든 일에 주의를 기울일 필요가 있다.

사토는 사람들의 말뿐만 아니라 표정까지 주의 깊게 관찰했다. 히비코를 제외하면 모두가 미스터리에 관심이 많았다. 히비코도 미스터리 소설에 대해서는 잘 몰라도 엽기범죄를 연구하는 학자이다. 이곳은 범죄에 흥미가 있는 사람들이 모여있는 기묘한 공간인 셈이다.

"사토 님, 음식은 입에 맞으십니까?"

갑자기 고엔마가 말을 걸어서 그제야 사토는 자신의 행동이 수상 쩍어 보일 수도 있다는 사실을 깨달았다. 계속해서 주위를 힐끗힐끗 쳐다보면 분위기를 망칠지도 모른다.

"아……마, 맛있습니다."

사토는 반성하며 고개를 숙였다.

그 뒤에도 괴상한 편지 덕분에 만찬 분위기가 달아올랐다. 하지만 답이 명확하지 않은 추리 놀이는 식사가 끝남과 동시에 종료되었다.

4.

식당에 남은 사람이 없는지 확인한 뒤 고엔마는 1층에 있는 집사실로 돌아왔다.

문을 잠그고 안쪽 벽에 손을 갖다 대자 소리 없이 벽이 움직이고 지하로 연결되는 계단이 나타났다. 방문은 열쇠로 여는 일반적인 문이었지만, 벽에 숨겨진 비밀 문은 지문인식으로 열리는 문이다. 혹시 누군가 방에 몰래 들어오더라도 벽에 숨겨져 있는 장치를 눈치챌 걱정은 없다.

고엔마가 계단을 내려갔다. 등 뒤로 벽이 자동으로 닫혔다.

예스러운 분위기의 지상층과는 달리 지하는 무기질적이면서도 근대적인 콘크리트로 만들어졌다. 지하 통로를 빠져나가면 사령실이 나온다. 저택 뒤편에 있는 바위산을 파내어 만든 시설이다. 집사실에서 사령실까지는 제법 거리가 있어서 여러 번 왔다 갔다 하면 그것만으로도 꽤 운동이 될 정도이다.

잰걸음으로 걸어온 고엔마의 숨이 살짝 거칠어졌다.

사령실에는 커다란 회의용 테이블이 있고 같은 간격으로 의자가 늘어서 있다. 모든 의자는 한 방향을 보고 있는데 그 앞에는 벽 전체에 12대의 모니터가 설치되어 있다. 모니터에는 홀과 식당, 담화실, 그리고 객실을 비추는 영상이 실시간으로 재생되고 있다.

테이블 너머로 상사인 구조 미야비가 불만 가득한 얼굴로 앉아 있었다. 검은색과 금색이 섞인 엄청나게 화려한 기모노를 어깨가 보이도록 풀어헤쳐 입고 긴 머리는 묶지 않고 늘어트렸다.

미야비가 고엔마를 향해 싸늘한 시선을 던졌다.

나이 어린 여자 상사가 또 잔소리를 시작하려나 싶어 고엔마는 몸을 움츠렸다.

진한 화장에 옷차림까지 맞물려 요염한 분위기를 풍기지만, 혹사당하는 사람 입장에서는 그런 차림새를 봐도 한숨만 나올 뿐이었다.

그런데 미야비는 고엔마를 흘깃 쳐다보더니 바로 모니터로 시선을 옮겼다.

고생하는 부하에게 수고했다는 인사조차 건네지 않는 게 기가 막혔으나 히스테리를 부리지 않는 것만으로도 다행이라고 생각하기로 했다.

모니터 앞의 관제장치는 기술 전문 스태프가 상주하며 관리한다. 그 옆에서는 작가가 노트북을 펼쳐놓고 팔짱을 끼고 있었다. 여기에서는 오만하게도 '카(밀실살인 트릭으로 유명한 미국의 미스터리 소설가 존 딕슨 카에서 따온 이름–역주)'라는 이름을 쓰고 있다. 자기가 밀실 트릭의 대가라고 어필하고 싶은 것 같았다. 노트북에는 플로 차트가 띄어져 있었다.

"작가님, 문제없었나요?"

고엔마가 카에게 확인했다. 다소 다른 점이 있었다 해도 예상 범위 내였을 터다.

"흐아암-아마도."

카가 하품하면서 대답했다.

탐정 유희는 치밀한 시나리오 아래 준비되지만 '탐정'의 행동이나 여타 돌발상황으로 인해 시나리오대로 진행되지 않을 때도 있다. 그래서 작가도 현장에 함께 와서 탐정 유희가 진행되는 도중에도 스토리를 수정한다.

"점점 더 귀찮은 요구만 한다니까."

미야비가 새빨갛게 칠한 손톱으로 테이블을 탁탁 두드렸다.

"더 비싸게 받았어야 했는데. 2회분, 아니 3회분 요금을 받아도 될 정도라고 지금 이건."

"맞습니다."

혼잣말처럼 불만을 늘어놓는 미야비의 말에 고엔마가 맞장구를 쳤다.

"부담이 늘어난 거에 비해 추가 요금이 너무 적잖아. 그런 주제에 우리가 조금이라도 실수하면 득달같이 클레임을 하겠지."

미야비가 또다시 고엔마를 싸늘하게 쳐다보았다.

실패하면 다 네 책임이야.

꼭 이렇게 말하면서 협박하는 듯한 눈빛이었다.

거액을 지불하는 고객인 '탐정' 측에서 클레임을 제기했다는 걸 윗분들이 알면 책임 문제가 불거진다. 마땅히 감독 역할인 미야비가 책임을 지는 게 맞지만 이 상사에게는 전과가 있다. 본사에 근무하던 시절 '탐정'에게 클레임이 들어올 때마다 부하에게 책임을 미룬 채 꼬리를 잘라내고 도망쳤던 것이다. 결국 윗분들의 눈 밖에 나서 일본 지부로 쫓겨난 지금도 여전히 본사에 돌아가겠다는 야심을 공공연히 내비쳤다.

"준비는 제대로 한 거야? 실패는 용납되지 않아."

미야비는 모니터 속 최초의 희생자를 보며 말했다.

"네, 문제없습니다."

면종복배(面從腹背 겉으로는 복종하는 척하면서 속으로는 배신함-역주). 고엔마는 살짝 고개를 숙였다.

"그 사토라는 놈은? 거동이 영 수상하던데."

"긴장해서 그럴 겁니다. 이제부터 더 동요하겠지만 방해될 일은 없을 겁니다. 타인에 대한 의존도가 높고 명령에 따르는 게 익숙한 타입이에요. 만에 하나 이상한 낌새가 보이면 바로 대처하겠습니다."

"방심은 하지 말고."

말을 마친 미야비가 자리에서 일어섰다. 기모노 소매를 펄럭이며 안쪽 문을 통해 사령실을 나갔다.

미야비가 나가자마자 한결 숨쉬기가 편해졌다.

그제야 키보드를 타닥타닥 두드리는 소리가 들렸다.

카가 일사불란하게 노트북으로 뭔가를 쓰는 소리였다.

"작가님, 무언가 변경사항이 있는 건가요?"

고엔마가 당황하며 물었다.

"말 걸지 마. 원고 쓰는 중이니까."

카는 뒤돌아보지도 않고 내뱉듯이 말했다.

"원고라 하시면?"

"당신이랑은 상관없으니 신경 꺼."

이 자식이. 지금 다른 일을 하고 있는 거야?

"작가님……그래도 지금은 이쪽 일에 집중해 주셔야죠."

"나오키상(대중문학을 대상으로 하는 일본의 대표적인 문학상 중 하나-역주) 타는 데 방해하지 말라고."

"네? 작가님 책이 출판된대요?"

말이 헛나왔다.

카가 키보드를 두드리던 손을 멈추고 뒤를 돌았다. 노려보는 눈에 분노와 치욕이 번지고 있었다.

큰일 났다. 어떻게든 달래지 않으면-. 쓸데없는 일이 늘어나게 생겼다.

고엔마가 어깨를 축 늘어트렸다.

갑자기 불안이 밀려들었다.

사전 준비도 비상 상황에 대한 대비도 전부 확인을 마쳤다. 그런데 이상하게 무언가 빠트린 기분이다. 돌이켜보면 클라이언트의 터무니없는 요구와 자잘한 사고들 때문에 마지막의 마지막까지도 정신없이 바빴다. 미처 챙기지 못한 것이 전혀 없다고는 단언할 수 없었다.

고엔마는 12대의 모니터를 다시 찬찬히 훑어봤다. 저택 안의 사람들을 한 사람씩 일일이 확인했다.

괜찮아-.

스스로 되뇌었다.

언제든 시작할 수 있어.

*

오래 기다리셨습니다.

드디어 참극의 막이 올라갑니다.

잘 알고 계시듯 이번에는 연쇄살인. 거기에 더해 모방살인이라는 특별함까지 곁들여 보여드릴 예정입니다.

여러분은 일련의 사건을 무대 바깥에서 일어나는 일까지 포함해서 모두 보실 수 있습니다. 그뿐만 아니라 이 세계를 구석구석까지 만끽하실 수 있도록 여러 가지 다양한 장치들도 마련해 두었습니다.

참극의 축제는 마지막까지 쉼 없이 내달릴 것입니다. 부디 이 께름칙한 엔터테인먼트를 마음껏 즐겨주시길 바랍니다.

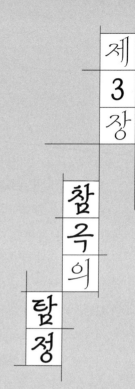

제 3 장

참혹의 탐정

1.

시차 적응이 영 되지 않는다.

방에 돌아온 사토는 팔걸이가 있는 가죽 소파에 앉아 멍하니 천장을 올려다보았다. 소파는 일인용이었지만 제법 크기가 컸다. 폭도 꽤 넓은 데다가 높이가 특히 높아서 체구가 작은 사람이 안쪽으로 깊숙하게 앉으면 발이 바닥에 닿지 않을 정도다. 커다란 만큼 푹 안기는 느낌이라 편안한 기분이 들었다.

저녁 식사는 최고였다.

이렇게 지내기만 하면 고액의 보수를 받을 수 있다는 것이 아무리 생각해도 이상했다. 건물도 사람들도 기묘하다. 분명히 카리브해에 있는데 꼭 일본의 낡은 저택에 있는 느낌이다. 식당에 모였던 사람 중에도 아르바이트로 참가한 사람이 있는 걸까. 그런 것 치고는 모두 퍽 자연스러웠다.

아르바이트생 같은 사람을 군이 꼽는다면 야마네라는 음침한 남자이려나. 자신과 야마네. 극단적으로 말이 없는 사람도 둘 뿐이다. 하지만 만약 야마네가 아르바이트생이라면 사카키와 시즈쿠도-.

"진짜 뭐가 뭔지 하나도 모르겠네."

혼잣말을 중얼거리고 눈을 감았다.

지금 일어나는 모든 일이 도무지 현실 같지 않아서 생각하기조차 귀찮았다.

도쿠나가에 대한 단서는 발견하지 못했다. 더 찾아봐야 하겠지만 눈에 띄는 행동은 어려울 것 같다. 식사 자리에서 저도 모르게 주위 사람들의 대화에 온 신경을 집중하고 있었더니 고엔마가 매섭게 노려봤다. 아무래도 주위 사람들에 대한 못미더움이 얼굴에 드러난 모양이다. 지시받은 대로 얌전히 있다가 아르바이트비나 받아 가는 게 현명할지도 모른다.

갑자기 들려온 노크 소리에 화들짝 놀랐다.

막 잠에 빠지려던 차였다.

"텐가와입니다."

문 너머에서 들려오는 목소리.

눈을 뜨는 것이 힘겨워서 대답을 미루었다.

"주무세요? 모처럼 이렇게 만났으니 좀 더 이야기하지 않으실래요?"

텐가와의 방은 바로 옆이다. 다른 손님들은 2층에 있으니 가까운 사람부터 말을 거는 듯했다.

하지만 누구와도 대화하지 말라는 지시도 있었고-.

사토는 쾌활한 이웃을 무시하기로 했다.

실눈을 뜨고 시계를 보니 8시가 지나고 있었다.

샤워는 내일 아침에 하더라도 잠은 침대에서 자야지.

머리는 그렇게 명령하는데 도통 몸이 움직이질 않는다. 이대로도 괜찮으니 빨리 자라고 뇌를 향해 반론했다. 뇌와 신체의 공방전이 잠시간 이어졌다.

얼마나 시간이 흘렀을까.

방 밖에서 유리가 깨지는 소리가 들렸다.

연이어 여자의 비명이 울렸다.

순식간에 잠에서 깨어 의자에서 벌떡 일어났다.

그러나 문고리를 잡은 채로 주저했다.

쓸데없는 일을 하면 안 된다. 절대적인 규칙이다. 이러면 규칙을 어기게 된다. 하지만 무언가 사고가 일어난 거라면-.

사토는 시계를 쳐다보았다.

9시 30분. 1시간 반이나 지났네.

조심스럽게 문을 열고 복도를 살폈다. 아무도 없었다. 홀 쪽으로 향했다. 천천히 신중하게. 다른 사람이 오면 바로 돌아가면 그만이다.

홀을 살펴보자 응접실 앞에 여성이 서 있는 것이 보였다. 시즈쿠다. 다른 사람은 없었다.

"사토 씨……."

시즈쿠가 자신의 이름을 부르는 걸 들은 사토가 결심한 듯 다가섰다.

"비명이 들리던데요."

"죄송해요. 갑자기 큰 소리가 나길래 그만."

비명을 지른 건 시즈쿠였나보다.

"유리가 깨지는 소리요?"

"네."

"어디에서 소리가 들렸는지 기억나세요?"

"아마 저쪽인 것 같아요."

시즈쿠가 창백한 얼굴로 사토의 등 뒤를 가리켰다. 방금 지나온 복도다. 유리가 깨진 건 반대 방향이었던 것 같았다.

"사토 씨는 혹시 다치거나 하지는 않으신 거죠?"

"네, 저도 소리에 놀라서 나와 봤어요. 저쪽으로 가볼까요."

말이 끝나기가 무섭게 가슴에 무언가 닿았다.

시즈쿠가 사토의 팔을 잡고 매달렸다.

"시……시즈쿠 씨."

심장이 쿵쾅거렸다. 시즈쿠에게 심장 소리가 들리면 어쩌나 걱정될 정도로 심장 박동 소리가 크게 울렸다.

"사실은 조금 전에 수상한 사람 그림자를 봤어요. 저쪽으로 가고 있었어요."

시즈쿠가 겁먹은 눈으로 복도 쪽을 쳐다보았다.

"조금 전이면……텐가와 씨 아닌가요?"

"모르겠어요. 순간 스쳐 지나간 데다가 새까매서…….""

"복도에는 아무도 없었어요. 일단 가보죠."

규칙 따위는 이미 머릿속에서 사라지고 없었다.

시즈쿠에게 남자다운 모습을 보여주고 싶다는 마음 하나로 복도로 향했다.

방 앞에 도착했다. 이상은 없어 보였다.

"이건?"

무언가를 눈치챈 건 시즈쿠와 거의 동시였다.

안쪽에 위치한 텐가와의 방. 그 앞 복도에 뭔가가 일어나 있었다. 검붉은색의 카펫이 검게 얼룩져 있었다.

"이게 뭘까요?"

시즈쿠와 눈을 마주치고 함께 텐가와의 방으로 향했다. 방 앞에 쭈그려 앉아 색이 변한 카펫을 만져보았다. 손가락 끝이 젖었다.

"물이다."

물에 젖어서 카펫 색이 변한 것처럼 보였던 것이다. 물은 방 안에서부터 흘러나와있었다.

"무슨 일 있으십니까?"

등 뒤에서 고엔마의 목소리가 들렸다.

왜 네가 여기 있는 거야.

이렇게 말하는 것처럼 고엔마가 사토를 쏘아보았지만, 시즈쿠가 자초지종을 설명하자 이내 문으로 시선을 돌렸다.

고엔마가 방문을 노크하며 텐가와의 이름을 불렀다. 대답은 들리지 않았다.

문고리를 돌려보았으나 문은 당연히 잠겨 있었다.

고엔마는 고용인실에서 마스터키를 가지고 오겠다고 말하더니 홀쪽으로 빠른 걸음으로 사라졌다.

채 5분도 지나지 않아 고엔마가 돌아왔을 때는 사카키와 야마네, 그리고 히비코가 함께였다. 세 명 모두 비명을 듣고 2층에서 내려오던 차에 고엔마와 마주쳤다고 했다.

고엔마가 다시 한번 노크를 하고 잠시 기다렸다가 마스터키로 문을 열었다. 방 안쪽으로 문을 밀자 덜컹거리는 소리가 나면서 더는 문이 열리지 않았다.

고엔마는 힘을 주어 억지로 문을 밀었다.

잘그락잘그락하고 유리 파편이 맞부딪히는 소리가 나더니 그제야 문이 열렸다.

"꺄악!"

방을 살펴보던 히비코가 놀라서 소리를 질렀다.

사토는 고엔마의 어깨 너머로 목을 길게 뺐다.

반쯤 열린 문 사이로 침대에 누운 텐가와가 보였다. 자는 것이 아니라는 건 확실했다. 텐가와의 눈은 천장을 향한 채 초점을 잃었고 가슴에는 단도가 깊게 박혀 있었다.

"이럴 수가!"

고엔마의 외침에 그제야 눈앞의 광경이 현실로 다가왔다.

사람이 살해되었다―.

머리가 뿌옇게 마비되는 듯한 감각에 휩싸였다.

"어서 경찰을 불러요."

사카키가 냉철하게 지시했다.

"아…알겠습니다."

고엔마가 복도를 뛰어갔다.

그 뒷모습을 잠시 바라보던 사토는 얼굴을 돌리자마자 흠칫 놀랐다. 사카키와 히비코가 방 안으로 들어가려 하고 있었다.

"……들어가도 되는 건가요?"사토의 말은 무시당했다.

망설이고 있는 와중에 야마네도 방으로 들어갔다.

이게 무슨 말도 안 되는…….

시즈쿠는 '싫어'라고 말하며 고개를 옆으로 저었다.

"어라?"

히비코가 갑자기 얼빠진 소리를 냈다.

사토도 결국 참지 못하고 들어갔다.

"이건 목각상에 있던 거 아닌가요~?"

히비코가 텐가와의 가슴에 박힌 단도를 가리켰다.

담화실에 있던 신장 목각상이 물고 있던 단도였다.

사카키가 단도에 얼굴을 가까이 대고 살펴보더니 말했다.

"맞는 것 같습니다."

흥미진진한 얼굴로 시체를 살펴보는 사카키와 히비코를 바라보며 미간을 찌푸리던 사토가 방안을 둘러보았다.

방에 놓인 가구는 사토의 방과 거의 같았다. 침대, 일인용 소파, 테이블. 협탁에는 중남미 지역의 기념품처럼 보이는 나무로 만든 공예품과 럼주와 함께 방 열쇠가 놓여 있었다.

사카키는 텐가와의 시체에서 눈을 떼고 창가로 다가갔다. 커튼을 열더니 무언가 생각하는 듯했다.

그 모습을 야마네가 가만히 지켜보고 있었다. 사카키를 도와주려고 기다리는 것 같았다.

히비코가 사카키의 옆쪽을 기웃대었다.

"창문도 잠겨 있네요-."

사토가 침을 꿀꺽 삼켰다.

그렇다면-이 방이 밀실이었단 건가.

"문도 창문도 잠겨 있었다면 밀실살인이 되는 거군요."

사카키가 검지로 안경 브릿지를 만지작거렸다.

거짓말.

살인사건을 보게 된 것만도 평생 한 번 있을까 말까 한 일인데, 그게 또 하필이면 밀실살인이라니…….

"밀실살인이라니-. 역시나 제 분야는 아니네요-."

히비코는 왠지 모르게 기뻐하는 얼굴로 방안을 둘러보았다.

"하지만 마스터키가 있었잖아요?"

나도 모르게 말이 튀어나왔다. 밀실을 부정하려던 것은 아니지만 더 이상 비일상적인 일들이 벌어지면 뇌가 감당할 수 없을 것 같았다.

그러자 사카키는 '아니'라고 말하며 반쯤 열린 문을 닫았다. 문 뒤에는 유리 조각들이 흩어져 있었다. 원래는 꽃병이었던 것 같다. 복도까지 흘러나온 물은 이 꽃병에 담겨있던 물로 보였다. 방에서 들었던 소리도 꽃병이 깨지는 소리였던 듯했다.

"이게 문에 걸려 있었습니다."

사카키는 지문이 묻지 않도록 손수건으로 유리 조각을 그러모았다.

히비코가 잠시 생각했다.

"아, 문을 열려고 하자마자 소리가 났으니까−, 문 바로 앞에 떨어져 있었던 것 같네요−. 우리보다 누군가 먼저 문을 열었으면 조각들이 움직였을 거예요−. 그.러.니.까."

원래 그런 건지 어려 보이려고 그러는 건지는 모르겠지만 히비코는 말끝을 늘리는 버릇이 있는 것 같았다. 듣는 사람에 따라서는 답답하게 느낄지도 모른다.

"텐가와 씨가 죽은 후 아무도 이 문으로 드나들지 않았다는 거군요."

반면 사카키는 최소한의 필요한 말만 한다.

이 두 사람의 주장은 부정하기 어려웠다. 창문은 안쪽에서 잠겨 있었고, 문은 잠겨 있었을 뿐만 아니라 깨진 꽃병 조각들의 위치로 보아 열린 적이 없다는 것이 증명되었다. 완벽한 밀실이다.

"아무도 드나들지 않았다면 텐가와 씨는 자살인 건가요?"

말하고 나서 사토는 텐가와의 시체를 관찰했다.

단도는 옷 위에서부터 깊숙이 박혀 침대까지 피로 물들어 있다.

"혼자서 이렇게까지 깊게 찌르는 건 어려워요-. 엎드려 있었으면 또 모를까 똑바로 누운 상태에서는-"

"어떤 방법으로든 스스로 찌른 다음 천장을 향해 누웠다고 한다면요?"

사카키가 자살설을 이어받았다.

"음, 그것도 쉽지 않을 것 같은데요-."

히비코는 머리를 감싸 쥐고 골똘히 생각했다.

"여기 침대에 묻은 핏자국을 보세요. 똑바로 누워서 찌르지 않으면 이런 식으로 피가 묻을 수가 없어요-."

히비코가 시체에 닿지 않도록 조심하며 침대보를 밑으로 잡아당겼다. 텐가와의 몸을 따라 핏자국이 끊겨 있는 것이 보였다. 시체 아래에 피가 묻어 있지 않다는 건 지금 이 자세 그대로 출혈이 일어났다는 말이다.

닫혀있던 문이 갑자기 열리는 바람에 사토의 입에서 작은 비명이 튀어나왔다.

돌아보자 얼굴이 하얗게 질린 고엔마가 입술을 부들부들 떨며 서 있었다. 등 뒤로는 시즈쿠가 걱정스러운 얼굴로 이쪽을 쳐다보고 있었다.

고엔마가 시즈쿠의 얼굴을 한번 쳐다보더니 방 쪽으로 몸을 돌려 모두를 향해 말했다.

"전화기가……부서져 있습니다."

담화실에 있던 레트로 전화기는 참혹한 형태로 변해 있었다. 수화기선이 절단되고 전화선도 난폭하게 잘려있었다.

"보나 마나 누가 일부러 부순 것 같네요."

사카키가 절단면을 야마네에게 보여주며 말했다.

야마네는 딱딱하게 굳은 얼굴로 고개를 끄덕였다.

"범인이 아주 철저하네요-."

벽 앞에 웅크리고 앉은 히비코가 태평하게 말했다.

전화선을 꽂는 구멍까지 부서져 있었다.

사토는 가만히 움직이지 않았다. 시즈쿠가 팔에 매달려 있었기 때문이다.

"큰일이군요. 이대로는 경찰을 부를 수가 없습니다."

고엔마가 눈썹을 찌푸렸다.

"외부에 연락할 수 있는 다른 방법은 없나요?"

사카키가 묻자 고엔마는 고개를 가로저었다.

"모레 주인님이 돌아오시는 걸 기다리는 수밖에 없습니다."

"말도 안 돼."

무심결에 말이 새어 나왔다.

살인이 일어난 외딴섬에서 외부와의 연락 수단이 끊겼다.

그야말로 완벽한 클로즈드 서클이다.

범인이 의도적으로 만든 것이겠지만 도저히 믿을 수가 없어 머리가 어질어질했다.

"이건 마치-."

말하려다 말고 입을 다물었다.

사망자가 발생한 긴급사태다. 이제 아르바이트는 중지될 것이다. 당연히 그러리라고 생각했는데 어디에서도 중지하라는 말은 들리지 않았다.

-무슨 일이 일어나도 끝까지 맡은 역할에 충실할 것.

사전에 받은 지시가 떠오르면서 등줄기가 서늘해졌다.

"흉기는 여기에 있던 단도가 맞는 것 같군요."

어느새 사카키는 목각상 앞에 서 있었다.

목각상의 입에 물려있던 단도가 사라져 살짝 벌어진 입이 훤히 드러나 있었다.

텐가와가 전화를 부순 후 단도를 가지고 방에 돌아가서 알 수 없는 방법으로 천장을 바라본 채 자신의 가슴을 찔렀다.

아무리 생각해도 말이 되지 않는다. 누군가에게 살해당했다고 보는 게 자연스럽다. 이것은 역시 살인이다.

"살인이라고 해도 밀실이 수수께끼로 남아버리네요-."

히비코가 팔걸이 소파에 앉았다.

"정말 밀실이었을까요."

사카키가 안경의 브릿지를 또 만지작거렸다. 무언가를 생각할 때 나오는 버릇인가 보다.

"으음— 아까 살펴봤던 대로라면 완벽한 밀실이었잖아요—. 문도 잠겨 있었고 유리 조각으로 막혀 있었고. 이중 밀실이네요—."

"범인이 마스터키를 가지고 있었다면 꽃병을 깨기만 해도 되지요."

"어떻게 방 밖에서 꽃병을 깰지—그게 문제겠네요—."

사토는 밀실살인의 수수께끼를 푸는 사카키와 히비코의 대화를 잠자코 듣기만 했다.

문 바로 뒤에 깨진 꽃병 조각이 떨어져 있던 것으로 인해 밀실은 더욱 공고해졌다. 그뿐만이 아니다. 텐가와의 방에 무언가 이상이 있다는 걸 알아챈 것도 꽃병에 담겨있던 물이 복도까지 흘러나왔기 때문이다. 범행을 주위에 알리려는 의도가 있었다는 말이다. 일부러 목각상의 단도를 사용한 점만 봐도 계획적인 범행이 틀림없다.

"고엔마 씨, 마스터키는 몇 개인가요~?"

히비코가 소파의 등받이에서 몸을 일으키며 고엔마에게 물었다.

"하나밖에 없습니다. 평소에는 고용인실에서 보관하고 있습니다."

"그 방에는 아무나 들어갈 수 있나요~?"

"아니요. 고용인실 열쇠는 저만 가지고 있습니다."

"아까 마스터키를 가지러 갔을 때— 고용인실은 잠겨 있었나요~?"

"네."

"잠근 것은 언제인가요~?"

"저녁 식사 후 정리를 끝낸 다음입니다."

"시간은요?"

"8시 반쯤이었던 걸로 기억합니다."

"꽃병이 깨진 건 9시 반쯤이었죠~?"

히비코가 시즈쿠를 향해 물었다.

"네."

시즈쿠가 당황하며 끄덕거렸다.

"어디에서 소리가 들렸나요~?"

"응접실이요."

"왜 1층에 계셨어요~?"

"목이 말라서 차를 마시려고 식당에 갔어요. 방에도 전기포트가 있긴 하지만 혹시 누군가 있으면 이야기라도 할까 해서요."

"누가 있었나요~?"

"아뇨, 그래도 기왕 내려온 김에 응접실에서 책을 읽으면서 잠시 기다려 보고 있었는데 갑자기 큰 소리가 나서."

"비명을 지르신 거군요."

"죄송해요……."

시즈쿠가 면목 없다는 듯 몸을 움츠렸다.

"아니 아니, 전혀요-. 시즈쿠 씨 덕분에 우리가 사건을 알게 되었잖아요-. 그죠~?"

히비코가 동의를 구하자 사카키는 가만히 고개를 끄덕였다.

"-그렇다면."

사카키가 마치 기다렸다는 듯 이야기를 이어 나갔다.

"적어도 꽃병이 깨진 시간에 마스터키는 고용인실에 있었다. 즉, 꽃병은 잠긴 방안에서 깨졌다는 말이군요. 고엔마 씨가 거짓말을 한 게 아니라면 말입니다만."

"무, 무슨 말씀이십니까. 제가 고용인 실을 잠그는 걸 고사카와 마나베도 봤습니다."

"하지만 그 뒤에도 언제든지 열 수 있던 거 아닌가요?"

"그건……."

고엔마의 말문이 막혔다.

"잠깐만요."

시즈쿠가 손을 들었다.

"제가 소리를 듣자마자 홀에 가서 텐가와 씨 방으로 이어지는 복도를 보고 있었는데 지나가는 사람은 아무도 없었어요. 사토 씨가 자기 방에서 나온 것 말고는요."

시즈쿠의 입에서 자기 이름이 나와서 사토가 흠칫 놀랐지만 아무도 신경 쓰지 않았다. 사토가 방을 나온 것은 살인이 일어난 후였다.

"고엔마 씨도 보지 못했다고?"

"네, 고엔마 씨는 나중에 왔어요."

시즈쿠가 확실히 단언했다.

그제야 고엔마도 안도한 듯 한숨을 내쉬었다.

"텐가와 씨의 방은 복도 제일 안쪽 막다른 방이었지요?"

사카키의 질문에 고엔마의 얼굴이 다시 어두워졌다.

"아, 네. 객실은 모두 홀로 통하게 되어 있습니다."

"······그러면 더 복잡해지는데."

사카키가 안경을 만졌다.

"잠긴 문, 유리 파편, 그리고 아무도 지나가지 않은 복도. 삼중 밀실이 됩니다."

"우와ー."

히비코가 눈을 동그랗게 떴다.

"그런데······신경 쓰이는 게 있는데요."

시즈쿠가 홀에서 봤던 사람 그림자에 대해 이야기했다.

사람 그림자를 본 것은 꽃병이 깨지기 20분에서 30분 정도 전이라고 했다.

사토는 그 시간에 방에서 나오지 않았다고 주장했다.

사카키와 히비코가 대화를 나누었다.

"그렇다면 사람 그림자는 텐가와 씨 본인 아니면 범인이겠군요."

"범인이면 객실 쪽으로 갔다가 돌아오지 않았다는 말이네요ー. 어디로 사라졌을까나ー."

밀실 수수께끼가 점점 더 미궁 속으로 빠져가는 걸 바로 눈앞에서 보면서도 사토의 머릿속은 다른 생각으로 가득했다.

범인이 완성한 것은 밀실뿐만이 아니다.

어째서 클로즈드 서클까지 만들었을까.

이제까지 읽었던 수많은 미스터리 소설을 떠올렸다. 외부와 단절된 무대, 클로즈드 서클. 자연현상이나 사고 등으로 인해 우발적으로 생기는 경우도 있는 반면, 범인이 고의로 만드는 경우도 있다. 클로즈드 서클을 만드는 목적은 여러 가지가 있겠지만 최종 목적은 대부분 하나로 귀결된다.

연쇄살인.

또 누군가가 살해당한다-.

"아, 혹시!" 시즈쿠가 큰 소리를 내어 모두의 시선을 집중시켰다.

"아까 그 편지요……'란포는 숨기고'라는 문장이 말하는 게 이 단도 아닐까요?"

"단도를 감춘다라-."

사카키가 신장 목각상을 쳐다보았다.

"흉기로 사용된 걸 '숨긴다'라고 표현하는 건 어색한 것 같은데."

"그런가요. 음, 그렇기도 하네요."

시즈쿠가 못내 아쉬운 기색으로 인정했다.

"그렇네요-. 사라진 건 오히려 범인인 것 같은데요-."

"그런데 히비코 씨는 무척 침착하시네요. 엽기 범죄학자라서 이런 거에 익숙하신가 봐요."

그렇게 말하는 시즈쿠도 크게 동요한 기색은 없었다. 다른 사람들도 그렇고 보통 살인사건을 마주하면 더 무서워지지 않나.

사토는 곁눈질로 시즈쿠를 보면서 몰래 가슴을 진정시켰다.

이쪽은 지금 심장이 터질 것처럼 쿵쾅거리는데.

"전혀 아니에요, 무슨 말씀이세요-."

히비코가 손사래를 쳤다.

"이건 그냥 살인일 뿐이잖아요-. 엽기 살인이 아니라고요-."

히비코의 말에 사토는 귀를 의심했다.

얼마나 시체를 많이 보고 연구했는지는 모르겠지만 감각이 마비된 건 분명해 보였다.

"란포는 범인을 숨긴다-. 대체 어디에?"

사카키가 자문했다.

"야마네, 어떻게 생각해?"

갑작스러운 질문에 야마네는 쉽사리 답을 하지 못했다.

사토가 보기에 자신 외에 가장 크게 동요하고 있는 사람은 야마네였다. 눈에 띄게 창백해진 얼굴로 입술을 떨고 있다. 동질감이 들어서 친근감이 느껴졌다.

"목이……따지지 않았어."

간신히 야마네가 뱉은 말은 편지의 세 번째 줄에 있던 문장에 대한 지적이었다.

−마지막으로 아키미츠가 목을 딴다.

사카키가 끄덕였다.

"맞아. 텐가와 씨의 목에는 이상이 없었어. '세이시는 막는다'라는 문장과도 맞지 않아. 역시 편지와는 관계가 없는 것 같군."

틀렸어.

사토는 마음속으로 반박했다.

그것만으로는 편지와의 관련을 부정할 수 없다.

연쇄살인으로 이어지는 것이 맞다면 두 번째 문장부터의 암시는 아직 실행되지 않았을지도 모른다.

아무도 살인이 또 일어날 가능성에 대해서는 생각하지 않는 건가.

하지만 먼저 말을 꺼내는 것은 망설여졌다. 이런 상황에서도 사전에 받은 지시를 따르고 있는 스스로가 우스웠다.

분명히 나 말고도 아르바이트로 참가한 사람이 있을 것이다. 그 누군가가 먼저 입을 열어줬으면 좋겠는데.

아르바이트는 이제 중지해 달라고.

누가 됐든 말을 꺼내기만 하면 바로 찬성할 것이다. 또 다른 희생자가 나오지 않도록 의견도 낼 수 있다. 그러나 먼저 나서서 말을 꺼내는 건 피하고 싶었다.

－정말 한심하기 짝이 없네.

신장 목각상이 벌어진 입으로 이렇게 비난하는 것만 같았다.

2.

첫 번째 살인은 어렵지 않다.

트릭은 간단하고 실행도 용이하다. 유일하게 걱정되는 점이 있다면 살해할 때 텐가와가 저항할 수 있다는 정도였다. 그래서 미리 저녁 식사에 수면제를 넣어 두었다. 식당에서 잠들지 않도록 조금만 넣긴 했어도 머지않아 밀려든 졸음이 일을 수월하게 해주었을 터다. '범인'은 이미 일을 마치고 방으로 돌아갔을 것이다.

담화실에서 모두를 해산시킨 고엔마는 급히 집사실로 향했다.

"그건 그렇고."

걸으면서 중얼거렸다.

텐가와가 가져온 카리브 기념품 탓에 고엔마의 짜증은 배가 되었다.

기껏 만든 세계관을 망쳐 놓다니.

애써서 일본의 서양식 건물을 재현해 놨는데 그런 걸 보여주면 다들 현실로 돌아와 버리잖아. 이건 디즈니랜드에 닌자 복장으로 들어오는 거나 마찬가지라고. 아무리 우리 의도를 모른다고 해도 좀 눈치껏 굴어야지.

그래도 첫 번째 살인이 무사히 끝난 덕에 어깨의 짐을 조금은 덜었다. 멋대가리 없는 물건들도 전부 텐가와의 방에 있으니 더는 그 꼴도 보기 싫은 것들을 볼 일도 없었다.

부정적으로 생각하지 말고 긍정적으로 보자.

그렇게 되뇌며 집사실 문을 열었다.

그 순간 위에서 묵직한 통증이 느껴졌다.

책상에 놓인 촛불 모양 램프에 불이 들어와 있었다. 미야비로부터의 호출이다.

기암관 전체를 고풍스러운 장식으로 꾸미면서 호출 램프도 촛불 모양으로 위장했다. 연락용 이어폰과 마이크도 소지하고 있지만 다른 사람들에게는 무선 연결이 가능하다는 걸 숨겨야하기 때문에 소매에 감춰 두고 긴급할 때만 사용한다.

사령실에 도착하자 미야비를 비롯한 사람들이 험악한 표정을 짓고 있었다.

모니터는 고용인들의 방을 제외한 모든 방과 홀, 저택 주위를 비추고 있다. 모두 언뜻 봐서는 알 수 없게 위장한 감시 카메라로 촬영하고 있다.

미야비가 고엔마를 흘깃 쳐다보더니 무시하는 것처럼 모니터로 눈을 돌렸다.

또 무슨 잔소리를 하려고.

고엔마도 일부러 말을 걸지 않고 기다렸다.

미야비는 세세한 실수까지 전부 지적해야 부하의 퍼포먼스가 향상된다는 잘못된 믿음을 가지고 있다.

"'범인'이 나오지 않아."

"네?"

깜짝 놀라 얼빠진 소리를 내고 말았다.

"아직도 텐가와의 방에 있다고요?"

곧바로 텐가와의 방을 비추는 모니터를 보았다.

텐가와의 시체, 깨진 꽃병, 팔걸이 소파, 테이블, 협탁, 기념품- 모두 발견했을 때 그대로다.

골탕을 먹이려는 건가 싶었지만 금세 이상한 점을 눈치챘다.

'범인'의 방을 비추는 모니터에 사람이 보이지 않았다.

미야비가 모니터를 바라보며 말했다.

"의자에서 나오지 않고 있어."

"네?"

또 얼빠진 소리가 튀어나왔다.

한참 전에 방을 빠져나왔어야 할 '범인'이 의자에서도 나오지 않았다.

"대체 이게 무슨……."

"내가 하고 싶은 말이야! 도대체 어떻게 된 거야?"

화가 나서 소리치는 미야비에게 대답할 말이 없었다. 방금까지도 현장에 있었다. 진행 상황 체크는 사령실에서 해야 할 일이었다.

카를 쳐다보았지만 자기와는 상관없는 일이라는 듯 아랑곳하지 않는다.

이 자식이-.

관제장치를 담당하는 기술 스태프인 반자키에게 물었다.

"정말 의자에서 나오지 않은 거야?"

"네……."

"확실해?"

어투가 날카로워졌다.

"못 보고 놓쳤을 가능성은 없고?"

"……그럴 수도 있지만, 나왔으면 분명히 봤을 겁니다."

애매한 대답.

큰소리로 호통이라도 치고 싶었다.

그러나 그건 너무하다는 생각도 들었다. 잘못한 건 스태프가 아니라 미야비다.

이익을 조금이라도 더 남기겠다고 인건비를 줄인 결과다. 통상 모니터를 감시하는 스태프만 3명은 필요한데 1명으로 줄었다. 놓치는 부분이 늘어날 거라는 것은 예상했던 바였다.

"녹화 영상 체크는?"

"빨리 해 봐."

미야비가 턱으로 지시했다.

혀를 차고 싶은 걸 간신히 참으며 직접 관제장치를 조작했다. 반자키는 감시를 계속해야만 했다.

"모니터에 띄워 봐."

관제장치 옆 모니터에 텐가와의 방이 나타났다. 범행 시각까지 영상을 뒤로 감았다.

"여기다."

저녁 식사를 마치고 텐가와가 방에 돌아왔다.

잠시 후 방에 찾아온 손님. '범인'이다. 모자가 달린 검은색 가운. 얼굴은 보이지 않는다. 텐가와는 '범인'을 방에 들어오게 한 뒤 대화를 나누기 시작했다. '범인'은 카메라를 등지고 소파에 앉았고 텐가와는 침대 위에 앉아 있다. 졸음이 몰려오는 듯했다. 텐가와는 다리를 뻗은 채 벽에 등을 기댔다. 그대로 꾸벅꾸벅 조는가 싶더니 얼마 지나지 않아 잠들었다.

'범인'은 텐가와를 똑바로 눕히고 가운 안에서 신장 목각상이 물고 있던 단도를 꺼냈다. 그리고 텐가와의 가슴 위에서 단도를 높이 치켜들었다가 주저 없이 내리꽂았다. 텐가와가 순간 작게 비명을 질렀다.

단도가 한 번에 박히지 않자 '범인'은 재차 가슴에 칼을 찔렀다.

텐가와는 절명.

'범인'은 잠시 당황한 듯 정신이 없어 보이더니 이내 문과 창문이 잠겨있는 것을 확인하고 협탁 위에 있던 꽃병을 들어 문 앞에 던졌다.

꽃병이 산산조각 나면서 카펫을 적셨다.

쉴 틈 없이 '범인'은 팔걸이 소파 뒤로 이동했다. 소파는 안이 비어 있고 등받이 뒤가 열리도록 만들어져 있었다. '범인'은 소파 뒤편의 덮개를 위로 밀어 연 뒤 안에 들어가 몸을 숨겼다. 덮개가 내려가자 원래 팔걸이 소파로 돌아왔다. 사람이 안에 들어있을 거라고는 상상할 수 없을 것이다.

에도가와 란포의 '인간의자'를 오마주한 트릭이다.

그 후 사카키, 야마네, 히비코, 사토가 방에 들어왔다. 방을 둘러보는 사이 경찰을 부르러 갔던 고엔마가 돌아와 전화가 부서졌다고 전하자 모두 방에서 나갔다.

문제는 이제부터다.

원래 계획은 모두가 방에서 나간 뒤 '범인'이 인간의자에서 나와 열린 문으로 방에서 탈출하는 것이었다. 그러려고 전화기를 부수고 모두를 담화실에 불러 모았다.

고엔마는 모니터를 뚫어지게 응시했다. 아무리 기다려도 소파에서 '범인'이 나오지 않았다. 한순간이라도 놓치지 않도록 신중하게 영상을 빨리 감았다. 방안을 비추는 화면은 마치 정지화면처럼 어떤 변화도 일어나지 않았고 결국 현재 시각에 이르기까지 '범인'은 소파에서 나오지 않았다.

고엔마가 화면에 빨려 들어갈 것처럼 앞으로 쏠려있던 자세를 바로잡았다.

"무슨 일인지 보고 오겠습니다."

"서둘러."

미야비가 하나 마나 한 뻔한 지시를 내렸다.

"텐가와의 방과 1층 복도에 있는 카메라는 전부 꺼두도록 해."

고엔마는 반자키에게 지시하고 집사실로 달려갔다.

숨을 가다듬고 복도로 나갔다. 텐가와의 방으로 향하면서 소매 안의 마이크에 속삭였다.

"카메라는 꺼졌나요?"

〈그래. 껐어.〉

귀에 꽂고 있는 이어폰을 통해 미야비의 대답이 돌아왔다.

텐가와의 방은 현장 보전을 위해 잠겨 있었다. 마스터키로 문을 열고 재빠르게 들어갔다. 텐가와의 시체에는 눈길도 주지 않고 팔걸이 소파의 뒷면을 노크했다. 대답이 없다.

심호흡을 한 뒤 등받이 부분 뒤쪽의 덮개에 손을 가져갔다.

위로 밀어 올리자 딸깍 소리가 나면서 등받이 부분이 열렸다.

그리고 동시에 안에서 시커먼 덩어리가 밀려 나왔다.

시라이였다. 미에이도 하루사다의 주치의이자 친구. 그리고 '기암관 연쇄살인 사건'의 '범인'. 그 시라이가 하반신을 소파 안에 넣은 상태로 천장을 바라본 채 누워있었다. 눈은 희미했고 얼굴 근육이 완전히 풀어져 있다.

고엔마는 잠시 시라이를 살펴보았다.

죽었다-.

머릿속이 새하얗게 변했다.

눈을 돌리자 시라이의 허리 옆쪽에 칼이 꽂혀 있는 것이 보였다.

직감했다. 사인은 바로 이거다. 그런데, 어쩌다가-.

생각하기에 앞서 무선 스위치를 눌렀다.

"소파 안에서 죽어 있었습니다."

응답이 없다. 어처구니없어하는 미야비의 얼굴이 눈앞에 선했다.

"지하 통로로 사람을 한 명 보내주세요."

〈알았어.〉

어두운 목소리가 이어폰에서 들렸다.

잠시 기다리자 구석 바닥이 열리고 제작 스태프가 얼굴을 내밀었다. 지난번에 배우를 시켜놨더니 연기가 너무 어색해서 다시 스태프로 돌린 그 남자다.

"시체를 옮겨야 해."

작게 말하자 스태프가 지하에서 방으로 올라왔다.

저택 내부는 바닥 밑의 비밀 통로로 전부 연결되어 있다. 그러므로 엄밀히 말하면 밀실은 아니다. 하지만 비밀 통로는 존재하지 않는 것으로 되어 있기 때문에 작가도 그것을 전제로 트릭을 짠다.

"바닥에 피가 묻으면 안 되니까 조심해."

스태프와 함께 시라이의 시체를 지하로 옮겼다.

소파 안쪽에도 핏물이 고여 있었다. 조심스럽게 소파를 들어보았다. 다행히 바닥에는 피가 스며들지 않았다. 지금 당장 다른 소파로 바꿔두고 싶으나 일손이 부족했다. 하는 수 없이 시라이의 시체를 옮긴 뒤에 스태프에게 새로운 소파도 가져오라고 지시했다.

집사실에서 사령실로 이어지는 지하 통로와는 달리 비밀 통로의 높이는 어린아이의 신장 정도에 불과했다. 몸을 반쯤 굽힌 자세로 시체를 옮겼다.

"허……허리가…… ."

2층에 있는 시라이의 방에 도착한 뒤에야 겨우 허리를 펼 수 있었다. 이 방의 감시 카메라도 꺼두었다.

침대에 시라이를 눕히고 스태프를 텐가와의 방으로 다시 보냈다. 나가는 스태프와 엇갈려 의사가 달려왔다. 이번에는 진짜 의사다. 긴급상황에 대비해서 항상 대기시켜 놓기는 하는데 이런 식으로 부르게 된 건 처음이다.

시라이의 시체를 살펴본 의사는 복부의 상처에서 피가 너무 많이 흘러서 사망한 것으로 결론 내렸다. 법의학자가 아니라 시체 검안이 전문 분야는 아니어도 그 외에 다른 이유는 없어 보이니 아마도 맞을 거라고 했다.

고엔마는 졸도하기 일보 직전이었다.

어째서 시라이가 소파 안에서 죽어있었는지, 왜 칼에 찔린 건지, 도무지 이해할 수 없는 일들투성이였지만, 사실 사인 따위는 뭐든 상관없었다.

진짜 문제는 예정된 살인을 남겨두고 '범인'이 죽었다는 사실이다.

이 남자를 비밀리에 고용한 것은 반년 정도 전이었다. 강도치상 전과가 있고 돈을 위해서라면 살인도 마다하지 않는 점은 딱 맞았으나 질이 나빠도 너무 나빴다. 불량스럽기 그지없는 남자를 '의사 시라이'로 만들기 위해 몸가짐부터 말투까지 전부 다시 가르쳤다. 비밀을 퍼트리거나 도망가면 죽여버리겠다고 협박하는 한편 의사로서의 행동거지를 연습시키고 때로는 격려하기 위해 고급 식당에 데려갔다. 남자도 잘 따라준 덕분에 실행 일주일 정도를 앞두었을 때는 제법 행색이 그럴듯해졌다. 범행 계획도 완벽히 숙지한 상태였다.

그런데 이렇게 되어버리다니-.

"사망 확인했습니다. 이제 돌아가겠습니다."

눈앞이 깜깜했지만 일단 미야비에게 보고를 하고 다시 비밀 통로로 들어갔다.

집사실을 경유해 사령실로 돌아가자 무거운 침묵이 고엔마를 맞이했다.

"이제 어쩔 거야."

예상대로 미야비가 추궁했다. 벌써 책임을 회피하려고 머리를 굴리는 게 틀림없었다.

네가 알아서 하든가- 라고 쏘아붙이는 대신에 아무 말 없이 관제 장치 앞에 앉았다.

녹화 영상을 다시 돌려보았다.

시라이가 텐가와를 죽이고 문을 잠그고 꽃병을 깨고 소파에 들어간다.

도대체 언제 찔린 거야? 설마 소파 안에서 스스로 찌른 건가.

영상을 되감으며 같은 부분을 계속 돌려보았다.

"어……?"

이상함을 눈치채고 다시 뒤로 돌렸다.

"-이거군."

카가 궁금해 죽겠다는 얼굴로 목을 길게 뺐다.

"혼자 중얼거리지 말고 설명을 좀 해 봐."

등 뒤에서 미야비의 가시 돋친 말이 날아들었다.

"협탁을 봐주세요."

시라이와 텐가와가 대화를 나누던 때에서 영상을 잠시 정지시켰다.

"–커틀러스."

협탁 위 꽃병 옆에 커틀러스가 놓여 있었다. 저녁 식사 자리에서 텐가와가 자랑했던 농업용 나이프다.

영상을 다시 재생했다.

텐가와가 잠든다. 시라이가 침대로 다가간다. 감시 카메라가 방의 입구 근처에 있어서 협탁은 시라이의 몸에 가려져 보이지 않는다.

그리고 시라이가 단도로 텐가와의 가슴을 찔렀는데 한 번에 죽지 않아서 다시 한번 단도를 치켜 올린다.

"여기입니다."

시라이가 단도를 내리꽂으려 하기 직전, 눈을 뜬 텐가와의 가슴이 움직였다. 손끝은 시라이의 등에 가려 보이지 않아도 시선이 협탁을 향해 있다.

그 직후에 시라이가 텐가와를 찔러 죽였다. 잠시 뒤 정신을 차리더니 벌어진 가운을 고쳐 입고 나서 문과 창문을 잠그기 위해 이동했다.

"커틀러스가 사라졌습니다."

협탁 위에는 꽃병만 놓여 있었다.

"텐가와가 찔렀다고?"

미야비가 반문했다.

"죽인 뒤에 잠시 당황한 것처럼 보였던 건 자신이 칼에 찔렸다는 걸 알아서였기 때문일 겁니다. 당시에는 아픔도 별로 없었을지도 모르죠. 하지만 깜짝 놀랐겠지요."

"그런 상황에서도 계획대로 다 하고 소파에 들어갔다고?"

"머리가 돌아가지 않을 때는 다른 사람 지시에 따르는 게 오히려 편합니다. 시라이도 일단은 사전에 연습한 대로 움직이고 나중에 생각하려고 했던 것 같습니다. 설마 목숨이 어떻게 될 거라고는 생각하지 못했던 게 아닐까요. 하지만 소파 안에서 출혈이 심해져서 실신했고, 결국 그대로−."

사령실의 공기가 얼어붙었다.

"난리라도 피웠으면 모든 것이 수포가 될 뻔했어요. 불행 중의 다행인지도 모릅니다."

"무슨 얼어 죽을 다행이야!"미야비가 화가 나서 소리쳤다.

"'범인'이 죽다니……아무도 예상하지 못한 거야?"

"설마 피해자가 칼을 가지고 와서 공격할 거라고는……."

"애초에 시나리오가 어설펐다고! 정말 못 써먹겠네."

고엔마는 눈앞의 테이블을 구멍이 뚫릴 정도로 노려보았다. 테이블이라도 있었기에 망정이지 아니었다면 상사를 노려볼 뻔했다.

시나리오는 미야비도 확인했다. 원래 이 기획의 책임자는 미야비다. 시나리오의 완성도에 대해 일방적으로 혼날 이유는 없다.

문득 옆에서 거친 콧바람 소리가 들렸다.

카가 미야비를 노려보고 있었다.

큰일 났다.

당황했지만 이미 늦었다.

카가 잔뜩 화가 나서 받아쳤다.

"시나리오가 문제라고? 조건이 바뀌었잖아요, 조건이. 피해자가 무기를 갖고 있다는 설정이었으면 처음부터 다르게 썼겠죠. 나는 프로니까 말이야."

"뭐?"

미야비와 카가 서로를 잡아먹을 듯이 노려보았다.

그러나 아무리 미야비라 해도 여기에서 작가까지 사라지면 답이 없는 걸 알기에 성질대로 할 수는 없었다.

"–맞네. 시나리오는 잘못 없지. 그것보다 저런 걸 가지고 들어오게 한 게 잘못이야."

"흥."

조금 기분이 나아진 카가 콧방귀를 뀌었다.

"결국 전부 고엔마 책임인 거네."

미야비가 '고엔마'의 이름을 또박또박 강조하며 말했다.

현장에서 이름을 잘못 부르는 걸 방지하기 위해 사령실에서도 가명으로 부르는 게 원칙이기는 하다. 하지만 지금 미야비의 말에는 원칙 때문이 아니라 책임 소재를 명확히 하고자 하는 시꺼먼 속내가 담겨있었다.

"어쨌든 간에 이제 어떻게 할 건데? 이미 클라이언트한테는 연쇄 살인이라고 말해놨다고! '범인'이 없는데 어떻게 할 거야?"

"그건—이제부터 생각해야지요."

"잘리고 싶어?"

"아닙니다……."

고엔마가 배를 부여잡았다. 위가 찌르듯이 아팠다.

이 회사는 업무 내용이 잔혹한 만큼 돈은 많이 준다. 어느새 사십 대 중반. 지금보다 더 좋은 조건으로 이직하기에는 너무 늦었다. 집대출도 남아있다. 꿈이었던 고급 외제 차도 할부로 사버렸다. 출세는 바라지도 않지만, 잘리는 것만은 사절이다.

"다행히 시라이는 범행 중에도 후드를 써서 얼굴을 가리고 있었어요. 저녁 식사 후의 동선도 기록되지 않도록 카메라를 조정해 두었습니다. 지금이라면 아직 '범인'을 바꿔도 아무도 모를 겁니다."

"나중에 살해할 때의 영상을 보자고 할 텐데? 괜히 조작이라도 했다가 나중에 들키면 회사의 신뢰도에 문제가 생긴다고."

"조작하지 않아도 될 겁니다. 시라이가 칼에 찔렸다는 건 우리도 몇 번이나 영상을 돌려 보고 나서야 알았잖습니까."

"……．"

미야비가 고엔마를 매섭게 쏘아보며 한참을 생각하더니 이내 의자에서 일어섰다.

"일이 잘못되면 다 네 책임인 줄 알아."

미야비는 다 풀어 헤쳐진 기모노를 고쳐 입더니 안쪽 문으로 나가버렸다.

"작가님, 시나리오를 수정해야겠습니다."

그러자 카는 '뭐? 또?'라며 불만을 터트렸다.

"대체 몇 번이나 다시 쓰게 하는 거야."

"죄송합니다. 이런 상황이니 양해 좀 해주세요."

고엔마가 화가 난 표정을 보이지 않으려 일부러 연신 머리를 조아렸다.

프로라면서. 그럼 좀 바로바로 고쳐봐. 그러라고 돈도 많이 주는 거 아냐.

"추가 보수를 받아야겠는데."

카가 비릿한 웃음을 지었다.

얼굴에 너무 힘을 준 나머지 고엔마의 얼굴 근육이 부르르 떨렸다.

"……죄송합니다. 바로 돌아오겠습니다."

사령실을 나가서 빠른 걸음으로 지하통로를 통과했다.

집사실에 도착하자마자 베개에 얼굴을 파묻은 채 소리쳤다.

"빌어먹을!!!"

베개를 벽에 내던지고 책장에 꽂혀 있던 책을 전부 밀어 넘어뜨렸다. 그러고도 분이 안 풀려 책상에 놓여 있던 커피 컵을 들어 막 닫히려는 비밀 문의 틈새로 힘껏 던졌다. 컵이 와장창 깨지는 소리가 지하에서 울렸다.

그리고 문이 닫혔다.

고엔마는 천장을 바라보며 호흡을 가다듬었다.

진정되기를 기다렸다가 옷매무새를 정리하고 다시 비밀 문을 열었다.

3.

또 문밖에서 희미하게 소리가 들렸다.

사토는 침대 위에서 눈을 떴다.

담화실에서 돌아와 잠을 청해봐도 흥분상태가 좀처럼 가라앉지 않았다.

복도를 끼고 있다고는 하지만 바로 옆 방에 텐가와의 시체가 있다. 기분이 좋을 리가 없다. 방을 바꿔 달라고 고엔마에게 부탁할까도 생각했지만 그만두기로 했다. 쓸데없는 짓을 하지 말라는 지시를 우선시하기로 했다. 조금 전에도 누군가 복도를 걸어가는 듯한 인기척이 들렸지만 군이 방을 나가서 확인하고 싶지 않았다.

기묘한 아르바이트에서 파견된 기묘한 서양식 건물. 그리고 그곳에서 일어난 기묘한 살인사건. 그전에는 도쿠나가가 실종되었다. 이 모든 것들이 그저 우연이라고는 생각할 수 없었다. 하지만 어디에서부터 어디까지가 연관된 건지도 알 수가 없었다. 모르모트가 된 기분이다. 케이지 안에 넣어져 사람들에게 관찰되는 연구용 쥐-.

또 문밖에서 인기척이 느껴졌다.

"……."

기분 탓인가. 신경이 무척 날카로워져 있었다.

사람이 죽었다.

텐가와의 서글서글한 웃는 얼굴이 떠오른다.

그때 무시하지 않았더라면-.

저녁 식사가 끝나고 텐가와가 죽기까지는 2시간도 지나지 않았다. 방으로 찾아왔던 텐가와를 맞아들여 조금은 재수 없는 자기 자랑을 들어주었으면 그는 살해되지 않았을지도 모른다.

"어쩔 수 없었어."

텐가와의 방을 향해 중얼거렸다.

도쿠나가에 대한 단서를 찾는 것만 해도 위험하다. 쓸데없는 짓을 해서 눈에 띄고 싶지 않았다. 그래서 주위 사람들과 접촉하지 말라는 지시에 따랐다. 시체가 발견된 후에도 추리에 가담하지 않았다. 그런데 정말 이래도 되는 걸까. 만약 정말로 연쇄살인이 계획되어 있는 거라면 멈추게 해야 하는 게 아닐까.

머릿속이 복잡해져서 천장을 바라보던 자세를 바꾸어 엎드려 누웠다.

단서가 없어도 너무 없었다.

여기에 온 목적은 어디까지나 도쿠나가를 찾기 위해서이다. 텐가와에게 미안하긴 해도 살인사건의 범인까지 찾고 있을 여유는 없다.

창밖이 어슴푸레 밝아지고 있었다.

사토는 침대에서 일어나 팔걸이 소파에 앉았다.

"란포는 숨기고."

무의식적으로 편지의 첫 번째 줄 문장을 읊조렸다.

만약 편지 내용이 보물이 숨겨진 장소를 가리키는 것이라면 미에이도 가문의 사람들이든 친구들이 마음대로 하면 그만이다. 그런 건 무시하고 정해진 기간 동안 얌전히 지내기만 하면 된다. 그러나 그 편지가 살인 예고, 심지어 연쇄살인을 암시하고 있는 거라면 관계가 아예 없지 않다. 마음의 준비 없이 살인사건과 맞닥트리는 건 피해야 하지 않을까.

그러니까 지금은 연쇄살인 예고장이라는 전제 아래 편지를 읽을 필요가 있다. 나중에라도 이 편지가 보물을 찾기 위한 암호이거나 그냥 단순한 장난이었던 걸로 결론이 나면 그때 웃어넘기면 된다.

란포는 숨기고

세이시는 막는다

마지막으로 아키미츠가 목을 딴다

이 세 문장이 연쇄살인을 암시한다고 치면 단순하게 생각했을 때 첫 번째 줄은 첫 번째 살인을 의미할 것이다. 세 줄이 있다는 건 다시 말해 피해자가 세 명이라는 뜻.

그런데 첫 번째 살인이 일어났는데도 불구하고 첫 줄이 무얼 말하는지 도통 감이 오지 않는다.

"란포가 뭐를 숨긴다는 거지?"

혼잣말처럼 말을 뱉어놓고는 쓴웃음을 지었다.

살면서 아케치나 긴다이치처럼 추리를 하게 되는 날이 진짜로 올 줄이야.

책 속에서야 셀 수 없을 정도로 많은 추리를 해왔다.

처음 시작은 할아버지의 책장에 있던 몇 권의 추리소설이었다. 초등학교에 들어갈 즈음, 어머니가 사고로 돌아가셨다. 그 뒤로 아버지에게 짐짝 취급을 받다가 어머니 쪽의 조부모에게 맡겨졌다. 몇 년 뒤 다시 만난 아버지는 관 속에서 잠들어 있었다. 사인은 듣지 못했다. 아이에게 알려주지 않는 편이 낫다고 판단했던 것 같다.

조부모는 때맞춰 먹여주고 학교에도 보내주었지만, 애정에서 우러나왔다기보다는 의무감에 가까운 행동이었다.

누구에게라도 어리광을 피우고 싶었지만 그럴 사람은 없었다. 암

울했던 초등학생이 의지할 데라고는 유일한 오락이었던 추리소설뿐이었다. 조부모의 집에는 TV도 게임기도 없었는데, 어느 날 할아버지가 책장에서 에도가와 란포의『황금가면』을 꺼내서 건네주었다.

푹 빠져서 읽었다.

책장에 있던 책을 모조리 섭렵한 뒤에는 학교와 도서관에서 미스터리 소설을 닥치는 대로 빌려와 읽었다.

아케치 코고로, 아르센 뤼팽, 헨리 메리베일 경 등 미스터리 세계의 스타들과의 만남.

그들과 함께 추리하는 시간만큼은 현실의 불안에서 벗어날 수 있었다.

고등학교 졸업과 동시에 일을 시작하게 되자 마치 자신들의 할 일을 마쳤다는 듯 차례차례 조부모가 세상을 떠났다. 말 그대로 천애 고아가 된 것이다. 일도 아르바이트나 비정규직밖에 하지 못했다. 사회와 자신을 이어주는 것이 아무것도 없다는 공허함. 그 빈자리를 메꿔준 것 또한 추리소설이었다.

기암관에서 만난 란포의 편지-.

사토는 운명을 느꼈다.

"란포는 숨기고."

다시 한번 읊조렸다.

텐가와의 살인과 란포는 어떤 관계가 있는 걸까?

사카키는 부정했지만 밀실에서 범인의 모습이 사라진 이상 '숨긴'

것은 역시 범인의 몸이 아닐까.

"이런 걸 굳이 예고한다고?"

자신의 추리지만 스스로 생각해도 이상했다.

하지만 텐가와에 대해서나 살해 방법을 암시하는 내용은 아무리 봐도 없었다.

눈을 감았다. 눈꺼풀이 천근만근이다.

"신체리듬이 엉망이네."

졸음은 자는 걸 포기했을 때야 비로소 찾아왔다.

4.

"싫어요! 절대 못 해요!"

"부탁이야! 다른 방법이 없다고!"

"싫다고요!"

"제발!"

고엔마는 울음을 터트릴 것 같은 얼굴을 한 고사카를 향해 두 손을 모으고 머리를 숙였다.

"이토 씨……아니, 고사카 씨밖에 못 하는 거라니까."

급한 마음에 본명이 튀어나올 정도로 절박했다.

여기에서 고사카가 못 하겠다고 하면 모든 것이 끝나버리고 만다.

"안 돼요! 저는 못 해요!"

"할 수 있어, 나도 도와줄게."

이러는 와중에도 여전히 남일 보듯 하는 카가 눈에 들어오자 순간 살인 충동이 일었다.

결국 밤을 꼬박 새워서 시나리오를 수정했다.

시라이가 아닌 다른 사람을 '범인'으로 바꾸는 수정은 난항을 거듭했다. 모방살인이라는 제약이 있는 탓에 각각의 트릭을 이제와 바꾸는 것은 불가능했다. 필요한 소도구를 고안하고 제작하는 데만 아무리 빨라도 몇 주는 소요된다. 그래서 어쩔 수 없이 트릭은 그대로 살리고 '범인'만을 바꾸기로 했다.

카가 투덜거리면서 새로운 스토리를 제안하면 그때마다 허점이 없는지 하나부터 열까지 확인했다. 뭘 어떻게 바꾸어봐도 앞뒤가 맞지 않았다. 일일이 확인하는 것만으로도 신경이 곤두서 있는 마당에 카는 툭하면 삐지기까지 했다. 몇 번이나 어르고 달래서 아이디어를 내면 또 확인하고. 한숨도 못 자서 몸과 마음이 한계에 다다랐을 무렵 가까스로 완성된 스토리가 고사카를 '범인'으로 만드는 것이었다.

"고엔마 씨가 직접 하면 되잖아요."

오십 대 여성이 어린아이처럼 울먹이며 떼를 썼다.

울고 싶은 건 나라고.

"나는 텐가와를 발견했을 때 다른 사람들과 함께 있었기 때문에

'범인'이 될 수 없단 말이야."

"마나베 씨는요?"

"마나베는 따로 할 일도 있고 셰프가 2층에 들락거리면 아무래도 이상하잖아."

"'힌트 역할'인 그 사람은요?"

"전부 생각해 봤지. 그런데 가능한 사람이 정말 고사카 씨밖에 없다고. 제발 부탁할게! 보너스도 줄 테니까. 응?"

"보너스……요?"

고사카의 눈빛이 변했다.

이 일을 하는 사람치고 나름의 사정이 없는 사람은 없다.

"보너스, 허락해 주실 거죠?"

잠자코 듣기만 하던 미야비에게 물었다.

"응? ……뭐."

돌아온 애매한 대답에 확실히 해두기 위해 다시금 다짐을 받았다.

"허락하신 겁니다?"

"알았다고! 시라이한테 주기로 했던 돈을−."

"거기에 좀 더 얹어 주실 거죠?"

"알았어! 그렇게 할게! 나 참 경비 삭감 중인데 말이야."

미야비는 짜증을 내더니 팔짱을 끼고 뚱한 얼굴로 고개를 돌려버렸다.

왜 나한테 짜증이야. 원래 고사카를 설득하는 것도 네가 할 일인데 내가 대신하고 있잖아.

고엔마가 다시 고사카와 눈을 마주치며 물었다.

"꽤 많은 돈이 될 거야. 어때?"

고사카의 손을 끌어다가 꼭 붙들고 말했다. 이건 마치 돈다발을 눈앞에서 흔들며 유혹하는 꼴이었다.

"……."

잠시 눈을 감고 생각하던 고사카가 말없이 고개를 끄덕였다.

5.

시차로 인한 졸음은 불안보다 훨씬 강력했다. 사토는 아침 식사 시간까지 그대로 곯아떨어졌다. 소파에 앉은 채로 잔 탓인지 온몸이 쑤셨다.

식당에서는 고소한 냄새가 풍겼다. 셰프인 마나베가 간이조리대를 가지고 와서 원하는 사람에게 한 명씩 베이컨을 구워주고 있었다.

"식재료는 충분하니까 걱정하지 마시고 마음껏 드세요."

마나베가 쾌활하게 말했다.

사토가 자리에 앉자 고사카가 샐러드와 수프, 빵 등을 가져다주었다. 저녁 식사와 비교하면 소박해도 아침 식사치고는 제법 호화로웠다.

식탁에는 시즈쿠, 사카키, 야마네, 히비코 이렇게 네 명밖에 없었다. 모두 텐가와의 죽음 때문인지 조용히 먹기만 했다. 심지어 야마네는 침울한 표정으로 음식에 입도 대지 않고 있었다. 오늘 아침에도 선장의 모습은 보이지 않았고 시라이라는 의사는 어제 저녁 식사 후부터 한 번도 보지 못했다.

텐가와가 말이 많았던 만큼 조용한 분위기가 그의 빈자리를 더욱 크게 느끼게 했다.

"저기-, 지금 분위기에 맞지 않을 수도 있지만-."

히비코가 입을 열었다.

"이렇게 아무 말도 안하고 있는 것도 이상하니까- 사건에 관해서 이야기를 해보면 어떨까요~?"

"그렇네요. 신경 쓰이는 것들도 있고."

사카키가 대답했다.

사토도 잠자코 있는 것으로 찬성을 표시했다.

고개를 돌리다가 시즈쿠와 눈이 마주치자 싱긋 미소가 돌아와서 민망해하며 꾸벅 고개를 숙여 인사를 대신했다.

"이 중에서 텐가와 씨와 아는 사이였던 분은 없으신가요~?"

손을 드는 사람은 없었다.

"하루사다 씨의 친구분이셨지요."

사카키의 말에 히비코가 끄덕였다.

"두 분 모두 마술을 좋아해서- 사회인 마술 동호회? 뭐 그런 데서 만났다고 하셨어요-."

"고엔마 씨는 텐가와 씨에 대해 얼마나 알고 계시나요?"

식당 입구에서 대기하고 있던 고엔마에게 사카키가 물었다.

"음, 주인님과 알게 되신 건 최근 4, 5년 정도 되셨으려나요. 이 전에도 몇 번 기암관에 오셨었습니다. 아, 그러고 보니 고사카 씨."

고엔마가 음식을 나르던 고사카를 불러 세웠다.

"텐가와 님이 고사카 씨의 따님과도 친분이 있으셨죠?"

"기리코랑요?"

시즈쿠가 깜짝 놀랐다.

"시즈쿠 씨도 아시는 분인가요~?"

"고사카 씨는 가족들까지도 모두 잘 아니까요. 기리코는 동갑인 데다가 대학도 같고 미스터리 연구회에도 소속되어 있었어요."

"그럼, 두 분과도 아는 사이시겠네요~?"

히비코가 사카키와 야마네를 보며 묻자 사카키는 잠시 생각하다가 고개를 끄덕였다. 야마네는 계속 고개를 숙이고만 있다.

"저희는 미스터리를 읽기만 했지만, 기리코는 직접 미스터리를 쓰기도 했었어요. 그렇죠? 고사카 씨."

시즈쿠가 고사카를 바라보았다.

"그런 것 같아요. 제게는 한 번도 보여주지 않았지만."

"정말 기리코가 텐가와 씨와 알던 사이였나요?"

"네. 언제부터였는지는 저도 정확히 모르겠지만, 기리코가 저를 도와주러 여기에 왔을 때 텐가와 씨와 이야기를 나누게 되었다고 하더라고요. 그 뒤로 도쿄에 돌아가서도 만났던 것 같습니다."

"어머! 저는 전혀 몰랐네요."

시즈쿠가 눈을 동그랗게 떴다.

뭐지, 지금 이 분위기.

사토는 최대한 자연스럽게 테이블을 둘러보았다.

지금 이 대화. 왠지 모르게 작위적인 냄새가 나는데.

고용인인 고사카의 딸, 기리코-.

"저기-, 물어보고 싶은 게 있는데요-."

히비코가 손을 들었다.

"시즈쿠 씨, 아까 기리코 씨에 대해 말하면서 미스터리 연구회에 '소속되어 있었다'라든가 미스터리를 '쓰기도 했었다'라고 과거형으로 말하시던데-. 지금은요~?"

"그게……."

시즈쿠가 말끝을 흐렸다.

고사카도 눈을 내리깐 채 아무 말이 없었다.

고엔마가 부드럽게 고사카의 등을 토닥이며 말했다.

"일하는 중에 미안했네. 이제 가보도록 해요."

"네."

고사카는 고개를 숙이고 식당을 나갔다.

"고사카 씨의 따님은 세상을 떠났습니다."

고사카의 뒷모습을 바라보던 고엔마가 뒤돌며 말했다.

"이유를 물어봐도 될까요~?"

늘 밝은 표정이던 히비코도 심각한 표정으로 물었다.

시즈쿠가 고엔마와 잠시 눈빛을 교환한 뒤 대답했다.

"자살했어요."

식사를 마친 사람부터 차례로 자신의 방으로 돌아갔다.

늦게 온 사토는 마지막까지 남았고 문득 정신을 차려보니 시즈쿠와 둘만 남아 있었다.

"잘 먹었습니다."

작게 말하고 식당을 나서려는데 등 뒤에서 시즈쿠가 부르는 소리가 들렸다.

"사토 씨, 잠시 시간 괜찮으세요?"

"아, 네."

사토는 수상해 보이지 않도록 노력하면서 자연스럽게 대답했다.

"텐가와 씨의 일에 대해 사토 씨는 어떻게 생각하세요?"

"네?"

왜 이런 걸 내게 묻는 거지?

"사토 씨가 다른 사람들 앞에서는 말을 아끼시니까. 하지만 저는 알아요. 사토 씨가 무척 관찰력이 좋으시단 걸요. 분명히 다른 사람과는 다른 추리를 하고 계실 것 같아서요."

"아니……저는……."

"숨기셔도 소용없어요. 제가 이래 봬도 미스터리 연구회 소속이라고요."

시즈쿠의 미소에 빨려 들어갈 것만 같았다.

지금이 아니면 시즈쿠같은 아가씨와 대화를 나눌 기회는 두 번 다시 오지 않을 것이다.

사토는 주변을 둘러보았다.

식당에는 둘밖에 없다.

"그럼…조금만……. 정말 바보 같은 추리일 수도 있는데 제 생각에 그 편지는 연쇄살인을 암시하고 있는 것 같아요."

결국 말해버리고 말았다.

입 밖으로 내자마자 후회가 밀려들었다.

뭐에 들떠있는 거야, 이 멍청한 놈아.

시즈쿠가 경멸의 눈빛으로 쳐다보는 건 아닐지 걱정했는데 반응은 정반대였다.

"연쇄살인-이요. 그건 생각도 못 했어요. 그렇게 생각하신 이유는요?"

"정말 단순해요. 단서가 워낙 적기도 하고 아마 지나친 걱정일 것 같긴 한데."

자신도 모르게 장황하게 변명을 늘어놓았다. 시즈쿠가 실망할까 봐 무서웠다.

조심스럽게 이야기를 꺼내려던 그때, 온 신경이 귀에 쏠렸다.

"……지금, 무슨 소리가 나지 않았나요?"

"그래요?"

시즈쿠는 알아차리지 못한 것 같았다.

하지만 분명히 들렸다.

무언가가 떨어지는 소리. 아마도 저택 밖에서 난 소리다.

"사토 씨."

시즈쿠가 흥미진진한 얼굴로 사토의 추리를 기다리고 있었다.

행복한 시간을 포기할 수는 없었다.

게다가 지금은 귀가 민감해진 상태다. 그냥 기분 탓인지도 모른다.

사토는 시즈쿠에게 자신의 추리를 전부 이야기하기로 마음먹었다.

6.

야마네의 시체는 머리부터 지면을 향해 떨어졌다.

고엔마는 목이 부러진 시체를 수풀 속에서 보고 있었다.

오전인데도 불구하고 바깥은 찌는 듯이 더웠다.

시체 바로 위 2층 창문에서 고사카가 얼굴을 내밀고 둔기를 시체 위로 떨어트렸다. 이쪽을 보고 고개를 까딱한다. 일은 무사히 처리한 모양이다.

고엔마는 낚시용 바지장화를 입고 수풀 속에 몸을 숨긴 채 고사카를 기다렸다.

저택의 서쪽과 남쪽에는 숲이 우거져 있다. 야마네와 사카키는 2층 서쪽의 가족용 객실, 1층 남쪽 편의 손님용 객실에는 텐가와와 사토를 배정했다.

몇 분 후, 현관에서 고사카가 나와 시체를 짊어졌다. 야마네가 키는 작아도 살집이 있다 보니 중년 여성이 혼자 옮기는 건 중노동에 가까웠다. 고사카는 헉헉대며 간신히 고엔마가 있는 곳까지 시체를 옮겼다.

"고생했어."

고사카와 시체가 수풀에 가려진 것을 확인한 다음에야 고엔마가 손을 뻗었다. 숲속에 있는 감시 카메라는 꺼두었다. 고엔마가 도와주는 모습은 기록되지 않는다.

고사카도 미리 준비해 둔 바지장화를 입었다. 시라이의 사이즈에 맞춰서 준비했던 것이라 고사카가 입기에는 사이즈가 커서 헐렁거렸다.

어부라도 된 것 같은 차림새로 두 사람이 시체를 어깨에 둘러멨다.

"이 자식, 왜 이렇게 무거워."

투덜거리면서 두 사람과 시체 하나가 숲 안쪽으로 향했다.

직경 10미터 정도 되는 늪 앞에 도착한 두 사람은 일단 시체를 내려놓았다.

"이건 늪이 아니라 연못이네요."

흉기인 망치를 늪에 던지며 고사카가 지적했다.

"늪이야, 늪. 호수까지는 만들지 못했지만 그래도 늪이라고는 해 달라고. 뭐, 결국 인공으로 만든 거니까 엄밀히 말하자면 연못이기는 해도 말이지."

'늪'의 완성도에 대해서는 고엔마도 썩 만족스럽지 못했다.

조금 더 크게 만들고 싶었는데 주머니 사정 탓에 단념할 수밖에 없었다.

"자자, 빨리 끝내지 않으면 일을 또 그르친다고."

고엔마가 고사카를 재촉해서 함께 야마네를 거꾸로 들어 올렸다.

그리고 그대로 늪에 들어가 정해진 위치에서 야마네의 시체를 바닥을 향해 힘껏 내리꽂았다.

늪 바닥에는 미리 깊은 구멍을 파놓고 물을 넣어도 흙이 들어가지 않도록 플라스틱으로 만든 뚜껑을 씌어놓았다. 야마네의 머리가 뚜껑을 부수며 구멍으로 들어가자 주위의 흙이 구멍으로 밀려들어 가면서 야마네의 상반신을 메웠다.

"이렇게…힘든 걸…대체 누가 생각한 거예요?……그 작가예요?"

야마네의 발목을 잡은 채로 고사카가 투덜거렸다.

"이건……작가가 나쁜 게 아니라……'탐정'이 요구한 대로…따랐을 뿐이야."

"아무리 그래도……다른 방법이……."

"이제 와서……그런 말 하면 뭐해….""

"아, 더는 못 하겠어요. 힘이 안 들어가요."

고사카가 갑자기 포기 선언을 했다.

"뭐? 조금만 더하면 돼! 좀만 더 힘을 내 봐!"

"아아, 진짜 못하겠어요! 저 지금 놓을게요!"

"안 돼! 더 버텨! 안 그러면 보너스 깎을 줄 알아!"

고사카를 채찍질해 가며 겨우겨우 시체의 상반신을 늪 바닥에 고정했다. 하지만 이대로 손을 떼버리면 하반신이 꺾여서 기역 자 모양이 되고 만다.

"고사카 씨, 조금만 더 힘낼 수 있겠어?"

"진짜 더는 못 해요."

"그럼 내가 잡고 있을 테니까 가서 막대 좀 가져와."

"어디 있어요?"

"미리 알려줬잖아! 저기!"

고엔마가 야마네의 양쪽 발목을 잡은 상태로 늪 옆에 있는 나무를 턱으로 가리켰다.

고사카는 질척거리는 늪 바닥에 다리를 푹푹 빠트리며 천천히 밖으로 향했다.

"서둘러! 나도 힘들다고!"

"네네."

고사카는 전혀 스피드를 올리지 않고 그대로 천천히 밖으로 나가서 나무 밑둥 근처에 놓여있던 막대 두 개를 주워들었다. 나뭇가지에서 잎을 떼어내고 막대 형태로 만든 것이다.

"잠깐! 그걸 지팡이로 쓰면 어떡해! 부러지기라도 하면 어쩌려고!"

"다리가 아픈 걸 어떡해요."

고사카가 막대 두 개를 양손에 잡고 등산지팡이처럼 땅에 짚으며 늪으로 돌아오고 있었다.

"앗……."

"왜 그래?"

"아니에요……."

"지금 앗, 이라고 했잖아."

"아무것도 아니라고요."

한참을 걸려 도착한 고사카에게서 막대를 받아 들자마자 무심결에 소리쳤다.

"뭐야! 이거 부러졌잖아!"

막대 하나가 중간 지점에 금이 가서 부러질 것만 같았다.

"처음부터 이랬어요."

"거짓말하지 마! 내가 다 확인했는데! 됐어! 어떻게든 버텨주겠지."

고엔마가 야마네의 바짓자락 안으로 막대를 넣어 등으로 통과시켰다. 그리고 막대를 더 깊이 찔러 넣어 늪 바닥에 꽂았다. 마치 거꾸로 서 있는 것처럼 야마네의 양쪽 다리가 수면에서 튀어나온 상태로 고정되었다.

"좋아."

마음속으로 환호를 지르며 시체에서 손을 떼었다.

온몸이 땀에 흠뻑 젖었다. 덥다. 차가운 물로 씻고 싶었다.

그 순간, 눈앞이 빙글빙글 돌며 다리가 휘청했다.

이런…….

중년 남성의 반사신경으로는 어찌 해볼 도리가 없었다. 고엔마는 그대로 엎어져 얼굴부터 늪에 처박히고 말았다.

입속이 진흙으로 가득 찼다.

허우적거리며 일어서자 고사카와 눈이 마주쳤다.

애써 웃음을 참고 있었다.

이 아줌마가…….

쓸모없는 상사 아래에서 함께 고생하는 전우.

그렇게 생각한 자신이 바보였다.

"뭘 보고 있어! 빨리 가서 위치에 자리 잡아야지!"

욱하는 마음에 말투가 거칠어졌다.

고사카가 깜짝 놀라 황급히 시체 앞에 섰다.

씩씩대며 늪에서 빠져나온 고엔마가 무선 스위치를 켰다.

"들리시나요?"

〈그래. 들―다.〉

미야비의 목소리가 끊겨 들렸다.

이어폰이 고장 난 것 같았다. 그래도 마이크는 괜찮았다.

"준비 끝났습니다. 30초 뒤에 부탁드립니다."

〈─았어.〉

"고사카 씨! 30초 후야!"

"네네."

"대답은 한 번만!"

고엔마가 카메라의 사각지대로 이동해서 수풀 속에 숨었다. 손에 쥐고 있던 시계를 보니 10시 반을 넘어가고 있었다. 생각한 것보다 시간이 더 걸렸다.

고사카는 20까지 숫자를 센 뒤 Y자 모양으로 하늘을 향해 뻗은 다리를 붙잡고 야마네를 늪 바닥으로 내리꽂는 듯한 동작을 시작했다. 1분 정도 몸싸움하는 시늉을 계속한 뒤 늪에서 나와 바지장화를 벗고 작게 접어 수풀 속에 숨겼다.

요코미조 세이시의 『이누가미 일족』. 그 유명한 작품의 한 장면을 재현한 것이다.

모든 일을 마친 고사카는 현관을 통해 저택 안으로 돌아갔다.

고엔마는 현관이 아닌 바위산의 숨겨진 문을 통해 돌아왔다. 얼굴을 뒤덮은 진흙이 벌써 말라 있었다. 이 상태로 다른 사람들을 만나기는 정말 싫었지만 어쩔 수 없이 사령실을 통과해야만 했다.

모니터 앞에 앉아 있던 기술 스태프인 반자키가 온몸이 진흙투성이가 된 고엔마의 모습을 보고 눈이 커졌다. 고엔마는 일부러 아무 말도 하지 않았다.

"수, 수고하셨습니다."

반자키는 안쓰럽다는 표정으로 인사했지만, 카는 대놓고 비웃었다.

고엔마는 한마디도 하지 않고 사령실에 붙어있는 스태프용 숙소로 들어갔다.

저택 뒤편의 바위산에는 탐정 유희의 운영에 필요한 시설과 설비가 갖추어져 있다. 저택 내부 감시. 물자 보관. 스태프용 숙소. 모든 시설을 합치면 기암관의 몇 배나 되는 면적이다.

그렇지만 고엔마는 저택 내부가 자신의 주요 활동지이기 때문에 뒤편의 시설은 사령실이나 스태프용 숙소 정도밖에 이용하지 않았다.

"젠장."

샤워를 하면서 고엔마는 욕을 내뱉었다.

진흙이 깨끗하게 씻겨 내려간 다음에도 분노는 가슴 속에 그대로 가라앉아 있었다.

원래 미스터리를 좋아한 것도 아니었다. 업무에 필요하니까 억지로 노력해서 기계적으로 머릿속에 넣었다. 노력한 덕분에 클라이언트나 작가와 대등하게 미스터리에 관해 이야기를 나눌 수 있을 정도의 수준이 되었다. 하지만 지금까지 단 한 번도 추리소설이 재밌다고 생각한 적은 없었다. 그래도 탐정 유희의 피날레를 마주할 때면 성취감은 있었다. 돈도 받았다. 그걸로 충분했다. 진심으로 그렇게 생각했다. 하지만 여전히 일을 하면서 스트레스를 푼다는 사람을 보면 부럽다. 자신에게는 절대 불가능했다. 스트레스를 풀기 위해 돈을 쓰고, 돈을 받기 위해서 또 스트레스를 쌓는다. 전자제품 제조회사에서 영업사원으로 일할 때와 근본적인 부분은 전혀 바뀌지 않았다.

또 위에서 통증이 느껴졌다.

어금니를 앙다물고 배를 감싸 쥐었다.

몸 상태가 업무에 지장을 주다니, 그만큼 나이를 먹었나 보다. 현기증이나 두통이 평소에도 있기는 했어도 하필이면 늪에서 쓰러지게 될 줄이야─.

그러고 보니 작년에 받았던 건강검진에서 재검사를 받으라는 연락이 왔었다. 바빠서 가지 못했는데 이번 일이 끝나면 휴가를 써야겠다. 몸 상태 재정비. 마음 충전. 여행을 떠나는 것도 좋겠군.

오키나와와 하와이의 하늘을 떠올리며 애써 마음을 가라앉혔다.

7.

정오가 되자 사토는 식당으로 향했다.

이번에는 첫 번째로 도착했다.

자리를 잡고 앉자 이내 시즈쿠와 히비코가 식당으로 들어왔다.

"아직 다 오시지 않았지만 먼저 시작해도 괜찮겠죠?"

시즈쿠의 제안으로 세 명은 먼저 식사를 하기로 했다.

고엔마, 마나베, 고사카가 음식을 가져왔다.

기분 탓인지 고엔마의 얼굴색이 나빠 보였다.

"미스터리 연구회 멤버들이 늦게 온 적이 없었는데 무슨 일이 있나-."

히비코가 말하면서 샐러드에 드레싱을 부었다.

선장과 시라이면 모를까 사카키와 야마네가 식사 자리에 나타나지 않은 것은 처음이다.

"여기에도 없나."

목소리가 들려서 돌아보자 식당 입구에 사카키가 의아하다는 표정으로 서 있었다.

"어머? 야마네는요?"

시즈쿠가 묻자 사카키의 표정이 어두워졌다.

"방에도 없었어. 담화실이랑 응접실도 가봤는데 안보여."

"어딜 간 거죠?"

히비코가 미간을 찡그렸다.

사토도 불길한 예감이 들었다.

"찾아봐야 하는 거 아닙니까?"

고엔마의 말에 시즈쿠가 자리에서 일어섰다.

"그러네요. 다 같이 저택 안을 찾아보죠."

"너무 넓어서 어디부터 찾아야-."

"아! 여러분 이쪽으로 오시지요."

고엔마가 모두를 식당 밖으로 불러냈다.

일단 홀을 나와 응접실에 들어가더니 방구석으로 사람들을 안내했다.

"이걸 봐주십시오."

고엔마가 가리킨 곳에는 기암관의 미니어처가 놓여 있었다.

뒤편의 바위산, 측면의 절벽까지 재현되어 있을 뿐만 아니라 저택 내부의 1층과 2층의 구조를 알 수 있는 평면도까지 있었다.

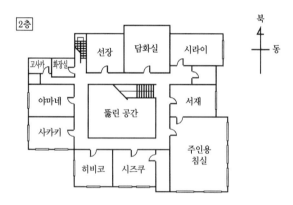

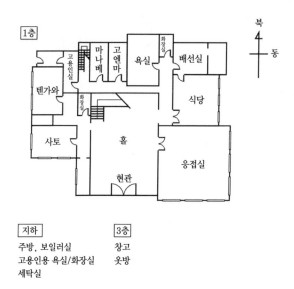

"이걸 보면서 설명해 드리는 편이 빠를 것 같습니다."

"귀엽다─. 왜 이런 걸 만들어 두신 거예요~?"

"주인님께서 저택 구조에 굉장히 공을 들이셔서. 손님들께 보여드리고 싶으시다고…….."

고엔마가 먼저 저택의 구조를 설명했다.

1층은 손님의 응대를 목적으로 한 공간으로 손님용 객실도 1층에 있다. 하루사다가 초대한 손님인 텐가와와 사토가 묵었던 방이다. 다른 사람들은 2층에 있는 사용하지 않던 가족용 객실에 배정되었다.

"선배님이 확인하신 곳은 어디죠?"

"2층에서는 내 방과 야마네의 방. 그리고 담화실. 복도도 전부 확인했어. 1층은 홀과 응접실, 식당, 대합실도 둘러봤고."

"공용 공간은 전부 본 거네요–. 이외에 야마네 씨가 갈만한 장소가 또 있을까요~?"

히비코가 사카키에게 물었다.

"아니요. 저도 야마네도 여기에 온 건 처음이라서요. 시즈쿠나 고엔마 씨는 짚이는 데가 있을까요?"

"지하 주방에는 안 계셨지?"

고엔마가 확인하자 마나베가 끄덕였다.

"네. 주방도 와인 창고도 그렇게 넓지는 않아서 누가 들어왔으면 금방 알았을 겁니다."

"배선실에도 안 계셨어요. 욕실도 지금은 잠겨 있어요."

고사카가 조심스럽게 덧붙였다.

"3층에는 뭐가 있나요~?"

"창고와 옷방이 있습니다만 전부 잠겨 있습니다."

히비코의 질문에 고엔마가 답했다.

사토는 사람들의 어깨너머로 미니어처를 살펴보았다.

객실까지 포함하면 숨을 수 있는 공간은 얼마든지 있다. 하지만 야마네가 저택 내부를 돌아다니고 있을 것 같지는 않았다.

그렇다면-.

"밖이다."

사카키도 사토와 똑같이 추리하고 있었다.

"그럴 리가, 현관은 잠겨있을 텐데……."

"어쨌든 찾아보죠."

시즈쿠가 당황하는 고엔마에게 명령했고 모두 현관문을 열고 밖으로 나갔다.

"다들 흩어져서 찾아보죠."

시즈쿠의 지시대로 사람들이 뿔뿔이 흩어졌다.

사토는 텐가와와 자신의 방 쪽에 붙어있는 정원으로 향했다.

"야마네 씨!"

비상 상황이다. 이름을 부르는 것 정도는 괜찮겠지.

저택을 올려다보았다.

2층, 3층의 창문에는 아무도 보이지 않았다.

주변도 둘러보았다. 아무도 없다.

숲에도 가볼까.

발길을 돌린 순간.

멀리서 마나베가 외치는 소리가 들렸다.

"아가씨! 여러분!"

사토는 황급히 소리가 난 쪽으로 향했다.

담장 앞에서 마나베가 무릎에 손을 얹고 어깨를 들썩이며 숨을 몰아쉬고 있었다.

흩어졌던 사람들이 모여들었다.

"저기……늪에…….'

마나베가 손가락으로 가리킨 방향으로 고엔마가 달려가기 시작하자 다른 사람들도 황급히 뒤를 쫓았다.

숲속에는 작은 늪이 있었다.

늪 언저리에 고엔마가 멍하니 멈춰서 있었다.

사토는 가장 마지막으로 도착했다.

"야마네…….'

사카키가 평소와는 달리 동요하고 있다.

늪의 한가운데에 거꾸로 선 사람의 양쪽 다리가 튀어나와 있었다.

8.

큰일이다ㅡ.

고엔마가 머리를 감싸 쥐었다.

거꾸로 선 야마네의 시체. 늪 위로 양다리가 Y자 모양으로 솟아있어야 했는데. 아니, 분명히 그렇게 만들어 놨는데.

그런데 눈앞의 시체는 한쪽 다리가 앞쪽으로 쓰러져 있다. 마치 싱크로나이즈스위밍이라도 하고 있는 것 같았다. 지금은 아티스틱 스위밍으로 이름이 바뀌었던가……. 여하튼 우스꽝스러운 꼴이라는 것만은 확실하다.

왜 이렇게 되었는지 원인은 바로 짐작할 수 있었다. 다리를 지탱하고 있던 막대 한 쪽이 부러졌기 때문이다.

옆에 선 고사카를 쏘아보았다.

범인은 뻘쭘해하며 눈을 내리깔았다.

"그러니까 내가 말했지."

입술을 움직이지 않은 채 작게 중얼거렸다.

고사카가 뻔뻔하게 들리지 않는 척했다.

이 아줌마가 진짜…….

이대로는 『이누가미 일족』으로 보이지 않는다.

"이럴 수가……이건 마치 『이누가미 일족』같잖아."

하는 수 없이 직접 말해버렸다.

시나리오의 지시문을 입으로 뱉어버린 셈이다.

"그런가."

등 뒤에서 나지막이 중얼거리는 소리가 들렸다.

돌아보자 사토가 싸늘한 눈으로 시체를 보고 있었다.

이 자식이!

"그렇게……보이지 않으십니까?"

고엔마가 최대한 부드럽게 사토에게 물었다.

"아, 아니요……한쪽 다리만 있으니까…….."

사토는 저도 모르게 말이 튀어나왔는지 말하자마자 민망한 듯 고개를 숙였다.

그러게 후회할 짓을 왜 해! 차라리 영원히 입을 다물고 있으란 말이야, 멍청한 자식아!

"세이시는 막는다-."

히비코의 능청스러운 목소리가 고엔마를 진정시켰다.

"어쩌면-편지의 두 번째 줄은 이걸 암시하는 게 아닐까요~?"

"그런 거군요! 역시!"

고엔마는 최선을 다해 맞장구쳤다. 너무 필사적으로 주장하면 오히려 부자연스럽게 보일지도 모른다. 이 정도에서 정리해야 한다.

"그럴듯하네요."

사카키가 야마네의 다리를 보며 말했다.

"모양이 좀 이상하기는 해도, 편지 내용으로 봤을 때 이건 『이누가미 일족』에 나온 스케키요의 죽음을 재현한 것 같군요."

"그, 그렇네요! 아마 분명히 그런 것 같습니다!"

다시 한번 쐐기를 박았다.

좋았어, 이걸로 됐다.

고엔마는 입꼬리가 올라가려는 걸 애써 참았다.

"자, 그럼 어서 끌어올리시지요!"

이렇게 볼썽사나운 꼴을 1초라도 더 방치할 수는 없다.

고엔마는 옷이 더러워지는 것도 마다하지 않고 늪에 들어가 서둘러 야마네의 시체를 옮겼다.

제대로 서지도 못할 정도로 울고 있는 시즈쿠와 어두운 표정으로 입을 꾹 다문 사카키를 위로하면서 고사카에게 덮을 것을 가져오게 했다.

"내일이 되면 경찰을 부를 수 있습니다. 그때까지 저희가 할 수 있는 일은 없습니다."

그렇게 말하고 야마네의 시신을 담요로 덮어두었다.

사람들을 저택 안으로 유도하자 모두 복잡한 표정으로 늪을 뒤로 한 채 발걸음을 옮겼다.

단 한 명, 사토만이 의심스러운 눈초리로 늪을 돌아보고 있었다. 고엔마의 마음속에서 참을 수 없는 분노가 끓어올랐다.

그러나 가까스로 넘겼다.

고엔마는 저택 안으로 돌아온 사람들을 자연스럽게 응접실로 안내한 뒤 바로 집사실로 달려갔다.

진흙투성이가 된 옷과 속옷을 벗었다. 오늘만 벌써 두 번이나 옷을 갈아입는다. 이제 준비해 둔 여벌의 집사복도 다 떨어졌다.

응접실로 돌아가자 무거운 공기가 느껴졌다.

"왜 야마네가……."

소파에 앉은 시즈쿠가 침통한 표정으로 어깨를 떨어트렸다.

"내가 여기에 괜히 불러서……나 때문에 야마네가……."

"아니야."

사카키가 부정했다. 그새 다시 침착해진 상태였다.

"나도 야마네도 스스로 원해서 여기에 온 거야. 게다가 죽임을 당한 건 야마네뿐만이 아니야. 텐가와 씨를 죽인 것도 시즈쿠에게 편지를 보낸 것도 아마 같은 범인의 짓일 가능성이 커. 반드시 그 놈을 찾아내서 복수하겠어."

"이번 살인은 엽기적이네요-. 드디어 제 전문 분야가 되었어요-."

히비코가 분위기를 파악하지 못하고 혼자 웃었다.

"시체를 봤을 때 사인은 두부 또는 경추 손상인 것 같네요-."

고엔마가 봤을 때는 2층에서 지면으로 떨어진 시점에서 이미 야마네는 죽어 있었다. 고사카가 등 뒤에서 망치로 머리를 내려쳤기 때문이다. 그렇지만 어쩌면 그때는 아직 숨이 붙어있었을지도 모른다. 목이 부러진 게 결정타가 되었을 가능성도 있다. 어느 쪽이든 간에 경찰의 눈에 띌 일도 없으니 사인이 명확하게 밝혀질 일도 없을 것이다. 살해당했다는 사실만이 의미가 있다.

"왜 그냥 죽이지 않고 저런 참혹한 짓까지 했을까요?"

시즈쿠가 새빨개진 눈으로 묻자 사카키가 안경을 고쳐 쓰며 말했다.

"이건 일종의 모방살인이야. 범인은 『이누가미 일족』을 본뜬 것 같아. 이유는 알 수 없지만 저렇게까지 공을 들인 걸 보면 범인에게는 중요한 의미가 있을 수도 있겠지. 가모 씨, 엽기범죄학에서는 모방살인에 대한 연구도 하시나요?"

"음, 무언가를 위한 의식이나 피해자를 능욕하기 위해 시체를 훼손하는 경우는 있지만–. 지금 같은 경우에는 오히려 미스터리 세계를 기준으로 생각하는 게 좋지 않을까요~?"

"왜죠?"

"분명히 범인은 미스터리 마니아니까요–."

"그렇네요……동의합니다."

사카키가 고개를 끄덕였다.

"그럼, 사카키 씨. 미스터리 세계에서 모방 살인이 일어나는 이유는 뭔가요~?"

"……그건 작가들도 고민했던 부분입니다. 조금 전 말씀하신 것처럼 의식적인 동기가 있을 수도 있고, 무언가를 모방함으로써 탐정을 헛갈리게 만들어 자신이 용의선상에서 벗어나기 위한 실리적인 동기도 있지요."

고엔마는 한발 물러나 사카키의 강의를 듣고 있었다.

사카키가 말한 대로 모방 살인의 동기는 동서고금을 통틀어 셀 수 없을 정도로 많이 만들어져 왔다. 사람을 죽이는 것만으로도 체포될 위험이 있는데 굳이 일부러 시간을 들여 모방 살인으로 보이게끔 작업을 하려면 그에 상응하는 동기가 필요한 법이다. 이번 시나리오에서도 고사카가 모방 살인을 하게 되는 이유를 뒷받침할 적절한 동기를 마련해 두었다.

뭐, 사실 진짜 이유는 클라이언트가 요청해서이기는 하지만…….

고엔마가 속으로 쓴웃음을 짓고 있을 때 방으로 고사카가 들어왔다.

조용히 고엔마에게 다가오더니 귓가에 소곤거렸다.

"알겠습니다."

고엔마가 끄덕이자 고사카는 아무 말 없이 방을 나갔다.

이야기의 진행상 꼭 필요한 것이기는 해도 차마 입이 떨어지지 않는다.

응접실의 화제는 범행 동기에서 누가 범인인지로 바뀌어 있었다.

"아침을 먹고 방에 돌아간 뒤에는 야마네와 만나지 않았어요."

"그렇다면-, 아침과 점심 사이에 살해당한 후-, 늪으로 옮겨졌단 말이네요-. 범행이 일어난 시각은 그사이 세 시간이려나-. 음-, 누구나 범행이 가능했겠는데요-."

대화를 들으면서 고엔마는 말할 타이밍을 재고 있었다.

말할 내용을 생각하니 입술이 바짝바짝 타들어 가는 기분이다.

"저기, 거기에 대해 말씀드릴 것이 있습니다……."

눈을 질끈 감고 끼어들었다.

"야마네 님은 돌아가신 지 얼마 되지 않은 것 같습니다. 늦어도 1시간 반 정도 전이라고 합니다."

"정오쯤이라는 말이군요."

사카키가 시계를 보며 말했다.

"지금이 1시 반. 늪으로 갔던 게 30분 정도 전이니까 시체를 발견하기 1시간 전에 살해당했다고요?"

"그런 것 같습니다."

"어떻게 그렇게 확신하시죠?"

"……말씀드리자면 이야기가 길어집니다만, 어쨌든 지금 문제는 시간입니다. 점심 식사는 정오부터였지요. 식당에는 고용인 세 명과 아가씨, 가모 님, 사토 님이 계셨습니다."

고엔마는 누가 사망 추정 시각을 알아냈는지를 모호하게 대답했다.

"우리에겐 알리바이가 있단 말이네요-."

히비코가 말하면서 연신 고개를 주억거렸다.

"식당에 늦게 온 나는 알리바이가 없는 건가."

사카키가 자조적으로 말했다.

"하지만 사망 추정 시각은 어디까지나 정오 무렵이잖아요. 점심 전에 야마네를 죽이고 늦에 빠트린 뒤에 식당으로 달려온 걸로 하면 누구나 범행이 가능한 것 아닌가요?"

그게 그렇게 단시간 내에 가능한 거면 고생할 일도 없었지. 이쪽은 옷을 두 벌이나 버렸다고.

고엔마가 다른 의미로 씁쓸한 얼굴이 되었다.

하지만, 굳이 지적할 필요는 없었다. 더욱더 강력한 한 방이 있으니까.

고엔마는 씁쓸한 표정 그대로 말했다.

"사카키 님, 그건 불가능합니다."

"불가능하다고요? 왜 그런가요?"

"정오는 물론이고 그 이전부터 아무도 밖에 나가지 않았습니다."

"고엔마 씨, 그건 이상하잖아요. 실제로 야마네가 저렇게 밖에……."

시즈쿠가 좋은 타이밍에 말을 보탰다.

"아무도 밖에 나가지 않았다고 말하는 근거가 뭔가요?"

안경 너머로 사카키의 눈이 날카롭게 빛났다.

고엔마는 전혀 주눅 들지 않았다.

그 질문에는 당당하게 대답할 수 있다.

"현관은 항상 잠겨 있고 열쇠는 제가 가지고 있습니다. 아침 식사 직후에 고사카가 정원에 일하러 나갔다 온 다음 여러분과 야마네 님을 찾으러 나가기까지 현관은 계속 잠겨 있었습니다. 그러므로 점심 식사 직전에 이 저택에서 나갈 수 있는 방법은 없습니다."

"뒷문은 없나요?"

"고용인이 사용하는 뒷문이 있긴 합니다만, 며칠 전에 열쇠가 고장 나서 사용할 수 없는 상태입니다."

이것은 진짜다. 고용인실로 통하는 뒷문은 열리지 않게 해두었다. 시체를 처리한 다음 고엔마가 사용한 입구는 지하로 바로 연결되는 비밀 출입구다. 당연히 이 문은 존재하지 않는 것으로 되어 있다.

"창문으로 나갈 수도 있지 않을까요~?"

"저택의 북쪽은 바위산과 접하고 있어 창문이 없습니다. 동쪽은 절벽이라서 창문으로 나가는 건 불가능합니다."

"나갈 수 있는 건 서쪽과 남쪽 창문밖에 없군요."

사카키가 기암관의 미니어처를 보며 말했다.

"네, 그렇습니다. 하지만 점심 식사를 준비하는 동안 저희가 계속 식당을 들락거렸습니다. 만약 누군가가 야마네 님을 짊어지고 계단을 내려왔다면 보지 못했을 리 없습니다."

"처음부터 1층에 있던 사람이라면요?"

사카키가 흘깃 사토를 보았다.

사토가 어깨를 움찔했다.

"사토 님은 가장 먼저 식당에 오셨습니다. 밖에 나가지 않으셨다는 건 저희가 증명할 수 있고, 반대로 저희 고용인들이 계속 식당 주변에 있었다는 것도 사토 님이 증명해 주실 겁니다."

고엔마가 옹호해 주자 사토는 몇 번이나 고개를 위아래로 크게 흔들었다.

고용인들이 식당에 있었다는 사실은 시즈쿠나 히비코의 증언으로도 충분히 증명되지만, 제일 처음 온 사토를 사용하는 편이 더 자연스럽다.

"1층에서는 나갈 수 없고. 3층은 열쇠가 잠겨 있어 올라갈 수 없고. 그렇다면 남은 건 2층 창문인데……서쪽이나 남쪽에 있는 방은 나와 야마네, 시즈쿠, 가모 씨인가."

"네? 저도 용의자인 건가요~?"

히비코가 쓴웃음을 지었다.

"아니요. 저택에서 나갈 수 있는 방법을 이야기하는 겁니다. 다만, 창문에서 뛰어내릴 수는 있어도 돌아오는 건 어렵겠군."

"로프를 사용하면?"

시즈쿠가 사카키에게 물었다.

"여자는 힘들겠지만 남자라면 가능할 수도 있겠지. 하지만 야마네의 방 창문에 로프를 사용한 흔적 같은 건 없었어. 필요하면 내 방도 확인해 봐."

"흔적이 남지 않는 거라면요? 사다리라든가~?"

"없었습니다."

사토가 작게 말했다.

"밖에 나갔을 때 저택의 서쪽 부근을 둘러봤는데 사다리로 쓸만한 건 없었어요. 로프 같은 것도 떨어져 있지 않았고요."

"그렇군요."

시즈쿠가 안도의 한숨을 내쉬었다.

고엔마는 너그러운 눈으로 사토를 보았다.

이 정도 발언은 봐주도록 하지. 덕분에 사건이 더 기괴하게 보이게 되어서 좋군.

사카키가 안경의 브릿지를 만지작거렸다.

"다시 말해, 야마네가 살해당하고 늪에 빠졌을 무렵 저택 밖으로 나간 사람은 없다는 말이군요. 심지어는 야마네조차 밖으로 나갈 방법이 없었어요. 이건 즉, 역밀실-."

"역밀실?"

시즈쿠가 되물었다.

"『이누가미 일족』을 모방한 것도 모자라서 역밀실인가요-. 정말 대단한 범인이네요-."

즐거운 일이라도 발견한 것처럼 히비코의 입이 헤벌쭉해졌다.

고엔마도 내심 싱글벙글했다.

그렇다. 이것은 단순한 모방살인이 아니다. 플러스알파 트릭. 이 정도는 해야 클라이언트를 만족시킬 수 있다. 머리를 짜내고 또 짜내어 만든 시나리오를 갑작스러운 사고따위로 망쳐버릴 수는 없지.

"그런데 야마네의 사망 추정 시각은 도대체 어떻게 알아내신 건가요?"

사카키가 고엔마를 향해 돌아보며 물었다.

결국 올 것이 왔군.

고엔마는 체념했다.

어차피 한 번은 겪어야 할 일이었다.

"고사카가 시체를 검안했습니다."

"고사카 씨가요?"

사카키가 황당해하는 표정으로 되물었다.

고엔마는 꿀꺽 침을 삼켰다.

이런 바보 같은 대사는 절대 말하고 싶지 않았는데. 하지만 해야만 했다.

될 대로 되라는 심정으로 내뱉었다.

"고사카는 원래 법의학자였습니다."

순간의 침묵이 영영 이어질 것처럼 느껴졌다.

알고 있다. 아무리 그래도 너무 억지스럽다. 그래도 달리 방법이 없었다.

원래대로라면 '의사인 시라이'가 야마네를 살해한 다음 자신이 직접 거짓 사망 추정 시각을 말하는 시나리오였다. 그런데 시라이가 죽어버리는 바람에 '범인'을 대신할 수 있는 사람이 고사카밖에 없었다. 이제 와서 트릭을 처음부터 다시 짜고 전체 내용에서 벗어나지 않도록 조정할 시간도 없었다. 그래서 '역밀실' 트릭은 그대로 살리기로 했다. 그러려면 고사카가 사망 추정 시각을 말하게 해야 했다. 그 결과 '고사카가 원래 법의학자'였다는 설정을 추가하게 된 것이다.

고사카는 응접실에서 멀리 떨어져 있게 했다. 굳은 얼굴을 보여서 좋을 게 없다.

문득 시선이 느껴져 방구석으로 눈을 돌리자 미간을 잔뜩 찌푸린 사토의 눈동자가 이쪽을 향해 있었다.

그만, 그런 얼굴로 쳐다보지 마.

고엔마의 얼굴이 불타는 것처럼 화끈거렸다.

9.

사카키와 히비코는 다시 한번 저택 내부와 숲을 조사하겠다며 나섰다.

사토는 함께 가지 않고 혼자 방으로 돌아왔다. 수수께끼 풀이보다도 리스크를 회피하는 쪽을 우선시하기로 한 것이다.

침대에 몸을 던지고 천장을 바라보았다.

진짜 연쇄살인이 일어났다. 어쩌다 이렇게 엄청난 곳에 와버린 걸까.

그런데 아무리 생각해도 이상했다. 늪에서 발견된 야마네의 시체는 꼭 누군가에게 보여주기 위해 일부러 꾸며놓은 것 같았다.

─세이시는 막는다.

요코미조 세이시의 작품을 본뜬 살인. 저택 내부에서 밖으로 나가는 방법이 전부 막힌 역밀실. 편지의 두 번째 줄은 확실히 야마네의 죽음을 암시하고 있었다.

"안돼, 안돼."

꼬리에 꼬리를 물고 이어지는 생각을 끊어내려 몸을 일으켰다.

여기에 온 목적은 연쇄살인의 수수께끼를 풀기 위해서가 아니다. 도쿠나가를 찾기 위해서다. 그런데 계속해서 자극적인 사건들을 맞닥뜨리다 보니 자꾸만 관심이 그쪽으로 쏠린다.

잠깐만.

오히려 이건 기회일지도 모른다. 사카키와 같이 조사하는 척 나서면 저택의 이곳저곳을 당당하게 살펴볼 수 있다. 도쿠나가의 실종과 관련된 단서를 찾게 될지도 모른다.

그때 남모르게 꿍꿍이를 꾸미고 있다는 것을 알기라도 한 것처럼 노크소리가 들렸다.

사토는 펄쩍 튀어 오를 만큼 놀랐지만 애써 아무렇지 않은 척 한 박자 쉬고 대답했다.

"시즈쿠예요."

환희와 경계. 상반되는 감정이 동시에 끓어올랐다.

이곳에 도착한 이후 마음이 편안해지는 유일한 순간은 시즈쿠와 대화할 때뿐이었다. 그렇지만 그녀가 살인범이 아닐 것이라는 확증도 아직은 없다.

"저기……사토 씨의 추리를 듣고 싶어서 왔어요."

쑥스러워하는 듯한 시즈쿠의 목소리에 경계심이 날아갔다.

천천히 문을 열자 상상했던 모습 그대로의 시즈쿠가 있었다.

"쉬시는데 찾아와서 죄송해요."

살짝 고개를 숙이며 인사하는 시즈쿠를 방안으로 들였다. 순간적으로 텐가와의 모습이 머릿속을 스쳐 지나갔다. 어젯밤 이렇게 방으로 들어오게 했었더라면 그는 지금도 살아있지 않을까.

"시즈쿠 씨, 혼자세요?"

복도에는 아무도 없었다.

"네. 사카키 선배와 히비코 씨는 늪에 가본다고 했어요."

잠시 정적이 찾아왔다.

시즈쿠와 방에 단둘이다. 의식하지 않으려 애써도 불가능했다.

"야마네 씨 일은……무척 유감이에요."

"네……정말 아무리 사과해도 모자랄 것 같아요."

"사카키 씨도 말씀하셨지만, 시즈쿠 씨 잘못이 아니에요. 나쁜 건 범인이죠."

자신이 생각해도 너무 뻔한 위로의 말이었지만, 정적을 메우기 위해 필사적으로 입을 움직였다.

"저는……여기 기암관을 좋아하지 않아요."

"……뭔가 이유가 있나요?"

"어젯밤에 이 주변에서 사람 그림자를 봤다고 말씀드렸죠?"

"네."

시즈쿠는 꽃병이 깨지는 소리에 놀라서 비명을 질렀다. 한밤중에 큰 소리가 들리면 놀라는 게 당연하기는 해도 비명까지 지르는 것은 조금 지나친 반응이기는 했다. 다만, 시즈쿠는 그 전에 홀에서 사람 그림자를 목격했다. 그래서 훨씬 더 무섭게 느껴졌는지도 모른다.

"사실은 예전부터 이 저택에서는 인기척이 느껴지거든요."

"그거야 당연히 사람이 살고 있으니까—."

"아니요. 그런 게 아니라 분명히 아무도 없는데 누가 나를 보고 있는 것 같은 기분이……응접실이나 담화실 소파에 앉아 있을 때면 바로 옆에 누가 있는 것 같은 느낌이 들어요."

"유령이라든가 그런 건가요?"

"모르겠어요……그런데 꼭 어제오늘처럼 손님들이 많이 계실 때만 인기척이 느껴져요."

"그게 텐가와 씨나 야마네 씨의 죽음과 관련이 있다고 생각하시는 건가요?"

"그것까지는 잘 모르겠지만……그래도 너무 무서워서……."

가슴에 손을 얹은 시즈쿠의 표정이 어두워졌다.

"그런데 왜 저한테 이런 말을……사카키 씨에게는 말해보셨나요?"

"선배에게는 예전에 한 번 말했더니 코웃음만 치더라고요. 그래서 실제로 와서 봤으면 해서 이번에 부른 것도 있어요. 그런데 유령도 아니고 이런 일이 일어나서……그리고 연쇄살인이라고 말했던 분은 사토 씨밖에 없으니까요."

시즈쿠가 미안한 기색으로 사토를 쳐다보았다.

시즈쿠가 자신을 의지하고 있다. 처음으로 경험하는 희열이었다. 어떻게든 도와주고 싶다고 진심으로 생각했다.

"사실은 지금 시즈쿠 씨의 이야기를 듣고 하나의 가설이 떠올랐는데요."

"어떤 가설이요?"

시즈쿠의 눈이 반짝였다.

괜찮아. 여기에서라면 들키지 않겠지.

사토가 팔걸이 소파를 가리켰다.

"이 의자, 식당에도 있었지요. 응접실과 담화실에도 있었고요."

"네. 아버지가 특별히 주문 제작하신 거예요. 고용인들이 쓰는 방을 제외하고는 거의 모든 장소에 놓여있죠."

"아버님이…… ."

계속 말을 해야 할지 망설여졌다.

"사토 씨?"

"아……어쩌면 모르시는 편이 더 좋을지도 모르겠어요."

"괜찮아요. 가르쳐 주세요."

시즈쿠가 완강하게 재촉했다.

"손님이 왔을 때 응접실이나 담화실에 있는 소파에 앉으면 바로 옆에서 인기척이 느껴진다고 하셨죠?"

"네."

"그때 앉았던 소파는 이것과 같은 건가요?"

"……아마도 그런 것 같아요."

"텐가와 씨의 방에도 같은 소파가 있었지요?"

"네……무슨 문제라도?"

"'란포는 감추고'. 이 문장의 의미를 알았거든요."

"네?"

시즈쿠의 눈이 놀람으로 커졌다.

솔직하게 반응하는 모습에 호감이 점점 커진다.

"괜히 말했다가 틀리기라도 하면 무척 창피할 것 같은데."

말하면서 사토는 팔걸이 소파를 여기저기 살펴보기 시작했다.

"어? 여긴가⋯⋯."

소파 뒷면의 덮개를 잡고 위로 밀어 올리자 슥 올라갔다. 소파 안은 텅 비어 있었고 내부에 작은 받침대가 있어 앉을 수 있게 되어 있었다.

"이게 대체⋯⋯."

시즈쿠가 미간을 찌푸렸다.

에도가와 란포의 대표작에 등장하는 '인간의자'를 본떠 만든 소파. 이런 물건을 만들어 놓다니⋯⋯.

사토의 호기심이 무럭무럭 솟아올랐다. 내친김에 소파 안으로 들어갔다. 받침대에 걸터앉아 팔걸이 부분에 양팔을 집어넣었다. 상반신은 등받이 부분에 들어갔다. 의자 안에 앉아 있는 모양새다.

"잠깐 앉아 보실래요?"

소파 안에서 시즈쿠에게 말했다.

"여기 앉으라고요?"

시즈쿠의 당황한 목소리를 듣고 나서야 자신이 경솔했다는 것을 깨달았다. 이마에 식은땀이 흘렀다.

"아니, 그게 아니라, 그러니까 검증해 보려고 했던 건데, 죄송해요! 어, 어떻게 하면 좋을까요?"

좁은 공간에서 당황하기까지 하니 초조함이 배가 되었다. 머릿속이 백지장처럼 새하얘졌다.

"알겠어요. 잠시 실례할게요."

"네……."

무릎 위로 전해지는 부드러운 감촉. 연이어 배에서 가슴으로 시즈쿠의 체중이 실렸다. 양팔 위로 올려진 시즈쿠의 팔도 느껴졌다. 얇은 가죽 한 장을 사이에 두고 밀착된 것이다.

뭐라 형용할 수 없는 느낌에 순간 원래의 목적을 잊을 뻔했다.

"저……무겁지 않으세요?"

부끄러운 듯 시즈쿠가 물었다.

"전혀요. 딱 좋아요."

말을 하자마자 얼굴이 빨갛게 달아올랐다. 이게 지금 맞는 말인가.

얼버무리기 위해 재빨리 화제를 돌렸다.

"저기……어떠세요……아니, 그러니까 제 말은 전에 느꼈던 느낌과 비슷한가 해서요."

"글쎄요……."

"잠깐 아무 말 없이 있을 테니 확인해 보세요."

사토는 더 이상 쓸데없는 말을 하지 않기 위해 입을 다물었다.

시즈쿠도 아무 말이 없었다.

침묵이 이어지는 가운데 좋든 싫든 모든 신경이 촉각에 집중되었다. 체중, 온기, 움직임—시즈쿠의 몸이 느껴진다.

갑자기 양팔이 무거워졌다. 무릎이 가벼워지면서 시즈쿠의 온기도 사라졌다. 아마 일어선 모양이다.

"고마워요."

시즈쿠의 인사가 들렸다.

다소, 아니 무척 아쉬워하면서 사토도 소파에서 나왔다.

"어땠어요?"

"맞는 것……같아요."

수수께끼가 풀렸는데 시즈쿠의 표정은 어두웠다.

이 의자를 만든 사람은 미에이도 하루사다. 시즈쿠의 아버지이다.

"아버지가 이런 걸…….."

"아버님이 미스터리와 마술을 좋아하신다고 하셨잖아요."

별 도움 안 되는 위로다.

인간의자를 만들어서 저택의 곳곳에 놓아둔다. 그런 행동이 아마 순수한 장난기에서……비롯되었을 리가 없다.

"저희 아버지가……변태인 걸까요?"

시즈쿠의 얼굴이 창백했다.

"글쎄요……."

사토는 말끝을 흐렸다.

아무리 포장을 해보려고 해도 엄청난 변태라고밖에 달리 표현할 말이 없다.

"그래도 적어도 아버님은 시즈쿠 씨를 여기에 앉히고 싶었던 건 아니실 거예요."

"……그럴까요."

"인기척을 느꼈던 건- 그러니까 아버님이 인간의자에 들어가 있었던 건 손님이 오셨던 날뿐인 거잖아요. 그렇다는 건 그 손님들을 노렸다는 거 아닐까요? 여기에는 여성분들도 많이 오시지 않나요?"

"네……듣고 보니 인기척이 느껴졌던 건 항상 여성분이 손님으로 오셨던 날이었던 것 같기도 하네요……."

시즈쿠가 기억을 되짚으려는 듯 생각에 잠겼다.

"시즈쿠 씨가 앉았을 때는 아버님도 곤란해 하셨을 거에요."

"그, 그렇겠죠……아! 생각났어요. 제가 이 소파에 앉을 땐 항상 다른 소파에 커버가 씌워져 있거나 물건이 올려져 있어서 앉을 수 없게 되어 있었어요."

"분명히 타겟을 인간의자에 앉게 하려고 유도한 걸 거예요. 미리 봐둔 사람을 저택에 초대해서 자신이 들어가 있는 인간의자에 앉게 하는 거죠. 아무리 기다려도 하루사다 씨가 오지 않으면 앉았던 사람은 기다리다가 지쳐서 가버리고, 그러면 때를 봐서 살짝 의자에서 나오면 되고. 그렇게 쓰였던 것 아닐까요. 그런데 어쩌다 보니 시즈쿠 씨가 앉아버린 적이 몇 번 있었던 거죠."

"하아……정말……."

시즈쿠가 눈을 질끈 감았다.

딸에게는 그럴 마음이 없었다고 해도 미에이도 하루사다에게 성도착적 변태성이 있었다는 사실은 변하지 않는다. 딸의 입장에서 보면 도저히 믿기지 않을 법도 하다. 게다가-.

"……이 의자와 편지가 어떤 관계가 있는 건가요?"

시즈쿠가 긴장한 표정으로 사토에게 물었다.

"확실하다고는 말씀드릴 수 없지만 아마도……."

사토는 조심스럽게 고개를 끄덕였다.

편지의 첫 번째 줄에 쓰여있던 문장 '란포는 숨기고'. 저택 안 여기저기에 있는 인간의자. 밀실에서 사라진 범인. 이것들을 연결하면 텐가와 살인의 밀실 트릭의 답이 보인다. 그리고 인간의자를 만든 사람은 미에이도 하루사다. 만약 하루사다가 범인이라면 지금도 저택 어딘가에 숨어서-.

그만. 더 파고들면 안 돼.

사토는 추리를 멈추었다. 시즈쿠의 힘이 되어주고 싶은 마음은 가득했으나 위험부담이 너무 크다.

"사토 씨, 정말 고마워요."

시즈쿠가 슬퍼 보이는 얼굴로 희미하게 웃었다.

아버지가 성도착적 취향을 가지고 있는 것도 모자라 살인에도 관련되어 있을지도 모른다니. 지금 얼마나 마음이 불안할까. 그런데도 의연하게 잘 버티고 있다.

사토는 그런 시즈쿠가 더없이 사랑스럽게만 보였다.

"저, 정말 무척 불안했거든요……너무…….."

시즈쿠가 눈을 글썽였다.

가슴이 찢어질 것만 같았다. 도저히 이대로 내버려둘 수가 없다.

"시즈쿠 씨, 제가-."

말을 하다말고 주저했다. 아직도 망설이고 있는 자신에게 화가 났다.

"사토 씨."

시즈쿠가 촉촉한 눈빛으로 사토를 똑바로 바라보았다.

"시즈쿠……씨?"

날아가려는 이성을 간신히 붙들었다.

그러자 시즈쿠가 눈을 감았다.

한계 돌파. 더 이상 생각하기를 포기했다.

사토는 시즈쿠를 향해 천천히 입술을 가져갔다.

아니, 이대로는 시즈쿠를 속일 수는 없어. 이 사람에게만은 모든 걸 털어놓자.

코와 코가 맞닿는 거리에서 기어들어 가는 목소리를 짜냈다.

"시즈쿠 씨……사실 저는 아르바이트생으로 여기에 왔어요. 여행자라는 말은 거짓말이에요. 죄송해요……하지만 시즈쿠 씨의 일이라면 제가 뭐든지-."

시즈쿠가 갑자기 가슴을 밀쳐냈다.

"뭐?"

지금 이게 무슨 상황인지 이해가 되지 않았다.

시즈쿠의 얼굴을 보자 아름다웠던 얼굴이 분노로 일그러져 있었다. 지금까지 한 번도 본 적 없는 표정이다.

"뭐? 아르바이트?"

가시 돋친 말투.

"……시즈쿠 씨?"

당황스러웠다. 지금 눈앞에 있는 사람은 가련한 아가씨가 아니었다.

시즈쿠가 짜증스럽다는 듯 눈을 굴리더니 크게 혀를 찼다.

그러더니 이번에는 갑자기 사토를 꽉 끌어안았다.

도대체 무슨 일이지?

사토가 어안이 벙벙해져 있자 시즈쿠가 차가운 목소리로 속삭였다.

"내 등 뒤로 팔을 감아. 껴안는 척을 하라고."

"시즈쿠-."

"빨리!"

"넵."

사토는 시즈쿠가 시키는 대로 했다.

"너, '탐정'이 아니야?"

"탐정? 그게 무슨 말이에요?"

"거짓말하는 거 아니지?"

"그러니까 지금 무슨 말씀하시는 건지."

"'탐정'이 아니면 왜 어젯밤에 나한테 온 거야?"

"왜라뇨……비명이 들렸으니까."

시즈쿠가 크게 한숨을 쉬었다.

"쓸데없는 짓 좀 하지 말라고!"

작은 목소리였지만 분노로 가득 차 있었다.

"죄송해요……."

"……설마 '탐정'을 아르바이트로 모집했나? 에이, 그럴 리가……
야, 너."

"……네."

"아르바이트라면 불법 아르바이트?"

"불법인지 아닌지 모르겠지만 SNS에서 보고……."

"아르바이트 내용이 뭐였는데?"

"여기에서 며칠간 지내라고……."

시즈쿠는 또다시 혀를 찼다.

"젠장……실수 했네."

"시즈쿠 씨, 이게 대체-."

"조용히 해! 지금 생각하고 있으니까."

"네……."

시즈쿠가 화가 난 것은 분명했다. 그런데 끌어안은 팔을 풀려고
하지 않았다.

이런 게 츤데레인가.

아니, 그런 게 아니다. 무언가 의도가 있는 것 같다.

사토는 그저 곤란해하면서 시키는 대로 잠자코 시즈쿠를 안고 있
었다.

그러자 천천히 시즈쿠가 속삭였다.

"······할 수 없지. 자, 이제부터 너는 지금 있었던 일을 전부 잊어버려. 그리고 지금까지 했던 대로 얌전하게 지내면 되는 거야."

"잠깐만요."

"바보야! 큰 소리 내지 말라고!"

시즈쿠가 등을 꼬집었다.

"······누가 듣고 있는 건가요?"

방을 둘러보려 하자 또 등을 꼬집혔다.

"두리번거리지 말라고!"

"혹시······감시당하고 있는 거에요?"

"젠장, 이 자식을 정말 어떡하지."

정말 손톱만큼도 아가씨의 흔적이 남아있지 않았다.

"알려주세요. 여기에서 무슨 일이 일어나고 있는 건가요?"

바로 지금 무언가가 한 꺼풀 벗겨진 느낌이 들었다. 너무나 비일상적인 일련의 사건들. 그 뒤편에 한 걸음 다가섰다는 확신이 들었다. 심지어 방 안까지 감시당하고 있다는 사실을 알아버렸다. 이대로 이유도 모른 채 장기말 노릇을 계속할 수는 없다.

"너는 모르는 게 좋아."

"그럴 수 없어요. 사람이 죽었다고요."

"그래서?"

시즈쿠의 대답에 할 말을 잃었다.

"······설마 살인이 일어날 거라는 걸 알고 있었던 거에요?"

"……."

"대답해 주지 않으면 이 일을 잊으려야 잊을 수 없잖아요."

"너……."

"그리고 시즈쿠 씨가 부잣집 아가씨가 아니라는 것도. 아마 미에이도 시즈쿠라는 이름도 거짓말이겠죠. 내가 '사토'인 것처럼."

모든 것이 허구. 하지만 살인은 실제로 일어났다. 이 정도의 무대까지 준비해서……대체 이 사람들은 뭐지?

"지금 협박하는 거야?"

"아니요. 하지만 이렇게 됐으니 다른 사람들한테도 전부 물어보려고요."

"안돼! 절대 안돼!"

"내 처지를 생각해 보라고. 너라면 가만히 있을 수 있겠어?"

더 이상 예의를 차릴 것도 없었다.

"하아…정말 키스나 해주고 끝내버리면 좋았을걸……왜 손을 뻗어서는……."

아무래도 시즈쿠는 이 '아르바이트'에 대해 알고 있는 것 같았다. 그리고 '사토'를 '탐정'이라고 부르는 누군가로 착각해서 다가왔다. 그것이 첫 번째 실수. 두 번째 실수는 자신의 실수를 알아차리고 저도 모르게 본래 모습으로 돌아가 버린 것이다. 아까 얌전히 키스를 하고 방에서 나갔더라면 계속 미에이도 시즈쿠인 척 연기할 수 있었을 텐데.

하지만 시즈쿠는 꼬리를 밟히고 말았다. 그리고 들켜버렸다는 사실을 다른 사람들이 알게 되면 곤란해지는 것 같다. 비겁한 것 같기는 해도 이 것저것 따지고 있을 때가 아니다. 시즈쿠의 약점을 이용해야 한다.

"숨기고 있는 걸 전부 말해. 시즈쿠 씨한테 들었다고 아무한테도 말하지 않을 테니까."

"……나도 아는 게 별로 없어."

"이제 와서 무슨 소릴 하는 거야."

"진짜라고. 나도 고용되었을 뿐이니까."

"아르바이트?"

"좀 달라. 비정규직이라고 할까? 아르바이트는 한 번으로 끝나지 만 나는 매번 고용되거든."

"잘 이해가 안 되는데. 처음부터 자세히 설명해 봐."

"……진짜 최악이네."

시즈쿠의 입에서 나온 이야기는 곧이곧대로 믿기 어려운 내용이 었다.

탐정 유희—미스터리를 좋아하는 부유층을 위해 개최되는 추리 게 임. 거대한 무대를 준비해서 실제로 살인사건을 일으킨다. 등장인물 이 되어 게임에 투입되는 사람은 운영 스태프와 불법 아르바이트를 통해 채용된 사람들, 그리고 클라이언트인 '탐정'. 사실을 모르고 있 는 건 사토처럼 아르바이트로 고용된 사람들뿐이다. 모든 것은 클라 이언트의 즐거움을 위해. 자신이 장기말이 되었다고 느꼈던 게 진짜 였던 것이다.

"내 임무에는 '탐정'과의 로맨스를 연기하는 것도 포함되어 있어. 그밖에 힌트를 주거나 진행을 위한 대사를 치기도 하고."

"여대생이라는 건 거짓말인 거야?"

"당연하지. 난 보육원 출신에 중졸이야."

"그렇군……미안."

"사과할 일은 아니고."

"하아……."

시즈쿠는 한때 유흥가에서 일하며 제법 큰 돈을 벌었다. 하지만 호스트에 빠지면서 가지고 있던 돈을 모두 탕진했다. 그러다가 우연히 이 일에 스카우트된 다음부터는 매번 히로인 역할을 맡고 있다고 했다.

"나한테 말을 걸었던 건 내가 '탐정'이라고 착각해서인 거야?"

"당연하지. 그게 아니면 나 같은 미녀가 만난 지 얼마 안 된 평범한 남자한테 먼저 다가갈 것 같아?"

예상은 했지만 직접 들으니 더 충격이었다.

"……범인은 누구야? 다음 희생자는?"

"몰라. 진짜로 몰라. 매번 그래. 나한테는 알려주지 않는단 말이야."

"믿을 수 없어."

"범인이나 피해자를 알고 있으면 부자연스럽게 반응하게 되잖아. 그래서 대부분은 애드리브라고."

해외의 미스터리 드라마도 같은 이유로 배우들에게 진짜 범인이나 배후를 알려주지 않는다는 이야기를 들은 적이 있다.

"게다가 나는 운영 측 사람이 아니니까. 필요한 최소한의 것들만 알려준다고. 운영자들은 탐정 유희의 존재가 밖으로 새어 나가는 걸 절대 원하지 않거든."

"그래서 나한테도 전혀 정보를 주지 않았던 건가."

시즈쿠의 몸이 살짝 굳었다.

"……모르는 편이 좋아. 쓸데없이 많은 걸 알게 되면 목숨이 위험할 수도 있다고 진짜로."

"목숨이 위험하다고?"

살인까지 벌이는 놈들이다. 입을 막기 위해 무슨 짓이든 하겠지.

"탐정이 누군지도 모르는 거야?"

"당연하지. 클라이언트의 정보야말로 일급 기밀 사항이라고. 그래서 특정 상황에서 만난 다음에야 비로소 '탐정'이라는 걸 알게 돼. 그런데 네가……."

"미안……."

괜히 트집잡히는 기분도 들었지만 일단 사과했다.

어젯밤 제일 먼저 홀에 달려간 것 때문에 시즈쿠가 자신을 '탐정'이라고 오해한 것 같았다.

"그런데 내가 부자로 보였어?"

"이상하다고 생각했지. 뭐, 생긴 건 그럭저럭 괜찮은데. '탐정'인데도 불구하고 너무 나서질 않으니까. 그런데 가끔 있긴 하거든. 말도 제대로 못 하는 샌님들이."

"미안하게 됐네. 일부러 자제하고 있었던 거라고."

"나도 이런 적은 처음이야. 이번에는 너무 서둘러서 준비하기도 해서 평소보다 더 정보가 적었거든."

"확인해 보면 됐잖아."

"내가 먼저 운영자에게 연락하는 건 금지야. 항상 감시 카메라가 돌아가고 있으니까 역할에 맞지 않는 행동도 할 수 없고."

"그렇군……네 역할이 뭔지는 이제 알았고."

제일 중요한 질문을 던졌다.

"불법 아르바이트로 모집한 사람들의 역할은 뭐야?"

"…… ."

또 시즈쿠가 굳었다.

"아까 아르바이트는 한 번뿐이라고 했지? 왜 두 번째는 없는 거지?"

"난 모른다니까."

"ー살해당하기 때문 아니야?"

침묵.

그것이 대답이었다.

머리가 멍해지고 구역질이 올라왔다.

"텐가와와 야마네……뭐, 둘 다 본명은 아니겠지만……그 사람들은 살해당하기 위해 고용된 아르바이트고……편지에 있던 문장은 세 줄이니까 살해당하는 사람이 한 명 더. 그게……나인 건가?"

"정말……난 몰라."

시즈쿠의 울먹이는 목소리에 거짓은 섞여 있지 않았다.

"'범인'과 희생자는 불법 아르바이트로 모집할 때가 많아……하지만 항상 그런지는 모르겠어. 난 내가 참가했던 때밖에 모르니까."

"……남아있는 사람 중에 아르바이트생은 없는 건가?"

"몰라."

"운영 측의 등장인물은 누구야?"

"부탁이야. 더는 묻지 말아줘."

"나는 목숨이 달린 문제라고. 살 수 있는 방법을 알려줘."

"진짜 몰라. 나도 이런 적은 처음이라고."

살해당한다는 것을 눈치챈 아르바이트생이 지금까지 없었단 말인가. 그렇다면 살아날 방법이 있을지도 모른다.

혼란스러웠던 머릿속이 조금씩 다시 돌아가기 시작했다.

"멈출 수 있는 사람은 있어?"

"없어. 클라이언트가 그만두겠다고 말하지 않는 한 운영자들은 최선을 다해서 시나리오를 완성하려고 할 거야."

"'탐정'이 멈추겠다고 해야 끝나겠네."

"그럴지도 모른단 얘기야. 수억 엔을 낸 '탐정'이 게임을 그만두는 건 말도 안 돼. 게다가 이번 '탐정'은 단골인 것 같았단 말이야."

살인 사건을 맞닥트리는 데에 익숙해져 있단 말인가. 양심에 호소하는 건 소용 없겠군.

"그래도 '탐정'을 설득할 수밖에 없어."

"누가 '탐정'인지 모르잖아."

"저택에 있는 사람을 다 뒤져봐야지."

"안돼! 시나리오를 망치는 짓을 했다가는 그 자리에서 살해당할 거야. 나도 위험하게 될 거라고."

"갑자기 막 죽이면 그거야말로 시나리오가 의미 없어지는 거잖아?"

"어쩔 수 없다고 판단하면 그렇게 할 거야. 전에도 있었어. 범인이 두 명인 시나리오가. 범인 역할이었던 사람이 죄책감을 견디지 못해서 게임을 그만두겠다고 소리쳤어. 그랬더니 3초 후에 목이 찢겨 나갔다고. 수녀 역할을 연기하고 있던 운영 스태프가 직접 죽였어. 너무 무서워서 발작을 일으켰다나 그런 구실을 만들어서."

사토의 몸이 떨렸다.

이대로는 분명 죽임을 당한다. 멈출 수 있는 사람은 '탐정'뿐. 하지만 '탐정'이 누구인지 모르는 데다가 탐정이 누구인지 찾고 있다는 걸 들키면 바로 죽는다. 운 좋게 '탐정'을 찾는다고 해도 설득하는 것이 쉽지는 않을 것이다.

불가능하다―.

수없이 많은 쇠사슬로 몸이 묶여있는 것 같은 심정이다.

시즈쿠가 끌어안고 있던 팔을 내렸다.

멍하게 있자 갑자기 시즈쿠가 키스를 했다.

사토는 눈을 크게 뜬 채 그대로 경직되었다.

시즈쿠가 조용히 입술을 떼며 속삭였다.

"지금 일이 새어나가면……죽일 거야."

가짜 미소를 지어 보이며 시즈쿠가 방에서 나갔다.

10.

"아아, 이거였군."

사토의 방을 비추는 모니터를 보던 고엔마가 손바닥을 마주쳤다.

뭔가를 잊고 있는 기분이었는데 무엇인지 통 생각이 나질 않던 참이었다.

그 찜찜함이 지금 풀렸다.

이번에는 '탐정'에게 미인계를 쓸 필요 없다고 시즈쿠에게 말한다는 걸 깜빡하고 있었던 것이다.

이것도 실수라면 실수이지만 지금까지 허둥지둥했던 일들과 비교하면 별일은 아니었다. 시즈쿠가 착각해서 사토에게 키스했다고 한들 크게 문제가 될 일도 없다.

"그런데 왜 이렇게 오래 껴안고 있는 거야. 저런 남자가 취향이었나?"

장난조로 말하자 같이 모니터를 보고 있던 카와 반자키가 음흉한

웃음을 지었다.

하지만 그냥 웃고 넘길 수만은 없었다.

사토가 인간의자 트릭을 풀어버렸다. 시즈쿠의 유혹에 넘어가는 바람에 나온 행동이었다고는 해도 선을 넘었다.

"사토의 방에 경고해 줘."

"몇 단계로 할까요?"

반자키가 물었다.

"3단계로 하지."

"네."

반자키가 관제장치의 버튼을 누르고 마이크에 대고 말했다.

"사토 씨, 사토 씨."

모니터 안에서 사토가 깜짝 놀라 방 안을 두리번 거리는 모습이 보였다.

반자키는 손에 든 경고 매뉴얼에 쓰여 있는 대로 3단계 경고문을 읽어 내려갔다. 숫자가 커질수록 경고가 세진다. 3단계는 중간 정도에 해당한다.

"계약을 잊지 마십시오. 보수를 지급하지 않을 수도 있습니다. 또한, 목숨도 보장하지 못합니다. 반복합니다. 계약을 잊지 마십시오. 보수를 지급하지 않을 수도 있습니다. 또한, 목숨도 보장하지 못합니다. 이해하셨으면 손을 들어주십시오."

사토가 바로 손을 들었다. 소리의 출처를 찾으려는 듯 두리번거리더니 찾지 못하고 힘없이 침대에 걸터앉았다.

"엄청나게 놀란 모양인데요. 뭐, 그럴 만도 하지요."

반자키가 코웃음을 쳤다.

"이 자식이 수수께끼를 풀어도 재밌지 않을까?"

카가 노트북의 자판을 두드리며 지나가듯이 말했다. 시즈쿠와 사토의 포옹이 끝나자마자 다시 '나오키상'을 타기 위한 원고 작업으로 돌아가 있었다.

"하하하, 작가님도 무슨 그런 농담을 하십니까. 그러면 바로 끝장이라고요."

"흠, 그거야 나랑 상관없지."

확 물이라도 쏟아서 노트북이 고장 나면 좋을 텐데, 라고 고엔마는 마음속으로 바랐다.

"됐다!"

방구석에서 고사카가 환호성을 질렀다.

조금 전부터 밀실을 만들기 위한 열쇠 트릭을 연습하는 중이었다.

"한 번 더."

방의 문만 떼어다 놓은 간이 세트. 시라이가 열쇠 트릭을 연습할 때 사용하던 것이다.

고사카는 다시 열쇠를 만지작거렸다. 이제 제법 손에 익은 듯했다.

"하나, 둘."

혼자 구령을 세더니 천잠사를 힘껏 당겼다. 낚싯줄에도 사용되는 천잠사는 엔간해서는 끊어지지 않는다.

잠금장치가 맞물리는 경쾌한 소리가 나면서 문이 잠겼다.

"좋았어! 또 성공!"

성공 확률이 점점 올라가고 있다.

"고사카 씨, 제법인데."

"막상 해보니까 재밌네요, 이거."

다카기 아키미츠의 작품을 본떠서 만든 밀실 트릭은 고엔마도 마음에 들었다.

"실전에서나 제대로 하라고."

카의 비아냥이 날아들었다.

고엔마와 고사카는 함께 성질머리 고약한 작가의 뒤통수를 노려보았다.

"상황은 어때?"

미야비가 사령실로 나오며 물었다.

"이상 없습니다."

고엔마가 사무적으로 대답했다.

"그래? 그럼 이거 다음 안건인데 말이지."

미야비가 서류철을 책상 위로 던졌다.

반년 후로 예정된 다음번 탐정 유희 건이었다.

"죄송합니다. 오늘하고 내일은 현장 일에서 손을 뗄 수가 없어서요……신규 안건에 대한 회의는 모레 이후로 부탁드리고 싶은데요."

"무슨 소리야. 이런 건 당연히 현장이랑 동시에 진행해야 하는 거라고. 이러니까 일본 지부가 그 모양이지."

"……저녁 준비를 해야 해서 이만 가보겠습니다."

고엔마는 미야비에게 등을 돌렸다.

드디어 클라이맥스다. 방해하지 마.

곁눈질로 모니터를 보자 머리를 감싸 쥐고 꼼짝도 하지 않고 있는 사토가 보였다.

제 4 장

장기말의 반역

1.

분명히 최고급 고기일 텐데 아무 맛도 나지 않는다.

저녁 식사로 나온 스테이크를 썰면서 사토는 자리에 앉은 사람들을 훔쳐보듯 관찰했다.

가구도 사람도 그대로였지만 보이는 풍경은 몇 시간 전과 확연히 달랐다. 여기는 미에이도 가문의 저택 따위가 아니다. 부자들을 위해 준비된 살인 추리 게임의 무대였다. 진실을 알고 나니 수상한 점이 눈에 들어온다. 낡은 목재로 만들어진 저택의 벽이나 바닥 곳곳에 일부러 오래된 것처럼 보이려고 칠해 놓은 자국들이 보였다.

도쿠나가도 이 잔혹한 게임에 휘말렸던 걸까.

시즈쿠에게는 물어보지 못했다.

만약 도쿠나가가 참가했었다고 해도 가명으로 불렸을 것이다.

이렇다 할 신체적 특징도 없다. 도쿠나가의 사진이 들어있는 스마트폰은 크루즈 선에 탈 때 압수당했다.

"사카키 선배, 늪을 보러 갔던 건 어땠어요?"

시즈쿠가 조신한 말투로 물었다.

본성을 알고 있으니 모든 행동이 뻔뻔하게만 보인다.

"근처 수풀 속에 진흙이 묻은 바지장화가 버려져 있었어. 야마네의 시체를 늪에 빠트릴 때 범인이 썼던 것 같아."

야마네의 시체를 발견했을 때만 해도 엄청나게 동요한 것처럼 보이더니 지금은 엘리트스럽고 냉정한 평소의 사카키로 돌아와 있었다.

이 녀석은 '탐정'인가, '범인'일까. 아니면 살해당할 예정인 사람일까. 아무리 봐도 불법 아르바이트를 이용할 사람으로는 보이지 않지만, 시즈쿠의 연기에도 홀딱 넘어갔으니 겉모습만 보고 판단하는 것은 위험하다.

"지금까지로 봐서는—지문 채취는 어려울 것 같네요—."

히비코가 말을 하고나서 작게 자른 스테이크를 우물거렸다.

이 사람은 어떨까. 삼십 대에도 이런 어린아이 같은 말투라니. 수상하기는 해도 엽기범죄학이라는 기묘한 학문을 생업으로 삼고 있는 사람이니만큼 특이한 사람인 게 당연한가 싶기도 하고. 그런데 애초에 엽기범죄학이라는 학문이 실제로 있기는 한 건가? 아니, 그건 상관없지. '탐정'이 원래 직업 그대로 참가할 리는 없으니 '탐정'이 엽기범죄학자를 연기하고 있는 거라면 직업이 진짜인지 아닌지는 전혀 문제가 되지 않는다.

사토는 다시 한번 테이블을 둘러보았다.

텐가와와 야마네가 사라지고 식탁에 있는 사람은 네 명. 퍽 단출해졌다.

사카키와 히비코 말고도 '탐정' 후보는 더 있다. 선장과 의사인 시라이다. 두 사람 다 방에서 전혀 나오지 않는다. 음식은 고용인들이 방까지 가져다준다고 한다. 음식을 받으면서 사건이나 진척 상황에 대해 듣고 있을 가능성도 있다. 스스로 움직이지 않고 전해 들은 정보만 가지고 추리하고 있을지도 모른다. '안락의자 탐정'처럼.

"저기-고용인들에 대해서 물어봐도 될까요~?"

히비코가 고엔마와 고사카를 차례로 쳐다보며 말했다.

"저희에 대해서요?"

고엔마가 당혹스러운 표정을 지었다.

"네-. 이런 말 하기가 좀 그렇기는 하지만-, 텐가와 씨와 야마네 씨를 죽인 범인은 저택 안에 있는 사람 중에 있는 거잖아요?"

"그건……그렇지요."

"그러니까-, 일단 고용인들에 대해서도 조사할 필요가 있을 것 같아서요-."

"저도 동의합니다. 의심하는 건 아니지만, 혹시 모르니 파악해 두고 싶군요."

사카키의 냉철한 시선이 고엔마를 향했다.

"알겠습니다. 고사카 씨, 마나베 씨를 불러 와 주세요."

"알겠습니다."

고사카가 식당에서 나가자 고엔마는 자신에 대해 이야기하기 시작했다.

"미에이도 가문에서 일하게 된 지도 벌써 10년 가까이 되어갑니다. 그전에는 전자기기 제조업체에서 일했습니다."

"여기는 별장이잖아요? 미에이도 씨가 도쿄에 가 있는 동안은 어떻게 하시나요?"

"저와 마나베는 주인님과 함께 움직입니다. 이곳을 비우는 동안 관리는 고사카가 맡아서 하고 있습니다."

그런 설정이군.

사토는 귀를 쫑긋 세우고 들었다.

고엔마는 운영 측 사람인 걸까. 집사로서의 행동이 무척 자연스럽다. 게다가 저택 내부의 배치나 스태프, 손님들까지 알고 있는 정보가 너무 많다. 한번 쓰고 마는 아르바이트생에게 맡길 만한 역할은 아니다. 그렇다고 '탐정'일 것 같지도 않다. 나이대만 봐서는 부유층이라고 해도 이상하지 않다. 하지만 집사는 탐정만이 누릴 수 있는 미지의 장소에서 뜻밖의 사건과 조우하는 묘미를 느낄 수 없다.

고사카가 마나베를 데리고 왔다.

"마나베 씨가 미에이도 가문에 온 게 작년쯤이던가요?"

고엔마가 묻자 마나베가 끄덕였다.

"네. 그전에는 도쿄에 있는 호텔에서 요리장으로 일했습니다."

고용된 지 얼마 안 된 셰프.

요리하기를 좋아하는 부자가 '셰프 탐정'을 하고 싶어 했을 가능성도……그렇다고 하기에는 지금까지 사건에 전혀 관여하지 않았고. 그런데 또 야마네의 시체를 최초로 발견한 사람이란 말이지. '탐정'에게 직접 그런 걸 찾아내게 하려나.

고사카도 사건 조사에는 적극적이지 않다. 다만, 원래 법의학자였다는 경력을 어떻게 생각해야 할지. 딸이 자살했다는 과거도 있다. 미에이도 가문을 조사하다가 이번 사건과 조우. 『가정부는 봤다!(일본의 유명 드라마 시리즈-역주)』의 엽기범죄 버전인 건가. 그건 너무 이야기가 복잡해지는데.

차라리 지금 자리에서 일어나 '탐정은 누구신가요?'라고 물어볼 수만 있다면 얼마나 좋을까.

사토는 무심코 팔짱을 끼려다 말고 황급히 자세를 고쳤다.

골똘히 생각 중이라는 사실을 들켜버리면 위험하다.

아무 생각 없이 음식을 먹는 척하면서 계속해서 머리를 굴렸다.

'탐정'을 찾는 것보다도 어려운 것은 게임을 그만두도록 설득하는 일이다. 호기심 때문인지 인정욕구 때문인지 아니면 그저 강렬한 자극을 원하는 것인지. 그 어떤 이유라 해도 이해할 수는 없지만 반복해서 탐정 유희에 참가하며 진짜 살인사건을 즐겼던 사람이다. 그런 사람의 마음을 어떻게 움직일 수 있을까?

"고용인 여러분은 피해자 두 분과는 알던 사이셨나요~?"

"야마네 님은 처음 뵈었습니다. 텐가와 님은 자주 오셨었기 때문에 저도 고사카도 잘 알고 있습니다. 마나베는……두 분 다 어제가 처음이었지요?"

"네, 맞습니다."

히비코의 질문에 고엔마와 마나베가 상세하게 대답했다.

사토가 식사하던 손을 멈추었다.

'탐정'을 찾는 것에만 정신이 팔렸었는데 생각해 보니 '범인'도 마냥 무시할 수 없다. 아니, 목숨이 위험한 거라면 오히려 손을 써야 할 대상은 '범인'이다. 그러면 먼저 '범인'부터 찾아야 하는 게 아닐까. 하지만 '탐정'도 아닌 자신이 '범인'을 찾아내면 시나리오가 엉망이 된다. 그 전에 훼방꾼으로 낙인찍혀 제거당할지도 모른다.

한숨이 새어 나왔다.

생각하면 할수록 어떻게 해야 할지 알 수 없어졌다.

대화가 멈추고 침묵이 찾아왔다.

고개를 들자 '탐정' 후보인 두 사람이 깊은 생각에 잠겨 있었다.

'탐정'의 추리-.

사토의 눈이 번쩍 뜨였다.

도무지 떠오르지 않던 탐정 유희에서 탈출할 방법이 떠올랐다.

'탐정'과 '범인', 둘 다를 동시에 공략한다.

사토의 머릿속이 시뮬레이션을 하느라 빠르게 돌아갔다.

기암관에서 일어나는 것은 연쇄살인 사건이다. 가만히 있으면 곧 자신도 살해당한다. 그러나 이미 두 차례나 살인이 발생했다. 연쇄살인의 조건은 이미 성립한 것이다.

만약 자신이 살해당하기 전에 사건이 해결된다면?

다음 희생자가 나오기 전에 '탐정'이 범인을 찾아내면 그 시점에서 탐정 유희가 끝나는 것 아닐까?

포크와 나이프를 잡은 손에 힘이 들어갔다.

절대 쉽지 않은 일이다. 하지만 '탐정'을 설득하는 것보다는 성공할 가능성이 훨씬 높다.

그런데-.

지금은 아무도 결정적인 추리를 내놓지 못하고 있다. 두 건의 살인사건 모두 미궁 속이다. 그렇다면 이쪽에서 힌트를 줘서 '탐정'이 사건을 해결하도록 돕는다면? 자연스럽게 힌트를 주는 정도라면 시나리오에도 영향이 없을 것이다. 오히려 유능한 조수가 되어주면 '탐정'도 좋아할지도 모른다. 그렇게만 된다면 더할 나위 없다. 살아날 가능성도 커진다.

사토는 흥분을 가라앉히고 눈앞에 있는 사람들을 하나하나 살펴보았다.

누가 '탐정'이고 누가 '범인'일까.

불분명한 상태에서는 모두와 힌트를 공유할 수밖에 없다.

편지는 세 줄. 아마도 다음 살인이 마지막이다. 언제 살해당해도 이상할 것 없는 상황이다.

한 시라도 빨리 힌트를 모아서 공유해야 한다.

2.

왜 가만있는 거야. 빨리 힌트를 말해야지.

고엔마는 초조했다.

오랫동안 침묵하고 있는 사카키와 히비코. 그 옆에서 시즈쿠는 태평하게 수프를 먹고 있다.

방금 말해줬잖아.

저녁 식사 시간을 알리러 방에 갔을 때 시즈쿠에게 살짝 귓속말을 남겼다.

사토와는 더 얽히지 마.

그리고 저녁 식사 자리에서 인간의자 힌트를 말해-.

시나리오에는 범인을 알아내기 위한 단서도 포함되어 있다.

원래 인간의자 힌트는 조금 더 나중에 밝혀질 예정이었는데 사토가 먼저 알아내고 말았다. 그 모습이 카메라에 찍혀있기 때문에 없었던 일로도 할 수 없다.

하지만 힌트의 순서가 바뀌는 건 자주 있는 일이기도 하다. 리얼리티를 추구하는 탐정 유희다운 전개라고도 할 수 있다.

한참 동안 뚫어져라 시즈쿠를 쳐다본 뒤에야 겨우 눈이 마주쳤다.

시즈쿠는 '말 안 해도 다 기억하고 있다고요'라고 말하는 듯한 표정으로 냅킨을 집어 들어 입을 닦은 후 말을 꺼냈다.

"저기, 제가 말씀드려야 할 일이 있어요."

시즈쿠가 무겁게 입을 열자 함께 있던 세 명이 고개를 들었다.

"어떻게 말해야 할지 망설였지만……텐가와 씨와 야마네의 사건과도 관계가 있을 수도 있어서요."

"뭔가요~?"

히비코가 부드럽게 웃으며 물었다.

시즈쿠는 식당 구석에 놓여있던 일인용 팔걸이 소파를 가리켰다.

"저 소파와 같은 소파가 응접실과 담화실, 그리고 객실에도 있을 거예요."

"네, 제 방에도 있었어요-."

시즈쿠가 괴로운 얼굴로 자리에서 일어나 소파를 향해 다가갔다.

"이 소파에는 특별한 장치가 설치되어 있어요."

"장치?"

사카키가 고개를 갸웃거렸다.

시즈쿠가 소파 뒤편의 덮개를 잡고 힘을 주었다. 그러자 뒤편이 통째로 열리며 소파 안의 공간이 나타났다.

"설마……."

사카키가 신음했다.

시즈쿠는 눈을 내리깔았다.

"에도가와 란포의 '인간의자'를 본떠 만든 것이에요."

"인간의자?"

순진하게 되묻는 히비코에게 사카키가 자세히 설명했다.

설명을 다 듣고 난 히비코는 '그런-'이라며 얼굴을 찡그렸다.

"누가 이런 걸 만든 거죠?"

"아버지입니다."

시즈쿠는 대답하며 고개를 푹 숙였다.

"미에이도 씨가……."

사카키도 히비코도 더 이상 아무 말도 하지 못했다.

"란포는 감추고."

중얼거리는 목소리가 들렸다. 말한 사람은 사토였다.

이 자식이…….

고엔마가 매섭게 눈을 번뜩였다.

인간의자와 편지의 첫 번째 줄을 연결하는 것은 텐가와 사건의 밀실트릭을 폭로하는 것이나 다름없다.

너 따위가 풀라고 낸 수수께끼가 아니란 말이다!

하지만 정작 사토는 편지의 첫 번째 줄만 말한 채 천연덕스럽게 음식을 먹고 있다.

결론은 말을 안 한다고……그냥 혼잣말인 건가?

고엔마의 분노가 사그라들었다.

분위기를 읽지 못하고 생각나는 대로 말해버리는 사람이 종종 있다. 이 자식도 그런 부류인 건가. 그렇게 경고까지 했는데 긴장하지는 못할망정. 정말 절대 같이 일하고 싶지 않은 부류의 사람이다.

"앗! 아가씨, 그건……."

고엔마가 당황하는 척하며 화제를 다시 인간의자로 되돌렸다.

"고엔마 씨도 이 의자에 대해 알고 있었던 건가요?"

시즈쿠가 말을 받아 화난 척 연기를 이어갔다.

"……."

"고엔마 씨."

"……네. 제가 가구 제작업자에게 주문했습니다."

"또 알고 있는 사람이 있나요?"

"고사카와 시라이 선생님이 알고 있습니다."

"왜 말리지 않았던 거지요?"

"죄송합니다."

고엔마는 연신 고개를 조아렸다.

이것으로 필요한 정보는 모두 제공했다.

감이 좋은 '탐정'이라면 어떤 가능성에 대해서도 눈치챌 것이다. 미에이도 하루사다가 저택 내부에 숨어서 살인을 저지르고 있을 수도 있다는 가능성. 시나리오에는 이런 레드헤링(주의를 다른 곳으로 돌리거나 혼란을 유도해 상대방을 속이는 것-역주)도 들어가 있었다. 누구 덕분에 이제는 그닥 필요 없게 되어버렸지만.

고엔마가 사토를 곁눈질로 째려보았다.

어찌 되었든 일단은 시나리오를 끝까지 진행해야 한다. 나중에 게스트가 딴지를 걸 수도 있기 때문이다.

"저기-, 아까 하던 이야기로 되돌아가는데요-."

히비코가 손을 들었다.

"고용인 분들은 야마네 씨와는 처음 만났다고 하셨는데-. 그럼 다른 분들은 어떠신가요? 텐가와 씨, 야마네 씨 두 분과 아는 사이였던 분이 계신가요~?"

아무도 대답이 없다.

"시즈쿠 씨는요~? 텐가와 씨는 자주 이곳에 오셨었잖아요-."

"저도 텐가와 씨는 처음 뵈었어요. 텐가와 씨와도 그 이야기를 했었고요."

"그래요-. 그럼 범인은 여기 없는 사람인 걸지도 모르겠네요-."

"여기에 없다, 라는 건 무슨 말인가요?"

"계속 방에 있는 시라이 선생님, 선장님. 아니면 아직 만나지 못한 누군가-."

"아직 만나지 못한 누군가……그렇다면 모르는 사람이 들어와 있다는 건가요?"

시즈쿠의 얼굴이 굳었다.

좋아 좋아. 이렇게만 간다면 하루사다의 레드헤링으로 이어질지도 모르겠군.

고엔마는 머릿속에 플로차트를 띄우고 현재 흐름에 맞춰서 유연하게 전개를 다시 배치했다.

"아니-야마네 씨가 죽었을 때 우리들은 전부 저택 안에 있었잖아요-. 그렇다면 다른 누군가가 범인이라고 생각하는 게 자연스럽지 않을까요~?"

"일리는 있지만 그 가설에는 문제가 있어요."

사카키가 끼어들었다.

"밖으로 나갈 수 없었던 건 야마네도 마찬가지에요. 그런데 야마네는 늪에서 시체로 발견되었지요. 결국 역밀실 수수께끼를 풀어야 범인도 알 수 있습니다."

"흐음-. 그것도 맞는 말이네요-."

히비코가 위아래로 고개를 끄덕였다.

"사망 추정 시각의 근거는 뭘까요?"

뭐……?

고엔마가 귀를 의심했다.

핵심을 찌르는 질문이었다.

말을 꺼낸 사람은 역시나 또 사토였다.

쏘아보려고 시선을 돌렸다가 다시 한번 경악했다.

사토가 고사카를 똑바로 쳐다보고 있었다.

"아직 고사카 씨에게서 자세한 설명을 듣지 못한 것 같은데요."

마치 사람이 바뀌기라도 한 것처럼 사토의 말투는 당당했다.

"네네. 사망 추정 시각에 대해 말씀드리겠습니다."

고사카가 여유로운 미소를 지으며 대답했다.

그러나 슬쩍 고엔마를 쳐다보는 눈에서는 초조함이 내비쳤다.

"야마네 씨가 살해당한 건 시체가 발견되기 1시간 전쯤이라고 하셨지요?"

"네네. 그렇습니다."

"그렇게 추정한 근거는요?"

"네네. 몇 가지가 있습니다만, 일단은 사후경직이 아직 시작되지 않았었습니다."

고엔마는 마른침을 삼키며 고사카의 대답을 듣고 있었다. 최소한의 설명은 할 수 있도록 사전에 가르쳐두기는 했다.

그런데 사토는 이 정도로는 순순히 수긍할 생각이 없어 보였다.

"제가 잘 몰라서 그런데요, 사후경직은 사후 2시간 정도부터 시작되는 것 아닌가요?"

"네, 네네. 그러니까⋯⋯그 외에도 다른 요인과 병행해서 종합적으로ㅡ."

"다른 요인은 뭔가요?"

"시, 시반이나⋯⋯."

"야마네 씨는 거꾸로 되어 있었잖아요. 시반이 생겼다면 머리 쪽일 것 같은데요."

"그, 그렇지요……."

"머리가 온통 진흙투성이였는데 제대로 보이던가요?"

"무, 물론입니다!"

큰일이다.

고사카가 당황하기 시작했다.

"저, 저는 법의학자였습니다! 직장을 떠난 지 오래되기는 했지만 아직 실력은 그대로입니다! 그렇게 미덥지 않으시면 직접 조사해 보시면 되겠네요!"

고엔마가 고사카와 사토 사이에 끼어들었다.

"고사카 씨, 그만해요. 사토 님이 검안할 수 있을 리가 없잖아요. 사토 님도 그냥 조금 신경 쓰이셔서 그러시는 거지요?"

"네……죄송합니다."

돌연 사토가 몸을 사렸다.

"고사카 씨의 경험과 실력을 부정하려던 건 아니에요……죄송합니다."

꼭 살해 위협이라도 받은 사람처럼 얼굴색이 어두워지더니 고개를 떨구고 몸을 움츠렸다.

고엔마는 가슴을 쓸어내렸다.

그런데 고개를 숙인 채로 사토가 다시 입을 움직였다.

"그런데 보통 사망 추정 시각은 몇 시간 전후라고 나오지 않나요?"

식당이 싸늘한 냉기에 휩싸였다.

쓸데없는 말을 꺼내다니ㅡ.

고엔마는 살인 충동을 느꼈다.

그렇게 하나하나 꼬투리를 잡아서 고사카의 거짓말을 밝혀내려고 하는 건가. 선을 넘는 것도 정도껏 해야지.

텐가와 살인의 삼중밀실, 야마네 살인의 역밀실, 고사카의 딸을 둘러싼 과거의 인연까지. 추궁할 일들이 널리고 널렸는데 일반인들은 잘 모르는 전문 지식의 오류를 물고 늘어지다니. 이건 반칙이라고! 게다가 애초에 너는 '탐정'도 아니잖아! 빌어먹을 자식!

고엔마는 저도 모르게 식당에 설치된 감시 카메라를 쳐다보았다.

화가 나서 길길이 날뛰는 미야비의 얼굴이 떠올랐다.

어떻게 하지?

여기에서 고사카의 거짓말이 들통나면 끝장이다.

다음 살인이 일어나기 전에 범인을 찾아버릴지도 모른다.

"어머, 사토 님. 아주 잘 알고 계시네요."

고사카가 능청스럽게 받아쳤다.

사토가 의아한 얼굴로 쳐다보았다.

"최근 법의학계에서는 그렇게 하는 것 같습니다. 그런데 제가 현역이던 시절에는 30분 단위로 사망 추정 시각을 밝혀내야 했었답니다. 죄송하게 되었습니다. 제가 퇴물이라."

"그런……가요."

사토는 짧은 대답만을 남긴 채 말이 없어졌다.

해냈다.

고사카의 임기응변이 이겼다.

고엔마는 당장이라도 달려가 동료를 끌어안고 싶은 심정이었다.

내가 보너스를 더 올려달라고 해볼게.

그렇게 눈으로 전했다.

고사카도 알아들은 듯 굳었던 표정을 풀었다.

하지만 여전히 꺼림칙했다.

대체 사토의 목적은 뭐지?

미스터리를 좋아한다는 건 면접관에게 보고받아 알고 있었다. 호기심에 못 이겨서 폭주하는 건가. 그렇다고 하기에는 또 이렇다 할 결정타가 없다. 텐가와 살인에 인간의자가 사용되었다는 사실은 왜 말하지 않는 거지? 방금 고사카를 추궁하는 것만 봐도 그렇다. 더 강하게 밀고 나갔으면 고사카도 반박하지 못했을 텐데. 이 자리에서 범인이라고 단정해도 이상하지 않았을 것이다.

핵심을 찌르는 질문을 하면서도 답은 내놓지 않는다. 이건 마치 예리한 칼로 피부 표면만 긁고 있는 듯한 느낌이다. 일부러 갖고 놀기라도 하는 건가……그럴 리는 없다. 그런 여유가 이 놈에게 있을 리가 없다. 그냥 단순히 아직 정답을 찾아내지 못한 건가.

어찌 되었든 불쾌했다. 운영에 방해가 될 가능성도 있다.

제거—.

지금 같은 경우는 아예 입을 막아버리는 것도 검토할 법하다.

하지만 시라이의 사고도 있었고 더 이상 부자연스러운 죽음이 늘어나면 시나리오의 정합성이 떨어질 것이다.

한 번 더 경고하고 상태를 지켜볼까.

고엔마는 판단을 보류했다.

"아가씨, 이제 슬슬 쉬러 가셔야 할 시간입니다."

"그러네요. 내일이면 경찰이 올 테니 저희가 여기에서 이러는 것보다 경찰이 확실히 조사하는 편이 수수께끼를 푸는데도 도움이 되겠죠."

시즈쿠가 냅킨을 테이블 위에 올려놓고 자리에서 일어서려 했다.

"-모두 함께 있는 건 어떨까요?"

또다시 사토였다.

"함께라니……여기에서요?"

시즈쿠가 당황했다. 연기가 아니었다.

"네. 내일 미에이도 씨의 배가 도착해서 우리들이 섬 밖으로 나갈 수 있을 때까지."

사토의 목소리는 잔뜩 긴장되어 있었다.

선을 넘은 발언이라는 사실을 본인도 알고 있는 것 같았다.

당연히 그렇게는 못 하지.

"사토 님, 주인님이 돌아오시는 건 내일 오후입니다. 그때까지 모두 함께 이곳에 계시는 건……."

"혼자 있으면 더 위험하다는 말이군요."

사카키가 사토를 쳐다보았다.

"네."

사토도 사카키를 마주 보며 말했다.

처음부터 끝까지 쓸데없는 말만 하고-.

고엔마가 코로 거친 숨을 내뿜었다.

클로즈드 서클에는 항상 따라오는 문제가 있다. 으레 생길 수밖에 없는 의문. 어째서 등장인물들은 자기가 살해당할지도 모르는 상황에서 각자 개별 행동을 하는 걸까? 다 같이 모여 있어야 더 안전하지 않을까?

이러한 의문에도 불구하고 대부분의 미스터리 작품에서 등장인물들은 뿔뿔이 자신의 방으로 흩어진다. 극한상황에서의 긴장감 때문에 그런 거다, 믿을 수 없는 사람들과 함께 있는 게 더 위험해서 그렇다, 애초에 혼자가 되면 위험하다는 걸 몰라서 그런 거다, 등등의 다양한 이유와 함께. 그렇지만 진짜 이유는 하나밖에 없다.

타겟을 고립시켜야만 죽일 수 있기 때문이다.

그래서 미스터리에서는 등장인물들이 연쇄살인의 공포에 떨면서도 이런저런 이유를 들며 개별 행동을 하게 만든다.

지금 고엔마가 반드시 해야만 하는 일이기도 하다.

여기에서 모두를 헤어지게 하지 않으면 마지막 살인을 할 수 없다.

다만, 사토의 요구는 시나리오에 이미 들어가 있었다. 이런 상황에서 혼자가 되기를 거부하는 사람이 생기는 것은 당연하다. 아무리 쓸데없는 짓을 하지 말라고 경고해도 목숨의 위험을 느끼면 누구라도 발버둥 치기 마련이다. 생각해 보면 꼭 사람이 바뀐 것 같았던 사토의 묘한 행동도 살해당할지도 모른다는 공포에서 비롯된 거라면 수긍이 간다.

미안하지만, 여기에서는 흩어져 줘야겠어.

고엔마가 사토를 응시했다.

시나리오에 허점은 없다. 만약 '탐정'이 변덕을 부려서 단체행동을 하자고 제안하더라도 모두를 각자의 방으로 돌려보낼 준비는 이미 되어 있었다.

3.

벽시계가 저녁 8시를 알리는 종을 울렸다.

지금 혼자가 되면 모든 것이 끝이다.

사토는 울부짖고 싶은 심정이었다.

제발 정신 차려! 이런 미친 짓은 당장 그만두라고!

날뛰고 고함치면서 떼라도 써볼까. 그렇게라도 해서 바람이 이루어진다면 얼마나 좋을까. 하지만 현실은 냉혹하다. 이성을 잃고 탐정 유희의 비밀을 입에 올리기라도 했다가는 바로 목숨을 잃을지도 모른다.

위험을 감수하며 몰래 살펴본 결과, '탐정'은 손님들 중 한 명이라는 확신이 섰다.

사망 추정 시각의 모순을 지적했을 때 고엔마가 고사카를 감쌌다. 고용인들은 모두 한패로 아마도 운영 쪽 사람들일 것이다. 시즈쿠도 마찬가지다. 그렇다면 방에서 나오지 않는 의사 시라이도 마찬가지일 가능성이 높다. 역시 '탐정'은 손님으로 참가하는 고전적인 방법을 택했을 거라 보는 것이 맞다. 이로써 '탐정' 후보는 사카키, 히비코, 선장으로 좁혀졌다.

그러나 성과는 이게 다였다. 힌트를 충분히 줬는데도 '탐정'은 반응하지 않았다. 텐가와 살인은 인간의자 트릭을 사용하면 삼중밀실의 수수께끼가 풀린다. 야마네 살인도 사망 추정 시각을 의심하면 역밀실 트릭이 근본부터 무너진다.

사카키와 히비코가 '탐정'이라면 이 힌트들을 듣자마자 답을 찾아내서 바로 수수께끼를 풀고 사건도 해결. 세 번째 살인이 일어나기 전에 탐정 유희는 피날레를 맞이한다. 이렇게 되기를 바랐건만 사토가 말을 하면 할수록 상황이 기대와는 반대로 흘러갔다.

사카키와 히비코는 전혀 반응이 없었다. 오히려 싸늘한 시선으로 사토를 바라보았다.

추리가 틀린 건가.

아니, 인간의자 트릭은 증명되었고 고사카의 증언이 모호하다는 사실도 판명되었다. 만약 틀린 부분이 있었다고 해도 '탐정'이 눈치채지 못했을 리 없다.

선장이 '탐정'인 건가. 얼굴을 숨긴 중년 남성. 부호와 가장 어울리는 사람이기는 하다. 이런 거창한 무대를 준비시켜 놓고 방에서 '안락의자 탐정'을 자처한다니. 이해할 수 있는 범위를 훌쩍 넘어서는 돈 낭비이기는 해도 이미 탐정 유희에 여러 번 참여했던 사람이라면 색다른 방법으로 즐기고 싶었는지도 모른다.

사카키와 히비코는 '탐정'이 아닌 건가. '탐정'은 맞는데 멍청한 건가. 그것도 아니면 이미 다 알았으면서 드루리 레인마냥 지켜보고만 있는 건가.

아무와도 눈을 마주치지 않은 채 생각에 잠겨있자 고엔마가 말을 걸었다.

"사토 님, 그런데 내일 오후까지 모두 여기에서 움직이지 않는 건 부담이 클 것 같습니다만……."

"누군가 살해당하는 것보다는 나은 것 아닌가요. 모두 무섭지 않으세요?"

사토는 겁먹은 척했다.

연쇄살인이 일어났다. 아르바이트가 무서워하는 것은 당연한 일일 것이다. '탐정'이 반응하지 않는 이상 적어도 혼자되는 것만큼은 피하고 싶었다.

"또 살인이 일어날지는 모르는 일입니다."

고엔마가 시계를 보았다.

"두 분은 어떠세요? 또 살인이 일어나지 않을 거라고 생각하세요?"

사토는 '탐정' 후보인 두 명에게 물었다.

스스로 움직이지 않을 생각이라면 움직일 수밖에 없게 해주지.

"일어나겠지요."

사카키가 바로 대답했다.

"적어도 범인은 계속할 생각인 것 같습니다."

"그렇죠-. 텐가와 씨와 야마네 씨 살인이 편지의 첫 번째 줄과 두 번째 줄. 아직 세 번째 줄이 남아있으니까요-."

히비코도 동의했다. 편지와 살인의 연관성도 확실히 이해하고 있었다.

알고 있으면 처음부터 좀 도와주던가.

사토는 안도하는 마음과 함께 초조함을 느꼈다.

역시 이 두 사람 중 한 명이 '탐정'인가.

사토는 다시 한번 굳히기에 들어갔다.

"그러니까요. 모두 함께 있어야 한다고 생각해요. 방에 남아있는 시라이 선생님과 선장님도 모두 불러서요."

시라이는 그렇다 쳐도 '탐정'일지도 모르는 선장의 모습은 확인하고 싶었다. 필요하다면 기꺼이 힌트도 줄 수 있다.

"아니요, 그건 어려울 것 같습니다……."

살짝 고엔마의 얼굴이 굳었다.

곤란해하는 표정은 봤지만 이런 표정은 처음이었다.

건드리지 말아야 할 것을 건드려 버린 건가.

하지만 고엔마의 동요는 금세 사라졌다.

"저도 생각해 봤습니다만, 만약 범인이 세 번째 줄에 나온 대로 살인을 할 경우에도 모두 모여있으면 더 위험할 수도 있을 것 같습니다."

고엔마가 무슨 말을 하려는 건지 이해가 가지 않았다.

사토는 말없이 다음 말을 기다렸다.

"텐가와 님과 야마네 님, 두 분 모두와 일면식이 있는 분은 여기에 안 계십니다. 그건 즉 범인의 동기도 확실하지 않다는 말이지요. 바꿔 생각하면 처음부터 동기가 없었던 건 아닌지."

"무차별 살인이라는 말인가요?"

사카키가 요약했다.

사토도 생각했던 바였다.

고엔마가 조심스럽게 말을 이었다.

"네. 편지를 보았을 때 범인은 미스터리를 좋아하는 사람이라고 생각됩니다. 그리고 살해 대상도 아무나 상관없고 목적은-."

"트릭을 완수하는 것."

사카키가 결론 내렸다.

"자신이 생각한 살인 트릭을 실행에 옮겨보고 싶다, 라는 건가요-."

히비코의 정리에 사카키가 쓴웃음을 지었다.

"편지에 쓰여있던 내용은 아무리 생각해도 좀 이상했어요. 다른 모방살인에서는 피해자의 죽음을 암시하는 게 보통인데, 시즈쿠에게 온 편지는 좀 달랐지요."

사카키는 안경을 만지작거렸다.

"쓰여있던 내용 중 죽음과 연관되는 묘사는 세 번째 줄의 '마지막으로 아키미츠가 목을 딴다'밖에 없지요. 첫 번째 줄은 '란포는 숨기고', 두 번째 줄은 '세이시는 막는다'. 분명히 텐가와 씨와 야마네의 살해현장에는 각각 란포와 세이시와 관련 있는 요소가 있었어요. 하지만 첫 번째 줄에 쓰여 있는 행동은 '숨긴다'이고 두 번째 줄은 '막는다'이지요."

"살인을 나타내려고 했다면 '가슴을 찌른다'라든가 '거꾸로' 같은 단어를 쓸 법도 한데 말이죠-."

히비코가 맞장구를 쳤다.

"시체의 상태를 표현하는 단어가 없다는 게 너무 이상해."

사카키는 누구에게랄 것도 없이 마치 자신과 대화하는 것 같았다.

"'란포'와 '세이시'라는 단어가 살해를 의미한다고 볼 수도 있겠지만, '숨긴다'와 '막는다'라는 단어에도 의미가 있어요. '숨긴다'는 범인이 인간의자에 숨어서 발견자가 사라질 때까지 기다린다는 뜻이고. '막는다'는 야마네의 사망 추정 시각에 저택에서 아무도 나가지 못하는 상황을 만들어서 사실상 저택을 봉쇄했다는 걸 암시하고 있지요. 다시 말해 두 단어 모두 트릭에 대한 언급이라는 거죠. 범인이 과시하려고 했던 건 처음부터 트릭이었는지도 모릅니다."

사카키가 한참 동안 자신의 추리를 늘어놓는 통에 사토는 반론의 기회를 놓쳤다.

사토 자신도 사카키와 똑같이 추리하고 있었다는 점도 반론을 주저하게 했다. 게다가−.

역시나 텐가와 살해 트릭도 다 알고 있었던 거잖아. 야마네 살해도 사망 추정 시각이 핵심이라는 걸 아는 것 같고. 그런데 왜 다들 가만있었던 거야.

사카키의 추리를 감탄하며 듣고 있던 고엔마가 기다렸다는 듯 말을 꺼냈다.

"그렇다면 더더군다나 여러분이 같은 장소에 모여있을 의미가 없습니다. 오히려 괜히 휘말려서 더 많은 희생자가 나올 가능성도……."

"잠깐만요!"

사토는 다급한 마음에 큰 소리를 내고 말았다.

이대로는 안 된다.

"무차별 살인은 가능성일 뿐이잖아요. 그리고 모두 모여있다가는 희생자가 많아질 수도 있다는 게 무슨 말인가요?"

"총기를 난사하면 모두 죽으니까요."

"네?"

고엔마의 말에 사토는 말문이 막혔다.

"이곳은 일본이 아닙니다. 범인이 총을 가지고 있을 수도 있습니다."

고엔마의 말대로다. 지금 총을 든 범인이 식당에 나타나서 연이어 발포하면 모두가 위험해진다. 자신만은 안전하다고 믿고 있을 '탐정'

조차 빗맞은 총알에 해를 입을 수도 있다.

하지만 걸리는 점도 있다. 그렇게 총을 쏘면 트릭이고 뭐고 다 소용없게 되는 것 아닌가.

고엔마가 총의 존재를 먼저 언급한 것도 이상하다.

지금까지 기암관은 마치 일본의 어딘가에 있는 것 같은 분위기를 풍기고 있었다. 아니, 그런 분위기로 만들어져 있었다. 사토도 지금 여기가 카리브해의 외딴섬이라는 사실을 잊어버릴 때가 종종 있었다. 그런데 고엔마가 먼저 나서서 세계관을 깨트리는 발언을 해버린 것이다.

그렇게까지 해서 모두를 방으로 돌려보내고 싶은 건가.

반드시 해내고야 말겠다는 집념이 느껴져서 사토는 등줄기가 서늘해졌다.

하지만 잠자코 당할 수만은 없다.

"트릭을 완수하는 게 목적이라면 총은 쏘지 않을 것 같은데요?"말이 되든 되지 않든 간에 이쪽은 지금 다음에 죽는 사람이 자신이라는 사실을 '알고 있다'. 아무것도 모르고 죽임을 당한 피해자 역할들과 같은 취급을 하면 곤란하지.

"제, 제가 말씀드리고 싶은 것은 한곳에 모여 있는 게 더 위험할 수도 있는 이상 무리하게 여기에서 밤을 새울 필요는 없지 않을까 하는 겁니다. 물론 저는 여러분의 판단에 따르겠습니다."

고엔마가 애원하는 얼굴로 사람들을 둘러보았다.

"사토 씨가 말하는 것도 일리가 있네요-."

히비코가 사토를 향해 웃어 보였다.

눈이 마주친 것은 처음인 것 같았다. 왠지 모르게 울컥했다.

"하지만 고엔마 씨가 말하는 것도 충분히 이해가 가요-."

히비코가 시선을 돌려버리자 사토는 다른 의미로 또다시 울컥했다.

"각자 방으로 돌아갈지, 모두 모여 있을지. 뭐가 좋을지 잘 모르겠네요-."

히비코가 어깨를 으쓱했다.

안돼. 어느 하나로 쏠리지 않으면 흩어져 버린다고.

"저는-."

사카키가 팔짱을 낀 채 말했다.

"혼자서 생각하고 싶군요."

사토의 눈앞이 깜깜해졌다.

"저라고 죽지 않을 거라는 보장은 없겠지만, 어디에서 누가 들어올지 예측할 수 없는 장소보다는 방에 있는 편이 몸을 지키기 쉬울 것도 같고요."

사카키의 단호한 말에 사토는 머리를 감싸 쥐었다.

이제 끝……인 건가.

"집단행동이 훨씬 유리할 것 같으면 또 모르겠지만-, 저도 일단은 여자라서-, 이것저것 할 일도 많고-, 그렇죠?"

히비코가 시즈쿠를 바라보며 동의를 구했다.

시즈쿠는 '아, 네.'라며 어색하게 웃었다.

"그럼, 잘 먹었습니다."

사카키가 먼저 자리에서 일어섰다.

히비코도 뒤따랐다.

식당을 나가려던 사카키가 뒤를 돌았다.

"사토 씨가 걱정하는 것도 당연해요. 여러분, 방에 돌아가면 모두 문단속 잊지 마시고요."

동정이라도 하는 건가. 그럼 제발 가지 말아줘.

사토는 간절한 눈빛으로 사카키에게 매달렸다.

그러나 사카키와 히비코가 사토를 다시 쳐다보는 일은 없었다.

사토는 천천히 테이블로 시선을 돌렸다.

"사토 씨."

이름을 부르는 소리에 고개를 들자 어느새 시즈쿠가 옆에 서 있었다.

내려다보는 눈빛에 안쓰러움이 담겨 있다.

시즈쿠는 이것이 마지막이라는 사실을 알고 있는 것이다. 지금 헤어지면 다시는 만날 수 없다는 사실을.

사토는 북받치는 마음에 시선을 피했다.

"그렇게 말하면 모두 의심하잖아요."

둘만 들리도록 소곤대는 목소리였다.

예상하지 못한 말에 깜짝 놀란 사토가 시즈쿠를 쳐다보았다.

시즈쿠는 한층 더 목소리를 낮추었다. 말투도 원래 말투로 돌아와 있었다.

"범인은 미스터리에 집착하는 사람이라고. 그거, 완전 지금 너잖아."

망치로 뒤통수를 얻어맞은 것 같은 기분이 들었다.

수수께끼에 대한 힌트를 이것저것 꺼내놓고, 고사카를 추궁하고. 그런데 답은 말하지 않고 멈춰버린다. 마치 '탐정'의 실력을 시험하며 즐기고 있는 것처럼 보여도 할 말이 없는 행동이다. 심지어 지금까지는 거의 말도 하지 않았던 주제에 갑자기 돌변해서 다 같이 모여 있어야 한다고 주장한다.

완벽히 수상한 사람-.

경솔했다.

핵심은 언급하지 않고 힌트만을 주려던 행동이 오히려 화를 불렀다. 냉정함을 유지하려 노력할 심산이었는데 정반대의 행동을 해버린 것이다.

"내가 왜 너 같은 걸 '탐정'이라고 생각했을까."

시즈쿠가 힘없이 중얼거렸다.

"그러지 않았으면 이런 기분도 들지 않았을 텐데."

"아가씨, 어서 가시죠."

식기를 정리하던 고엔마가 시즈쿠를 재촉했다.

시즈쿠가 환한 미소를 지으며 말했다.

"알겠어. 사토 씨도 어서 방으로 돌아가서 쉬세요. 여기는 밤에

추워지거든요."

웃고 있던 얼굴의 입술이 살짝 움직였다.

"나는 아무것도 할 수 없어. 하지만……죽지 마."

시즈쿠가 몸을 돌려 식당을 나갔다.

반드시 살아 남아서 저 사람과 다시 만나고야 말겠어.

시즈쿠의 모습이 사라진 뒤에도 사토는 한동안 식당 입구를 계속 바라보고 있었다.

"사토 님은 어떻게 하시겠습니까? 여기에 계셔도 상관없습니다만."

고엔마가 감정이 담겨있지 않은 말투로 물었다.

혼자 남아있을 바에는 방에 돌아가는 편이 나았다.

"저도 방으로 갈게요."

사토는 자리에서 일어나 방으로 향했다.

방에 들어가자마자 문을 잠갔다.

침대를 옮겨서 문을 막았다.

창문은?

황급히 창문이 잠겨있는지 확인했다.

이래봤자 창문을 깨고 들어오면 소용없는 거 아닌가.

문 앞으로 옮겨놓았던 침대를 다시 움직여서 창문 앞에 세워두 었다. 허전해진 문은 소파와 협탁으로 막았다.

무기도 필요하다.

옷장에서 옷걸이를 꺼내 무기로 삼았다.

내가 얌전히 죽어줄 줄 알아?

사토는 벽에 등을 붙이고 문과 창문을 차례로 노려보았다.

4.

고엔마는 사령실의 모니터로 사토가 분투하는 모습을 지켜보고 있었다.

다른 사람들도 모두 각자의 방으로 돌아갔다.

"시작하지."

고엔마가 지시하자 반자키가 관제장치의 버튼을 눌렀다.

2층 구석에 있는 고사카의 방에서 램프가 깜박였다.

고사카는 가운을 입고 다다미 위에 앉아 있다가 깜박이는 램프를 발견하고는 카메라를 바라보며 끄덕였다.

"잘 부탁해."

고엔마는 기도라도 하듯이 양손을 모으고 모니터를 둘러보았다.

고사카가 방을 나와 담화실로 향했다.

반자키는 고사카의 동선을 따라가며 카메라에 비치는 모습을 모니터에 띄웠다.

2층 화장실 앞. 2층 D 복도. 담화실 앞 복도. 담화실 B 카메라.

모니터 속 영상이 차례대로 바뀌면서 고사카를 쫓았다.

담화실에 도착한 고사카는 신장 목각상의 머리를 손에 쥐더니 비틀면서 잡아당겼다. 그러자 머리가 쑥하고 빠졌다.

고사카는 목각상의 머리를 가운 안에 숨기고 발길을 돌렸다.

"갑자기 바뀐 것 치고는 순조롭네."

사령실 뒤편에서 미야비가 말했다.

"계속 반복해서 시뮬레이션했으니까요."

고엔마는 모니터에서 눈을 떼지 않고 대답했다.

괜찮아. 고사카는 해 낼 거야.

꼭 맞잡은 두 손에 힘이 들어갔다.

담화실 앞 복도. 2층 C 복도. 서재 앞 복도. 주인용 침실 앞 복도. 2층 A 복도.

잰걸음으로 움직이던 고사카가 숨을 가다듬으며 방문을 노크했다.

"네."

"고사카입니다."

미리 일러둔 대로 문이 열리고 시즈쿠가 얼굴을 내밀었다.

고사카가 목각상 머리를 들고 갈 거라고 사전에 귀띔해 두었다.

시즈쿠는 허둥지둥 고사카를 방으로 들였다.

문이 닫히기가 무섭게 고사카가 목각상 머리를 가운 안에서 꺼내 시즈쿠에서 건네었다.

양손으로 받아 든 시즈쿠가 머리를 바라보며 말했다.

"무슨 일인지 자세히 못 들었는데, 이거ㅡ."

시즈쿠가 말을 다 끝맺기도 전에 고사카가 시즈쿠의 목에 나이프를 찔러넣었다.

그리고 곧바로 반대편 손으로 입을 막았다.

시즈쿠의 눈에서 초점이 사라졌다.

나이프를 빼내자 솟구쳐 오른 피가 목각상의 머리와 고사카의 옷을 빨갛게 물들였다.

시즈쿠는 힘없이 바닥에 쓰러져 카펫에 얼굴을 묻었다. 눈도 못 감은 채로 숨이 멎은 시즈쿠의 얼굴이 모니터에 비쳤다.

흘러나오는 피가 멈추길 기다리던 고사카는 시즈쿠를 엎드리게 한 뒤 다시 나이프를 목으로 가져갔다.

칼이 자꾸만 뼈에 걸리는 탓에 목을 자르는 데에는 생각보다 긴 시간이 걸렸다.

작업을 마친 고사카는 창문 밖으로 몸을 내밀고 바다를 향해 칼을 던졌다. 그리고 뿜어져 나온 피가 자신의 얼굴에 묻지 않았는지 화장대 거울로 확인한 뒤 입고 있던 가운을 벗어 뒤집어 입었다. 피로 물든 바깥면이 안쪽으로 바뀌면서 핏자국이 완전히 감추어졌다.

여기까지는 완벽하다. 남은 것은 밀실 트릭 뿐.

"좀만 더 힘내."

관제장치 앞에서 반자키가 작게 응원했다.

사령실에 있는 전원이 마른침을 삼키며 모니터를 바라보고 있었다.

고사카가 장갑을 끼고 창문을 잠근 다음 목각상의 머리를 주워들었다. 드디어 밀실 트릭을 실행에 옮길 시간이다.

시즈쿠의 방문도 일반 가정에서 많이 쓰이는 실린더 열쇠 장치로 되어있다. 방 안에서 잠금장치를 돌리면 문 내부에서 문빗장이 튀어나와서 잠기는 방식이다.

고사카가 문을 열고 잠금장치를 아주 천천히 돌리기 시작했다. 아슬아슬하게 문빗장이 튀어나오기 바로 직전에서 멈추고 목각상의 입에 잠금장치를 물렸다. 물론 잠금장치와 딱 맞아떨어지도록 처음부터 목각상을 설계해 두었다.

머리와 잠금장치가 맞물린 것을 확인한 고사카가 주머니에서 천잠사를 꺼냈다. 동그랗게 말린 상태의 천잠사 한쪽 끝을 목각상 귀에 건 후 다른 한쪽 끝을 잡은 채로 방을 나가서 조심스럽게 문을 닫았다. 천잠사가 문 사이에 끼었다.

고사카가 손에 쥔 천잠사를 보며 크게 한번 심호흡했다.

사령실에서도 깊게 숨을 내쉬는 소리가 들렸다.

고사카는 신중하게 있는 힘껏 천잠사를 당겼다.

목각상의 머리는 꿈쩍도 하지 않았다.

"힘내. 할 수 있어."

저도 모르게 고엔마도 응원을 보내고 있었다.

성공은 갑작스레 찾아왔다.

철커덕하는 소리와 함께 잠금장치와 맞물려 있던 목각상의 머리가 돌아갔다. 반동 때문에 잠금장치에서 빠진 머리가 바닥에 떨어져 나뒹굴었다.

사령실 안에서 환호성이 터졌나왔다.

다카기 아키미츠의 『인형은 왜 살해되는가』에 나오는 목 없는 살인을 본뜬 트릭. 인형의 머리가 단순한 장식이 아니라 밀실 트릭을 만드는 데에까지 사용되었다는 게 특징이다. 분명 게스트도 기뻐할 거라는 생각에 고엔마의 입꼬리가 올라갔다.

"아직 끝나지 않았어."

미야비가 흥분상태의 고엔마에게 찬물을 끼얹었다.

부하의 성공에도 기뻐하지 않는 상사의 모습에 다시금 질려버렸다.

고사카가 목각상의 귀에서 빠진 천잠사를 회수했다.

"그럼, 다녀오겠습니다."

고엔마는 미야비에게 등을 돌린 채 말하고 사령실을 빠른 걸음으로 나왔다.

고사카가 열심히 연습한 보람이 있었다. 고엔마는 마치 자기 일처럼 기뻤다.

그래. 이게 바로 팀이지.

팀원 개개인에게 문제가 있더라도 다 함께 뭉치면 팀으로서 힘을 발휘한다. 귀찮은 일도 많지만 그걸 감수할 만큼의 성취감도 찾아온다. 잊어버리기 일쑤지만 바로 지금같은 순간 팀의 소중함을 새삼 깨닫는다.

고엔마는 집사실을 통과해 2층으로 올라갔다.

담화실 앞. 머리가 사라진 신장 목각상.

자, 그러면 시작해 볼까.

고엔마가 저택 안에 다 들리도록 온 힘을 다해 비명을 내질렀다.

5.

오랫동안 이어진 긴장과 공포로 인해 사토는 완전히 초췌해지고 말았다.

방의 한 귀퉁이에 앉아 문과 창문을 끊임없이 번갈아 쳐다보며 감시했다. 복도에서 나는 발소리 하나라도 놓치지 않으려 귀에 온 신경을 집중한 덕분에 방에서 나는 작은 삐걱거림에도 놀랄 정도로 민감해져 있었다.

차라리 창문에서 뛰어내려 볼까도 생각했지만, 창문을 여는 것 자체가 무서웠다. 뛰어내린다고 한들 어차피 섬에서 나갈 수도 없다. 발견되는 건 시간문제일 것이다.

그래도 이제 더는 못 견디겠어. 배가 도착할 때까지는 어떻게든 도망 다닐 수 있지 않을까.

사토는 각오를 다지고 창문을 막아놓은 침대를 치우려 했다.

고엔마의 비명이 들린 것은 바로 그때였다.

깜짝 놀란 나머지 침대를 잡고 있던 손이 미끄러져서 하마터면 침대 밑에 깔릴 뻔했다.

목숨은 건진 건가……

처음으로 느낀 감정은 안도였다.

희생자는 다른 사람이라는 사실에 기뻐서 눈물이 났다. 이런 자신이 혐오스러웠지만 본심을 숨길 수는 없었다.

문 앞의 소파를 옆으로 치우고 복도로 나갔다.

비명은 2층에서 들렸다.

경계를 풀지 않고 계단을 올라갔다.

담화실에 사람들이 모여 있었다. 모두의 시선이 목각상을 향해 있었다.

"머리가 어디로 사라졌는지는 짐작 가는 데가 없으신가요?"

"네……전혀……."

사카키의 질문에 고엔마가 벌벌 떨며 대답했다.

담화실에는 고엔마, 고사카, 마나베 외에 사카키와 히비코가 있었다. 고사카만 가운으로 갈아입은 상태였다.

"없어……."

온몸에 소름이 돋았다.

"시즈쿠 씨는요?"

사토는 누구에게랄 것도 없이 물었다.

"……그러고 보니 없네요."

히비코의 얼굴이 어두워졌다.

"……아가씨!"

뛰쳐나가는 고엔마의 뒤를 모두가 쫓았다.

고엔마가 시즈쿠의 방으로 달려가 다급하게 문을 두드렸다.

"아가씨! 시즈쿠 아가씨!"

대답이 없다.

사카키가 손잡이를 돌려보았지만 문은 잠겨 있었다.

"고엔마 씨! 열쇠를 가져오세요! 어서!"

사카키가 소리쳤다.

"주인님과 아가씨의 방은 마스터키를 만들지 않았습니다!"

고엔마가 울 것 같은 얼굴로 고개를 저었다.

사토가 고엔마와 사카키를 밀치고 문을 향해 몸을 내던졌다.

문은 열리지 않고 어깨만 아플 뿐이었다.

"같이 하죠."

사카키와 함께 몇 번이나 몸을 문에 부딪친 끝에 겨우 문이 부서지고 방안이 보였다.

시즈쿠의 시체가 보였지만 사토는 눈앞의 광경이 현실로 느껴지지 않았다.

몸통과 분리된 시즈쿠의 머리. 그 옆에 신장 목각상의 머리가 나 뒹굴고 있었다.

"어떻게 이런 일이……시즈쿠는…….”

운영 측 사람이었을 텐데–.

사토는 하던 말을 끝맺을 수 없었다.

"마지막으로 아키미쓰가 목을 딴다."

히비코가 읊조렸다.

"그런……아가씨의 머리를…….”

고엔마가 털썩 무릎을 꿇었다.

"『인형은 왜 살해되는가』이군요."

사카키가 떨리는 목소리로 말했다.

"그게 뭔데요~?"

히비코가 물었다. 이미 시즈쿠의 죽음보다 수수께끼 풀기에 더 관 심이 있는 듯했다.

사카키는 스스로를 진정시키려는 듯 안경을 고쳐 썼다.

"…다카키 아키미쓰의 대표작입니다. 목이 잘린 시체 옆에 인형의 머리가 나뒹구는 장면이 나오지요."

"지금이랑 똑같은 상황이네요–."

히비코가 감탄했다.

실제로는 조금 다르다.『인형은 왜 살해되는가』에서는 시체의 머리가 현장에서 사라진다. 그래도 편지의 세 번째 줄을 생각하면 소설을 본뜬 것은 확실해 보였다.

"하지만 이번에도 그냥 따라 하기만 한 게 아니라 밀실이 만들어져 있어요."

사카키가 방으로 들어갔다.

사토는 여전히 문밖에서 우두커니 서 있었다.

모방살인이나 밀실 트릭이 아니라 시즈쿠를 생각하고 있었다.

아르바이트 이상 운영자 미만. 시즈쿠는 애매한 역할이었다. 불법 아르바이트 지원자들처럼 한 번 쓰고 버리는 사람은 아니지만 주어진 정보는 굉장히 제한되어 있었다. 탐정 유희의 비밀에 관해 이야기했을 때, 시즈쿠는 이번에 평소보다 알려준 정보가 적었다고 말했었다. 이유는 잔혹했다. 이번에는 시즈쿠도 살해당하는 역할이었던 것이다.

살해당하는 사람에게는 많은 것을 알려주지 않는다.

생전에 수다스러웠던 텐가와는 예외로 치더라도 야마네도 말수가 적었다. 죽기 전까지 야마네가 했던 일은 꼭 필요한 절차상의 행동과 극히 적은 대사뿐. 모르긴 해도 아마 쓸데없는 짓은 하지 말라는 주의를 받았을 것이다. 텐가와도 말이 많기는 했어도 대부분이 영양가 없는 잡담들이었다.

아니, 그러면 이상한데.

자신은 절차에 대해 알려주기는커녕 대사 한 줄도 없었다. 프로필도 대충이었고. 누가 봐도 살해당하는 역이었다. 그러면 이후에 또 살인이 일어난다는 말인가.

하지만 드라마적 요소를 고려하면 마지막 희생자로는 시즈쿠가 적격이다. 어디에서 온 누구인지도 모를 '사토'라는 사람이 히로인 역할이었던 시즈쿠보다 나중에 죽는 건 시나리오적으로도 재미가 떨어진다.

혹시 모두가 죽고 아무도 남지 않는 패턴인가.

아니야. '탐정'이 살아남아야 하는 이상 전원이 죽음을 맞이하게 될 일은 없다.

게다가 세 번째 줄은 '마지막으로 아키미츠가 목을 딴다' 였다.

마지막이라고 말하고 있잖아.

그럼, 역시 이걸로 살인은 끝난 건가.

"설마……."

무심코 생각한 것이 말로 튀어나왔다.

고엔마가 의아한 얼굴로 쳐다보았지만 입을 다물자 금세 시선을 돌렸다.

혹시 내가 범인 역할?

자살로 위장해서 살해당한 후 여러 가지 사연이 밝혀지는 패턴인가.

아니, 그러기에도 '사토'라는 캐릭터는 너무 희미하다. 범인이라면 동기를 암시하는 설명이 사전에 나왔을 법도 한데. '사토'는 인물에 대한 배경 설명조차 전혀 없었다.

한참을 생각한 끝에 내린 결론은 똑같았다.

빨리 '탐정'이 수수께끼를 풀게 하지 않으면 죽는다.

6.

조사를 마친 사카키와 히비코가 방에서 나갔다.

고엔마는 애써 심각한 표정을 지었다. 방심하면 저도 모르게 자꾸 히죽거리게 된다.

현장은 완벽했다. 고사카가 열심히 연습한 결과다.

하지만 기분 좋은 충만함은 오래가지 못했다.

방을 나간 두 사람과 엇갈려서 사토가 방으로 들어온 것이다.

"사토 님."

막아보려 했으나 마땅한 구실이 없었다.

사토가 문 안쪽을 쳐다보며 말했다.

"여기에 혈흔이 묻어있네요."

"아, 피가 튀었거나 범인이 만졌거나 한 것 같아요."

이미 확인을 마쳤다는 듯 사카키가 대수롭지 않게 대답했다.

사토는 계속해서 문 앞에서 서성였다.

"아마 후자인 것 같아요. 묻어있는 피의 양도 적고 스친 흔적이 있네요. 다만, 범인이 직접 만졌는지는 확실하지 않지요."

말을 하면서 사토는 일부러 고개를 돌려 목각상의 머리를 쳐다보았다.

"어휴, 이것 보세요. 목각상 머리에도 피가 잔뜩 묻었네요."

이 놈은 트릭을 눈치챘다. 먼저 밝혀내기 전에 입을 다물게 해야―.

고엔마가 사토의 팔을 향해 손을 뻗으려는 찰나.

사토가 제 발로 방을 나가며 고엔마에게 물었다.

"그런데 왜 범인은 목각상의 머리를 가지고 왔을까요?"

"그야 모방살인을 하고 싶어서 아닙니까?"

고엔마는 일단 시치미를 떼었다.

"'마지막으로 아키미츠가 목을 딴다' 군요."

"그, 그렇지요."

"하지만 시즈쿠의 목만으로도 모방살인은 성립한 것 아닌가요? 물론 절단하는 거와 따는 건 많이 다르기는 해도."

지금 자기는 목숨을 건졌다고 입만 살아서는. 인정머리 없는 놈 같으니라고!

고엔마의 심각한 얼굴을 보고도 사토는 굴하지 않았다.

"오히려 시즈쿠 씨가 일종의 위장인지도 모르겠네요."

"위장~?"

히비코가 고개를 갸우뚱거렸다.

"네. 편지에 쓰여 있던 게 시즈쿠의 목이 아니라―."

"그만하십시오!"

고엔마가 소리쳤다. 이제는 억지로라도 입을 막아버릴 수밖에 없다.

"지금 아가씨가 살해당하셨단 말입니다! 그런데 그걸 위장이니 뭐니 무슨 말씀을 하시는 겁니까! 너무하시는 것 아닙니까? 돌아가신 분에 대한 모독입니다! 사람의 죽음을 뭐라고 생각하시는 겁니까!"

말하면서도 내가 할 말인가 싶기는 했다.

그래도 감정에 호소한 효과가 있었다.

사토는 순식간에 의기소침해져서 '죄송합니다'라고 중얼거리더니 입을 닫았다.

침묵을 깨트린 것은 사카키였다.

"아주 중요한 지적입니다. 편지의 첫 번째 줄과 두 번째 줄은 트릭을 가리키고 있었어요. 세 번째 줄도 마찬가지라고 생각하면 목각상의 머리도 분명히 트릭과 관련이 있을 것 같군요."

얼핏 사토의 입꼬리가 올라가는 것을 고엔마는 놓치지 않았다.

"사토 님, 왜 그러십니까?"

"아, 아무것도 아닙니다……."

사토는 다시 약한 모습으로 돌아갔다.

대체 이 자식은 무슨 짓을 꾸미고 있는 거지.

경고를 받은 뒤로 부쩍 행동이 수상하다. 아예 엇나가기로 마음먹은 건가? 그런 것 치고는 겁먹은 것 같기도 한데. 설마 자신이 살해당하기 전에 사건을 해결하려는 생각인 건가? 그런데 또 추리는 끝까지 안 한단 말이지. 힌트라기에는 과해도 아예 답을 말하는 것도 아니고. 마치 힌트를 주고 싶어서 안달 난 사람 같잖아. 지금 이게 경고를 위반하는 게 아니라고 생각하는 건가. 착각도 정도껏 해야지.

사태를 더 악화시키기 전에 당장이라도 죽여야 하나.

해치울까요, 라고 마나베가 눈으로 말하고 있었다. 마나베의 앞치마에는 식칼이 숨겨져 있다.

아니, 조금만 더. 이제 조금만 더 있으면 완벽히 끝낼 수 있다. 이런 피라미 때문에 시나리오를 망치고 싶지는 않았다.

"저기, 죄송합니다."

고엔마의 생각을 멈추게 한 건 죽일지 살릴지를 고민 중인 피라미 본인이었다.

"선장님과 시라이 선생님께도 알려야 하는 것 아닐까요?"

"지금은 쉬고 계실 겁니다."

고엔마는 귀담아듣지 않았다. 무시하고 진행을 서둘렀다.

그런데 사토가 또다시 집요하게 굴었다.

"이 난리가 났는데요? 오히려 그럼 더 걱정인데요. 당장 확인해봐야 하는 것 아닌가요?"

젠장. 혈관이 끊어질 것 같았지만 바로 생각을 고쳤다.

그렇게 나쁜 제안도 아니었다. 다음 이벤트는 아침 무렵에 시작할 예정이었는데 이렇게 된 김에 좀 앞당겨 볼까.

"알겠습니다. 불러오겠습니다."

"저도."

눈치를 챈 고사카가 따라나섰다.

"그러면 여러분도 함께 가시죠. 지금은 뿔뿔이 흩어지지 않는 것이 안전할 것 같습니다."

고엔마가 모두를 데리고 시라이의 방으로 향했다. 이미 준비는 되어있었다.

"시라이 선생님."

이름을 부르며 노크했다.

당연히 시라이의 목소리는 돌아오지 않았다.

"시라이 선생님!"

다시 한번 크게 부른 후 문이 잠긴 것을 확인하고 마스터키로 문을 열었다.

시라이는 이불을 덮은 채 침대에 누워 있었다. 자다가 죽은 걸로 위장하려고 옷도 미리 잠옷으로 갈아입혀 놓았다.

"시라이 선생님."

계속 불러도 시라이가 반응하지 않자 사카키와 히비코가 방으로 들어갔다. 사토도 건방지게 당당히 방으로 들어왔다.

"돌아가셨네요-."

히비코가 시라이의 죽음을 확인했다.

사토의 얼굴이 일그러졌다.

"입 주변에 뭔가 묻어 있습니다."

사카키가 주목했다.

"이건- 독약인가? 이게 왜 입 주변에-."

중얼거리던 히비코가 천장을 올려다보더니 책상 옆에 세워져 있던 골프 퍼터를 손에 들었다. 그리고 시라이의 머리 바로 위 천장 벽을 퍼터로 찌르자 천장 벽면이 어그러지면서 지붕 아래 공간이 드러났다.

"이 위는 얼마나 공간이 있나요~? 사람도 들어갈 수 있나요~?"

"들어가 본 적은 없지만, 몸을 구부리면 어른도 들어갈 수 있을 것 같습니다."

고엔마의 대답에 히비코와 사카키가 확신에 찬 표정을 지었다.

됐다. 급히 만들어 낸 트릭은 가능한 빨리 기정사실로 만들어야 한다. 시라이를 행방불명인 상태로 내버려둘 수는 없었다. 그렇다고 다른 살인과 전혀 관련 없는 방법으로 죽는 것도 어색했다. 그래서 카가 급한 대로 란포와 밀실을 엮어 만든 선후책을 고안했다.

"『천장 위의 산책자』이군요."

사카키가 천장에 훤히 드러난 구멍을 올려다보며 말했다.

살해 수법은 간단했다. 천장 위에서 실을 늘어트려 잠든 시라이의 입에 독을 넣는 것이다. 야마네를 죽이기에 앞서 고사카가 실행에 옮겼다. 실제로는 이미 죽어있는 시라이에게 독을 뿌리기만 하는 거였지만, 감시 카메라 영상으로 보면 몸이 좋지 않아 침대에서 쉬고 있던 시라이가 독살당한 것처럼 보였다.

"란포라고요."

사토의 싸늘한 목소리가 들렸다.

"사토 님, 여기는 사카키 님과 가모 님께 맡기시면 어떨까요."

고엔마가 부드럽게 사토를 저지했다. 또 쓸데없는 말을 꺼내기라도 하면 골치 아프다.

"맞긴 하죠.『천장 위의 산책자』이겠지요. 그런데-."

사토가 천장의 구멍을 올려다보았다.

"이 저택은 천장이 전부 연결되어 있나요?"

"아니요! 그렇지 않습니다!"

고엔마가 바로 부정했다.

"이 방과 옆 방만 천장 위에 공간이 있습니다. 아가씨 방이나 다른 분들의 객실은 물론이고 1층에도 천장에는 공간이 없습니다."

구구절절 설명했다.

카와 시나리오를 수정할 때도 문제가 되었던 부분이다.

천장 위에 공간이 있다는 게 밝혀지면 지금까지의 밀실 트릭이 전부 무의미하게 느껴질 위험이 있었다. 만약 게스트가 이 부분을 지적하면 천장 위는 일부만 뚫려있는 것으로 해서 정합성을 유지하기로 했다. 억지스러운 설정이었지만 어쩔 수 없었다.

너 따위를 위해 생각한 건 아니지만.

고엔마가 짜증스럽게 사토를 보았다.

하지만 사토는 전혀 아랑곳하지 않고 서슴없이 시라이의 얼굴을 살펴보고 있었다.

"돌아가신 지는 좀 된 거지요? 24시간은 지난 것 같은데 아닌가요?"

사토가 고사카에게 의견을 구했다.

사망한 지 거의 하루가 지난 시라이의 얼굴은 부패가 시작되려 하고 있었다.

"그렇지요……그런데 경찰이 오기 전까지 시신에 손대지 않는 편이…….."

고사카가 웅얼거렸다.

"대략적으로라도 알 수 없을까요?"

사토가 고사카를 똑바로 쳐다보며 물었다.

"아니, 그게……."

고사카가 당황했다.

"마지막으로 시라이 선생님과 이야기한 건 누구시죠?"

사토의 질문에 고사카와 마나베의 얼굴이 굳었다.

"아마……저일 것 같습니다."

고엔마가 마지못해 대답했다.

"그런데 저와 이야기 나눈 건 어젯밤입니다. 몸이 좋지 않으니 당분간 쉬겠다고 하셨습니다."

"네? 시라이 선생님도 몸이 안 좋으셨나요? 선장님도 그랬던 것 같은데."

"아, 아니요. 선장님은 식욕만 없으시다고……."

세세한 일을 꼬치꼬치 캐묻고……. 정말 성가신 놈이다.

"그래서 어젯밤 이후로는 찾아가 보지도 않았다는 거죠?"

"네……혼자 쉬고 싶다고 하셔서."

고엔마가 손수건으로 식은땀을 닦았다.

사토는 '흐음-'하며 생각에 잠겼다.

이제 됐으면 닥치고 있으라고.

"아무래도 검안을 부탁해야 되겠는데요."

사토가 머리를 긁적이며 말했다.

이 놈이! 두고 보자!

"……고사카 씨, 검안해 주겠나?"

무작정 거부하기만 할 수도 없는 노릇이다. 고엔마가 어쩔 수 없이 고사카에게 부탁했다.

"알겠습니다……."

고사카가 시라이의 머리맡으로 다가갔다.

큰일 났군. 시라이의 사망 시각은 밝히고 싶지 않았는데. 아니, 애초에 시라이의 죽음 자체를 파고들면 곤란하다. 그래서 일부러 트릭의 난이도도 낮춰 놓았다. 식당에서 집요하게 고사카를 괴롭혔던 것처럼 이번에도 쓸데없이 트집을 잡으면-.

고엔마가 구석에 서 있는 마나베를 바라보았다.

마나베가 작게 고개를 끄덕였다.

지금 죽일 수밖에 없는 건가.

신호는 이미 정해두었다.

-설마 ○○ 님이 아가씨를!

시즈쿠가 죽은 다음부터는 고엔마가 이렇게 외치면 마나베가 대상자를 죽이기로 했다. 시즈쿠에게 연심을 품고 있던 셰프가 대상자를 범인으로 착각하고 죽이게 된다는 설정이다.

"단정할 수는 없어도 사망한 지 꽤 오랜 시간이 지난 것 같습니다."

고사카가 시신을 쳐다보기만 하고 결론을 내렸다.

"얼마나요?"

"그건……시즈쿠 아가씨보다도 먼저가 아닐지…….."

무난한 대답이다.

"야마네 씨보다 먼저일 가능성도 있나요?"

사토가 계속해서 질문했다.

멍청한 놈, 적당히 하란 말이다. 그렇게 죽고 싶은 거냐.

그때 고엔마의 소맷부리에서 알람 소리가 울렸다.

고엔마는 손목시계가 울린 것처럼 행동하며 자연스럽게 복도로 나왔다.

왜 지금……방해하지 말라고.

분노와 함께 손목의 이어폰에 귀를 가져갔다.

호출음을 알람으로 위장해 놓기는 했어도 정말 위급한 일이 있을 때가 아니면 사령실에서 직접 호출하지 않는 것이 규칙이다.

〈사토라는 놈, 어떻게 좀 해야 하지 않겠어.〉

이어폰에서 미야비의 낮은 목소리가 들려왔다.

고엔마는 목덜미를 긁는 척하면서 귀를 기울였다.

〈빨리 해치워 버리란 말이야.〉

죽여라. 미야비는 이렇게 명령하고 있었다.

"지금……그렇게 하면…….''

속삭이듯 작은 목소리로 대답했다.

〈이러다가는 끝장이라고!〉

미야비가 벼락처럼 호통쳤다.

귀가 먹먹해지는 울림에 저도 모르게 이어폰을 귀에서 멀리 떨어트렸다.

쉽게 말하지 말라고. 사토를 죽이는 건 나중 문제다.

"어떤가요? 야마네 씨보다 먼저인가요?''

사토가 되물었다.

"그건 판단하기 어렵습니다. 이불 속에 있었던 탓에 온도가 올라가서 시신의 변화도 빨라졌고.''

말을 하면서 고사카가 눈으로 SOS 신호를 보냈다.

사토는 거침없이 질문을 계속했다.

"대략적인 시간대만이라도 상관없어요. 빠르면 언제쯤인지 알 수 없나요?''

그만. 제발 그만해.

텐가와가 살해당한 시간까지 거슬러 올라가기라도 하면 귀찮아진다.

〈서둘러!〉

사령실에서 미야비가 재촉했다.

아직도 귀가 멍멍했다.

그만.

〈빨리!〉

"판단은 제가 합니다!"

마이크에 대고 소리를 지르면서 주먹을 힘껏 움켜쥐었다.

손톱이 손바닥에 파고드는 통증에 화들짝 정신을 차렸다.

황급히 얼굴을 들자 방 안에 있는 모든 눈이 자신을 향해 있었다.

사정을 알고 있는 고사카와 마나베의 얼굴이 하얗게 질렸다.

사토는 놀라 벌어진 입을 다물지 못했다.

"방금 전에 말씀드렸다시피!"

고엔마가 큰 소리로 말을 이었다. 상황을 모면할 다른 방법이 떠오르지 않았다.

"돌아가신 분을 욕되게 하는 행동은 제가 용납할 수 없습니다! 주인님도 아가씨도 안 계신 지금 이 저택에서 일어나는 일에 대한 판단은 모두 제가 합니다!"

말을 끝내고 사토를 노려보았다.

말이 되는지 아닌지는 지금 아무래도 좋았다. 문제는 사토를 닥치게 할 수 있느냐 없느냐다.

"죄송합니다……."

사토가 미안한 표정을 지었다.

됐다!

고엔마는 속으로 불끈 주먹을 쥐었다.

"그래도⋯⋯검안하는 게 딱히 모독은 아니지 않나요?"

사토가 동의를 구하려는 듯 주위를 두리번거렸다.

어디서 억지를 부려.

고엔마가 다시 한번 쐐기를 박았다.

"저희 고용인들은 아가씨의 가족이나 마찬가지입니다. 시라이 선생님도 가족처럼 대해주셨습니다. 그런 가족의 시신을 검안하다니 잔혹한 일 아닙니까."

어떠냐. 인정머리라는 게 있다면 이제 단념해.

"⋯⋯그렇군요. 제가 경솔했습니다. 죄송합니다."

사토가 머리를 숙였다.

고용인 세 명이 동시에 안도의 숨을 내쉬었다.

그런데 이번에는 사토가 수상한 행동을 하기 시작했다.

사카키와 히비코의 얼굴을 번갈아 쳐다보며 '잘되고 있나요?'라고 묻는 것이다.

"잘 되다니 뭐가 말입니까?"

사카키가 의아한 얼굴로 물었다.

"추리요, 추리."

사토는 마치 금방이라도 덤벼들 것처럼 두 사람을 부추겼다.

"네. 하고 있습니다."

"저도요-."

사카키와 히비코가 시큰둥하게 대답하자 사토는 얼굴을 찌푸리며 팔짱을 끼더니 그 상태로 방안을 서성였다.

"사토 님, 왜 그러십니까?"

고엔마가 말을 걸어도 아랑곳하지 않던 사토가 뭔가를 결심한 표정으로 시라이의 머리맡에 섰다.

"죄송합니다. 지나친 생각일지도 모르지만 잠깐 여기만 좀."

말이 끝나기가 무섭게 말릴 새도 없이 사토가 이불에 손을 가져갔다.

"그만두십시오!"

고엔마가 다급하게 사토를 향해 달려갔다.

"죄송합니다. 잠깐이면 돼요." 사토가 거침없이 이불을 들추었다.

"사토 님! 대체 무슨 짓이십니까!"

"다른 상처가 있는지 보려고요."

잠잠해졌던 귀가 다시 먹먹하게 울렸다.

잠옷 상의를 젖히면 텐가와에게 찔린 상처가 보이고 말 것이다.

"안 됩니다! 경찰에게 맡겨야 합니다!"

"죄송합니다, 죄송합니다."

죄송하다고 말하면서도 사토는 손을 멈출 생각은 없어 보였다.

힘으로 막을 수밖에 없는 건가.

집사가 이렇게까지 행동하는 게 말이 되는 건가.

죽은 사람에 대한 모독이라고 우긴다고 넘어갈 수 있을까.

"사토 님! 왜 이러십니까!"

아니, 지금 막지 않으면 이 놈은 앞으로도 훼방 놓을 것이 분명하다.

고엔마는 눈을 질끈 감았다.

결과적으로 미야비의 지시에 따르는 모양새가 되는 게 못마땅하지만.

"설마 사토 님이-."

신호를 보내는 것이 정말 맞는지 끝까지 망설여졌다.

지금까지 수많은 사건 사고들을 겨우 극복하고 여기까지 왔다. 조금만 더 있으면 시나리오를 완벽하게 끝낼 수 있는데. 이 말 한마디로 이제까지의 노력이 물거품이 된다. 하지만 이대로 내버려두면 시나리오는 물론이고 모든 것이 끝장이다.

고엔마는 굳게 마음을 먹었다.

그리고 또렷하게 외쳤다.

"설마 사토 님이 아가씨를!"

마나베가 주머니에 손을 넣었다.

고엔마는 힘없이 뒤로 물러섰다.

사토의 등 뒤가 무방비로 비었다.

마나베가 힘차게 그 등 뒤로 향했다.

"범인이 누군지 알았습니다."

말 한마디에 방의 시간이 멈추었다.

*

기암관에서의 살인극, 잘 즐기고 계십니까?

무대는 드디어 클라이맥스를 맞이하려 하고 있습니다. 지금까지 연쇄살인을 꾸민 자와 그 수수께끼를 풀려고 하는 자, 양쪽의 시점을 보여드렸습니다. 여러분은 이미 범인을 알고 있는 상태. 즉 도서 미스터리이지요.

과연 어떻게 진실이 밝혀질지, 여러분은 추리를 마치셨나요?

예상 밖의 결말에 놀라셨다면 아무쪼록 앞으로도 많은 관심을 부탁드립니다. 새로운 작품을 선보이게 될 때 꼭 다시 연락드리도록 하겠습니다.

제 말이 너무 길었군요. 죄송합니다.

그러면 이제 최후의 막이 올라갑니다.

제 5 장

대단원의 훼방꾼

1.

응접실로 이동한 사토는 구석의 소파에 앉았다.

다른 사람들도 가깝지도 멀지도 않은 거리를 두고 따로따로 의자에 앉았다.

"사카키 님, 설명해 주시겠습니까?"

고엔마가 대표로 말을 꺼내자 사카키는 '네'라고 짧게 답한 뒤 자리에서 일어섰다.

수수께끼를 푼 사람은 사카키였다.

예상한 대로라면 예상대로다. 미스터리 연구회의 쿨 가이. 미스터리를 좋아하는 사람이라면 누구나 한 번쯤 탐낼만한 캐릭터이다.

"네 명을 살해한 범인은 고사카 씨입니다."

사카키가 손바닥을 펼쳐 고사카를 향해 내밀었다. 마치 파티에서 친구라도 소개하는 것 같은 우아한 손놀림이었다.

"저, 저라고요?"

고사카는 살짝 과장되게 놀라는 모습을 보였다.

사토는 가슴을 쓸어내렸다. 자신이 범인이라고 지목당할 위험에서는 벗어난 듯했다.

고사카가 범인이라는 점에 이견은 없다.

"사카키 님, 고사카가 범인이라니요······."

고엔마가 당황하며 설명을 구했다.

"먼저 텐가와 씨를 살해한 트릭부터 설명하지요."

사토는 사카키의 설명을 제대로 듣고 있지 않았다. 인간의자를 이용한 밀실 트릭은 이미 해결되었다. 그것보다 지금 더 큰 문제는-.

어떻게 사카키를 설득하지?

사카키가 갑자기 사건을 해결했다고 나서는 바람에 사토는 입장이 곤란해졌다.

유능한 조수 노릇을 하며 눈에 들 셈이었는데 그러기도 전에 수수께끼를 풀어버린 것이다. 고엔마와의 충돌까지 감수하며 노력했는데 사카키는 끝내 마음을 열지 않았다. 살해당하기 전에 사건이 해결된 것은 바랐던 바였지만 이대로는 결국 살아서 돌아갈 수 없을지도 모른다. 탐정 유희에 참가한 외부인을 운영자들이 얌전히 살려서 돌려보내리란 생각은 들지 않았다. 쥐도 새도 모르게 죽게 될 것이 틀림없다.

섬에서 무사히 탈출하려면 '탐정'의 도움이 꼭 필요하다. 끝내 누가 '탐정'인지 알아내는 데에는 실패했어도 처음부터 사카키는 가장 유력한 후보였다. 그래서 적극적으로 힌트도 주고 힌트를 주기 위해 위험도 마다하지 않았다. 수수께끼 해결에 공헌한 것은 분명했다.

그렇지만 대놓고 공을 주장했다가는 틀림없이 죽는다.

고엔마와 눈이 마주치자 이쪽을 매섭게 쏘아보았다. 아무래도 이 중년 남성이 운영 측 사람인 건 확실해 보였다. 절대 입을 열지 말라고 눈빛으로 경고를 보내고 있다.

사토는 등줄기가 서늘해지는 기분이 들었다.

눈을 감자 시라이의 방에서 내내 마음에 걸렸던 의문이 다시 머릿속에 맴돌았다.

왜 마지막으로 발견된 희생자가 시라이였을까.

시즈쿠는 히로인 역할이었다. 그녀의 죽음이야말로 사건의 클라이맥스라 할 수 있다. 별로 눈에 띄지도 않았던 시라이의 시체가 나중에 발견된들 극적으로 아무런 효과가 없다.

애초에 시라이의 죽음 자체가 필요했나 하는 생각도 든다.

편지의 세 번째 줄은 '마지막으로 아키미츠가 목을 딴다'였다.

시즈쿠의 죽음이 연쇄살인의 마지막이라는 사실을 암시하는 것이다.

이상한 점은 또 있다.

시라이의 죽음으로 인해 란포와 관련된 살인만 두 건이 되었다. 영 거슬린다. 게다가 시라이가 살해된 트릭만 아무 변형 없이 오리지널 수법을 그대로 사용했다.

의문은 또 다른 의문을 불렀다.

시라이가 눈에 띄지 않는 캐릭터라는 것도 결과론에 불과했다. 적어도 '사토'보다는 훨씬 캐릭터 설정이 구체적이었다. 제일 먼저 죽었어도 이상하지 않을 자신이 살아남고 미에이도 가문의 주치의가 뜬금

없이 시체로 발견되었다. 모르긴 몰라도 탐정 유희에도 작가가 따로 있을 텐데 허접해도 너무 허접하다.

사카키의 설명이 야마네 살인으로 넘어갔다.

"야마네가 살해당했을 때의 역밀실도 고사카 씨가 사망 추정 시각을 가짜로 말하기만 하면 간단하게 만들 수 있습니다. 아침 식사 후에 야마네의 방에서 그를 죽인 다음 창문을 통해 시체를 밖으로 던집니다. 야마네의 방은 절벽 쪽이 아니니까요. 그리고 고사카 씨는 당당하게 정문 현관으로 나가 늪에서 『이누가미 일족』을 재현한 뒤 다시 정문 현관으로 돌아온 겁니다."

"과연 그럴까."

사토가 작은 목소리로 웅얼거렸다.

다시 생각해 보면 고사카가 범인이라는 '진실'에도 어색한 부분이 있다. 고사카는 나이도 있는 데다가 체격도 왜소하다. 그런 사람이 혼자서 살집이 있는 야마네의 시체를 늪에 거꾸로 박아놓는 게 가능할까.

원래 법의학자였다는 설정도 우습기 짝이 없다. 어차피 사망 추정 시각을 꾸며낼 생각이었다면 의사인 시라이가 더 적임자였을 텐데-.

순간 퍼뜩 무언가가 떠올랐다.

사실은 시라이가 범인이었던 게 아닐까. 고사카의 동기는 십중팔구 딸과 관련되어 있을 것이다. 그 동기는 그대로 시라이에게도 대입할 수 있다. 시라이가 범인이라면 모든 상황이 자연스러워진다.

그러면 대체 왜 시라이가 아니라 고사카를 범인으로 만든 걸까?

불의의 사고로 인해 시라이가 범인 역할을 할 수 없어졌다. 시라이가 죽은 것도 그 사고 때문이라면 부자연스러운 네 번째 살인도 말이 된다.

"그리고 편지의 세 번째 줄에 암시된 살해현장."

시즈쿠 살해에 대한 사카키의 설명이 시작되었다.

"범인은 시즈쿠의 목을 절단한 뒤 목각상의 머리를 이용해서 밀실을 만들었습니다-."

돌이켜 생각하면 시즈쿠도 딱했다.

사토는 눈을 감았다. 안타까운 눈빛으로 자신을 바라보던 시즈쿠의 얼굴이 떠올랐다.

스스로 속이는 쪽이라고 생각했던 시즈쿠. 그런데 사실은 자신도 속고 있었다. 시즈쿠가 말해준 비밀에는 자신의 죽음도 포함되어 있던 것이다. 같은 편은 아니었지만 '탐정'의 존재를 가르쳐 준 건 시즈쿠였다. 시즈쿠가 없었다면 사카키를 돕겠다는 생각도 할 수 없었을 것이다.

시즈쿠의 은혜에 보답하기 위해서라도 반드시 살아서 돌아가야만 한다. 물론 혼자 멋대로 생각한 것이기는 하지만.

-착각하지 않았더라면 이런 기분은 들지 않았을 텐데.

그렇게 말하던 시즈쿠의 얼굴에 거짓말이나 위선은 없었다.

시즈쿠와 마음속 이야기를 나누는 관계가 된 계기도 일종의 사고에서 비롯된 것이었다.

"……!"

순간 숨이 막혔다.

시라이의 죽음. 시즈쿠의 착각.

사고는 또 있었던 게 아닐까.

2.

사카키의 추리를 들으면서 고엔마는 성취감에 휩싸였다.

시라이의 방에서는 사토 때문에 가슴이 조마조마했는데 때마침 사카키가 수수께끼를 풀었다고 선언한 덕분에 마나베가 사토를 죽이기 직전에 멈출 수 있었다. 이제 고지가 코앞이다. 사토가 나설 틈 따위는 없다. 이대로 대단원을 맞이하면 끝이다.

"시라이 선생님이 살해당한 방법은 이미 밝혀졌습니다. 고사카 씨가 바로 옆의 빈방에서 천장으로 숨어들어와서 잠들어 있던 시라이 선생님의 입에 독을 넣은 거지요."

시라이의 죽음에 대한 설명은 짧았다.

이걸로 됐다.

남은 것은 당황하는 고사카에게 결정적인 증거를 제시하는 것뿐. 시즈쿠를 죽인 후 옷을 갈아입을 시간이 없었던 고사카의 가운을 벗기면 시즈쿠의 몸에서 뿜어나온 피가 드러날 것이다. 단순명쾌하면서도 아름다운 증거가.

"트릭에 대한 설명은 잘 알겠습니다만, 어째서 제가 아가씨를 죽여야만 하는 거지요?"

고사카가 동기에 대한 설명을 재촉했다.

"따님을 자살로 몰아간 사람들에 대한 복수입니다."

사카키가 단칼에 대답했다.

고사카는 입을 굳게 다물었다.

사카키가 계속해서 말을 이어갔다.

"고전 미스터리 작품을 본뜬 연쇄살인과 밀실트릭. 죄송하지만 이것들은 고사카 씨가 생각할 수 있을 만한 것이 아닙니다. 하지만 따님인 기리코 씨는 제가 소속되어있는 미스터리 연구회의 멤버이기도 했지요. 미스터리를 사랑할 뿐만 아니라 직접 미스터리를 쓰기도 했고요. 어젯밤부터 일어난 살인극은 따님의 작품을 재현한 것입니다. 당신은 따님을 죽게 만든 사람들을 따님의 아이디로 죽이는 것으로 복수를 한 것이지요. 제 말이 틀린가요?"

"그래요. 분명히─."

고사카가 딸을 자살로 몰고 간 과거에 대해 이야기하기 시작했다.

고사카의 딸 기리코는 연인의 바람으로 헤어지게 되었다. 그 후 자신을 위로해 주었던 남자에게 몸을 허락했지만, 사실은 그 남자도 기리코의 마음이 약해진 틈을 타서 그녀를 가지고 놀았을 뿐이었다. 사실을 알고 실의에 빠진 기리코에게 또 다른 충격적인 일이 벌어졌다. 임신했다는 사실을 알게 된 것이다. 알고 지내던 의사에게 임신 사실을 털어놓자 의사는 매몰차게 낙태를 권유했다. 알고 보니 그 의사는 자신의 연인과 바람을 피웠던 여자의 아버지에게 고용된 사람이었다. 연인, 친구, 어른. 믿고 의지했던 모든 사람에게 배신당하고 절망에 빠진 그녀는 결국 스스로 목숨을 끊었다.

고사카는 딸과 손주를 한꺼번에 잃고 마음의 병을 얻었다. 그러던 어느 날 딸의 방에서 딸이 쓴 소설 원고를 발견한다. 소설은 예전에 방문했던 기암관을 무대로 자신을 절망에 빠트린 네 명을 죽이는 이야기였다. 등장인물은 모두 실명이었다. 살해당하는 사람은 시즈쿠, 야마네, 텐가와, 시라이. 모두 기리코의 마음을 희롱하고 짓밟은 사람들이었다.

고엔마는 고사카의 독백을 가만히 듣고 있었다.

이렇게 듣고 있자니 걸리는 부분이 많았지만 트릭만 성립하면 동기의 허점 따위는 아무래도 상관없었다. 여기에 결정적 증거가 화려하게 등장하기만 하면 모든 것은 마무리된다.

"제게는 동기가 있습니다. 딸의 힘을 빌리면 연쇄살인도 가능할지도 모르겠네요. 하지만 전부 사카키 님의 상상 아닌가요. 제가 범인이라는 증거는 하나도 없잖아요."

고사카가 사카키를 결정적 증거로 유도했다.

한 마디로 승패가 갈리는 통쾌함. 이것이야말로 대결 구도 미스터리에서의 최상의 결말 아닐까.

고엔마가 기대하는 눈빛으로 사카키를 바라보았다.

"증거라면 있습니다."

사카키가 안경의 브릿지를 매만졌다.

좋아, 어서!

"자, 잠깐만요."

덜떨어진 목소리가 끼어드는 바람에 최고의 순간이 엉망이 되었다.

"사, 사토 님! 분위기 파악 좀 하세요!"

도저히 참을 수가 없어서 큰 소리로 타박했다.

"죄송합니다. 아무리 생각해도 신경이 쓰여서요."

사토가 머리를 긁적이며 사과했다.

자기가 콜롬보라도 되는 줄 아는 건가, 멍청한 놈이!

"확인하고 싶은 게 있는데요. 기리코 씨를 버린 연인이 야마네 씨, 기리코 씨에게서 야마네 씨를 빼앗은 사람이 시즈쿠 씨, 상처 입은 기리코 씨를 임신시킨 사람이 텐가와 씨, 라는 말씀이시죠?"

"네? 네……그렇습니다만."

고사카가 당황하며 대답했다.

"음, 그러면 이상하지 않은가요?"

사토가 팔짱을 끼고 노골적으로 의문을 제기했다.

"이상하다니요……."

고사카가 말을 흐렸다.

식당에서 추궁당하던 때의 악몽이 되살아나는 것 같았다.

"지금 이런 말을 하는 것이 어떨지 모르겠지만, 여자 둘이 야마네 씨를 서로 빼앗으려 한다는 게 이해가 안 돼서요."

"네?"

고사카가 눈을 동그랗게 떴다.

"솔직히 야마네 씨는 좀 음침한 구석도 있고 그렇게 인기가 있을 만한 사람으로는 보이지 않잖아요."

"그건······."

고사카는 말문이 막혔다.

"루키즘(외모가 개인 간의 우열과 성패를 가름한다고 믿어 외모에 지나치게 집착하는 외모지상주의를 일컫는 용어-역주)! 그건 루키즘입니다!"

고엔마가 황급히 끼어들었다.

"사람을 겉모습으로 판단하면 안 됩니다! 그리고 저는 야마네 님이 음침하다고 생각한 적 없습니다. 오히려 그릇이 큰 분이라고 생각했습니다. 그렇죠? 사카키 님?"

"아, 네······그렇습니다."

사카키가 고개를 끄덕였다.

"야마네 씨와 언제 그렇게 대화를 나누셨어요?"

사토가 의아해하며 물었다.

넌 대체 무슨 생각인 거야!

이렇게 묻고 싶었다.

"방으로 안내해 드릴 때나 뭐 틈틈이."

치졸하기 그지없는 답변을 하는 자신의 모습이 너무나 부끄러웠다.

빨개진 얼굴로 노려보자 사토는 천장을 올려다보며 말했다.

"시라이 선생님은 낙태를 권유해서 살해당한 거고요."

"……네."

사카키와 고사카가 동시에 대답했다.

퍼뜩 실수를 깨달은 고사카의 얼굴이 하얗게 질렸다. 아직 범죄를 인정하지 않은 고사카가 동의하는 것은 이상하다.

하지만 사토는 고사카의 실수를 모른 척 넘기며 천연덕스럽게 말했다.

"낙태를 권유했다가 살해당하다니, 산부인과 의사들도 힘들겠네요."

이 자식이-.

겨드랑이에서 땀이 쉴 새 없이 흘렀다.

그때 소맷부리에서 또다시 알람이 울렸다.

응접실에 긴장이 흘렀다.

듣지 않아도 무슨 말을 할지 뻔했다.

이번에는 고엔마도 미야비의 의견에 동의하지 않을 수 없었다.

"텐가와 씨와 시라이 선생님. 왜 란포를 본뜬 살인만 두 번이나 일어난 걸까요. 사카키 씨는 안 궁금하세요?"

사토의 질문이 사카키를 향했다.

사카키는 안경을 고쳐 쓰며 생각에 잠겼다.

"……위화감은 있었습니다. 다만, 범인의 생각과도 연결된다고 할 수 있겠지요."

"무슨 말인지 잘 모르겠는데요."

사토가 일축했다.

"그……."

사카키가 평소답지 않게 동요했다.

고엔마가 끼어들었다.

"부, 부, 부, 부, 분명히……고사카 씨의 따님이 란포를 특히 더 좋아한 거 아닐까요."

소용없다. 전혀 도움이 되지 않는 말이었다.

얼굴이 달아올랐다.

"그, 그렇습니다."

고사카도 말하며 이마에 흘러내리는 땀을 닦았다.

이제 한계다.

고엔마는 마나베와 시선을 교환했다.

젠장. 이제 다 왔는데-.

마지막을 쓸데없는 피로 더럽혀야 한다니.

"알겠습니다."

갑자기 사토가 한발 물러섰다.

팽팽했던 긴장의 끈이 순식간에 느슨하게 풀렸다.

아무도 말을 꺼내지 않는 가운데 사토가 조용히 말했다.

"사카키 씨, 마지막으로 알려주세요. 제가 범인일 가능성도 생각하셨나요?"

사토를 바라보며 사카키는 다시금 안경을 고쳐 썼다.

"……물론입니다. 다양한 가능성을 염두에 두었습니다."

"제가 어떤 사람인지는 알고 계신가요?"

"……어떤?"

"저에 대해서 뭘 알고 계시나요?"

사카키가 대답하기 곤란해하는 모습을 보며 고엔마는 몸을 움츠렸다.

사토가 또 엄청난 폭탄 발언을 하는 게 아닌지 두려웠다.

그런데 사토는 슬픈 얼굴로 사카키를 쳐다보더니 이윽고 어깨를 축 늘어뜨린 채 침묵했다.

설마-.

불현듯 고엔마의 머릿속에 생각 하나가 떠올랐다. 도저히 믿을 수 없는 것이었지만 그렇게밖에 생각할 수 없었다.

사토의 갑작스러운 변화. 기묘한 행동. 이제야 전부 이해가 된다.

이 자식, '탐정'의 존재를 알고 있어?

탐정 유희의 비밀을 알아버린 건가?

그런 일은 있을 수 없다. 어떻게 안 거지?

"아…….

저도 모르게 목소리가 새어 나왔다.

머릿속에서는 사령실에서의 한순간이 떠올랐다. 그때 그 장면을 보고 있었는데. 보면서도 천박한 농담 따먹기나 하며 대수롭지 않게 넘겨버렸다.

이유. 계기. 내용. 무엇 하나 명확하지 않았지만 그때 사토가 시즈쿠에게서 탐정 유희의 비밀에 대해 들은 것만은 틀림없었다.

"사카키 님!"

고엔마가 소리쳤다.

"고사카가 범인이라는 증거도 있으십니까?"

이렇게 된 이상 끝까지 밀어붙이는 수밖에 없다. 그렇게 마음먹었다.

살아남기 위해 '탐정'을 자기편으로 만드는 것이 사토가 노리는 바라면 시나리오를 망치려는 의도는 없을 것이다. 그래서 계속 정답은 언급하지 않은 채 힌트만 던지고 있던 것이다. 하지만 지금 사토는 궁지에 몰려있다. 탐정 유희의 비밀에 대해서도 알고 있으니 분명히 절망에 빠졌을 것이다. 눈치챈 것이다. 비밀의 또 다른 진상을. 조금이라도 틈을 주면 또 쓸데없는 짓을 할지도 모른다. 그렇게 되면 더욱 위험하다.

"있습니다."

사카키가 재차 안경 브릿지를 매만졌다.

고엔마의 눈은 고개를 숙인 사토에게 고정되어 있었다.

움직이지 마. 아무것도 하지 마.

"시즈쿠는 목이 잘려 살해당했습니다. 아마 피가 무척 많이 났겠지요."

사카키가 말하며 고사카를 손으로 가리켰다.

"옷을 갈아입을 시간은 없었으니 아마 지금도 남아있을 겁니다. 저 가운 안에! 엄청난 피가!"

고사카가 희미하게 웃으며 가운을 열어젖혔다.

피에 물든 옷이 나타났다.

끝났어. 해냈다.

어떠냐, 방해해도 소용없다고!

고엔마는 마음속으로 외쳤다.

그 순간 눈앞으로 무언가가 빠르게 지나갔다.

사토였다.

의자와 사람들 사이를 뚫고 창문을 향해 달려갔다.

"사토 님!"

아무도 막지 못했다.

사토는 창문을 깨고 나가 절벽 아래로 사라져 버렸다.

3.

칠흑 같은 바다는 저승을 방불케 했다.

사토는 해수면 위로 얼굴을 내밀고 필사적으로 숨을 쉬었다.

기암관은 머리 위 한참 높은 곳에 있었다. 저택의 불빛은 절벽 아래까지는 닿지 않았다.

다행히 절벽에 부딪히지 않고 바닷물에 빠지기는 했는데 해수면과 맞부딪힌 충격 때문인지 오른쪽 다리에 감각이 없었다.

언제 바다에 가라앉는대도 이상하지 않았다. 무모한 도박. 그래도 뛰어들 수밖에 없었다.

왜냐하면-.

저 안에 '탐정'은 없었으니까.

처음부터 살아서 돌아갈 방법 따위 존재하지 않았던 것이다.

시즈쿠에게 '탐정'의 존재에 대해 들은 다음부터 왠지 모를 위화감이 있었다.

유력한 '탐정' 후보였던 사카키와 히비코. 그들은 계속 탐정처럼 행동했다. 그래서 마지막까지 '탐정'의 정체를 확신할 수 없었다. 안락의자 탐정이 따로 있는 것은 아닌지까지 의심했다.

그런데 결국은 사카키가 '사건'을 해결했다. 당황했다. 급한 대로 사카키에게 잘 보이려 노력했다. 하지만 그를 들여다보면 볼수록 불길한 예감이 들었다.

기우에 불과하기를 바라며 사카키에게 질문을 던졌다.

-제가 범인일 가능성도 생각하셨나요?

-제가 어떤 사람인지는 알고 계신가요?

어떤 질문에도 사카키는 제대로 대답하지 못했다.

당연하다. 사카키는 이제까지 사토에게 질문조차 한 적 없었다. 히비코도 마찬가지였다. 그들은 처음부터 사토를 고려 대상으로 생각하지 않았다. '탐정'의 태도라 하기에는 부자연스러웠다. '탐정'은 거금을 내고 추리 게임에 참여했다. 그런 사람이 등장인물에게 아무것도 물어보지 않는다는 건 이상하다. 그런데도 불구하고 최종적으로 연쇄살인의 수수께끼를 푼 사람은 사카키였다.

사토의 예감은 확신으로 바뀌었다.

'탐정'이 아닌 사람이 수수께끼를 풀었다. 다시 말해 처음부터 '탐정'은 존재하지 않았던 것이다.

파도가 얼굴로 들이치는 바람에 기침이 나왔다.

여기에서 이대로 죽는 건 괴로울 것 같았다. 그렇게 생각하자 눈물이 나왔다.

실패했다-.

자신이 했던 모든 행동이 후회스러웠다.

애초에 도쿠나가를 찾으려 하지 않았더라면. 불법 아르바이트에 발을 들이지 않았더라면. 이런 섬에 오지 않았더라면.

어중간하게 진실을 알아버린 상태에서 장기말이 되기를 거부한 결과, 존재하지 않는 '탐정'을 찾다가 아무것도 찾아내지 못하고 죽어가는 신세가 되었다. 운영 측에 속아 살해당한 시즈쿠를 불쌍하게 여겼던 자신이 부끄러웠다. 어리석은 건 매한가지였다.

"……?"

시즈쿠의 미소가 머릿속을 스쳐 지나갔다.

왜지?

사랑? 연민? 증오?

아니다. 기억이다.

이 섬에 온 뒤 처음으로 느꼈던 위화감-.

무언가 떠오르려던 찰나 커다란 파도가 몸을 삼켰다. 빠져나오려 발버둥을 쳐보았지만 팔도 마음대로 움직이지 않았다. 칠흑처럼 깜깜한 세계에서 방향감각도 사라졌다. 몸이 계속해서 가라앉았다.

-전에도 이곳에 오신 적이 있으시다면서요?

-하루사다 씨와는 마술 친구라서요.

시즈쿠와 누군가의 대화가 단편적으로 떠올랐다.

언제 했던 대화지? 상대방이 누구였더라?

-와, 멋진데.

쾌활한 남자의 목소리.

그래. 생각났다.

사카키가 응접실에서 자신의 추리를 늘어놓던 사이 아주 잠깐 손에 잡힐뻔했던 진상. 그때는 놓치고 말았지만 다시 잡는 데에 성공했다.

몸은 움직이지 않았다. 그러나 머리는 빠르게 돌아갔다.

시라이의 죽음으로 운영자들은 패닉에 빠졌다. 어설픈 시나리오만 봐도 알 수 있다.

그런데 시라이와 전혀 상관없는 곳에서도 시나리오의 허점이 엿보

인다. 그렇다는 건ㅡ.

시라이의 죽음 외에도 또 다른 사고가 있었던 건가?

가라앉는 몸에서 벗어난 사토의 의식이 하늘 위로 떠올라 기암관을 내려다보았다.

'탐정'은 처음부터 존재하지 않던 것이 아니다. 어떤 사고로 인해 도중에 사라지게 된 것이다.

사토의 기억이 2층의 담화실로 날아갔다.

기암관에 막 도착했을 때 사토는 시즈쿠와 텐가와의 대화를 들으며 이상함을 느꼈다.

미에이도 하루사다의 마술 친구인 텐가와는 이전에도 몇 번이나 기암관에 온 적이 있다고 했다. 그런데 담화실에 있는 신장 목각상을 보고 텐가와는 꼭 처음 본 사람처럼 반응했다. 텐가와의 배경 정보와 행동이 일치하지 않았다.

아무리 원래 부산스러운 성격이라고 해도 아르바이트가 그런 행동을 할 리가 없다. 하지만 텐가와는 죽기 전까지 자유분방하게 행동했다.

사토의 의식이 첫날 밤 자신의 방으로 이동했다.

소파에서 졸고 있을 때 텐가와가 찾아왔다.

ㅡ주무세요? 모처럼 이렇게 만났으니 좀 더 이야기하지 않으실래요?

사토에게 무시당한 텐가와는 바로 그 직후에 살해당했다.

그를 방안으로 들였다면 구할 수 있었을까, 없었을까. 그건 문제가 아니었다.

텐가와만이 유일하게 사토의 이야기를 들으려던 사람이었던 것이다.

기억이 가설에 집약되었다.

처음으로 살해당한 텐가와 레이타야말로 '탐정'이었던 게 아닐까?

이제 와 증거를 찾을 수도 없을뿐더러 설사 그렇다 한들 아무런 의미도 없다. 다만, '탐정'인 텐가와가 희생자로 변한 거라면 시나리오가 이상해진 까닭도 수긍이 갔다.

자신에 대해 이야기하길 좋아하고 시끄럽고 귀찮은 사람. 텐가와가 보였던 행동이야말로 호기심이 왕성하고 자기 과시욕이 강한 '탐정' 그 자체였다. 돌이켜보면 처음 인사부터가 심상치 않았다.

–저는 텐가와입니다. 이름은 레이타이구요. 유감스럽게도 '강'은 탁해져 있습니다.

군이 필요 없는 정보까지 곁들인 자기소개.

'텐카와'가 아니라 '텐가와'. 특이한 성이기는 해도 그렇게까지 강조해야 할 이유가 있었을까.

그때 얼굴이 물 밖으로 나왔다. 해수면까지 몸이 떠오른 모양이다.

짐승처럼 거칠게 숨을 들이마시며 폐에 공기를 가득 채웠다. 뇌에도 산소가 전달되었다.

불현듯 어떤 단어가 떠올랐다.

애너그램–단어의 철자 순서를 바꿔서 다른 단어를 만드는 일종의 언어유희.

아니 아니, 설마 그럴 리가…….

반신반의하는 마음으로 '텐가와레이타(DENGAWAREITA)'의 철자를 조합해 보았다.

테가완레이타, 간테와레이타, 와텐가타이레…….

와레가탄테이(WAREGA TANTEI: 내가 탐정이라는 뜻-역주)

머릿속에서 번개가 쳤다.

이런 장난질을!

처음부터 밝혔던 거였다니!

이쪽은 고작 '사토'였는데.

어이가 없었지만 '탐정'이 누구인지 알고 나니 당연히 죽었어야 할 '사토'가 죽지 않은 수수께끼도 풀렸다.

대신 텐가와가 살해당한 것이다.

원래 계획대로라면 사토가 첫 피해자가 되는 것이 맞았다. 그래서 아무것도 알려주지 않고 그냥 가만히 있으라고만 지시했다. 어차피 금방 죽을 사람이었으니 구체적인 정보를 줄 필요도 없고 정보가 새어 나가는 걸 막는 편이 더욱 중요했을 것이다.

면접에서 확인했던 것은 미스터리를 잘 아는지 모르는지와 가까운 가족이 있는지뿐이었다. 크루즈 선에 같이 타고 있던 사람들로 미루어보았을 때 '사토'도 원래는 미스터리 연구회의 멤버라는 설정이었을 것이다.

그럴 경우 시즈쿠와 기리코를 둘러싼 인간관계도 바뀐다.

처음 시나리오는 미스터리 연구회 내의 얽히고설킨 애증 관계에서 비롯한 연쇄살인을 그린 내용이었다.

기리코를 버리고 시즈쿠와 바람을 핀 사람이 사토. 실의에 빠진 기리코에게 다가가 임신시킨 사람이 야마네. 기리코가 상처 입은 틈을 타 접근한 야비하고 교활한 남자라는 설정이었기 때문에 음침한 외모의 사람을 골랐겠지. 그런데 갑작스럽게 희생자가 바뀌는 바람에 졸지에 야마네가 인기남으로 바뀌어버렸다.

그리고 사토는 붕 뜬 채로 방치. 운영 측 사람도 아니니 일일이 지시를 내릴 수도 없어서 대충 '여행자'라는 설정을 주고 탐정 유희가 끝날 때까지 조연으로 내버려두기로 한 것이다.

시즈쿠가 사토를 '탐정'으로 착각한 것도 사고가 원인이다. 살해당하는 역할이기도 했던 시즈쿠는 시나리오가 변경된 사실을 모르고 있었다. 원래 비명을 지른 시즈쿠에게 달려왔어야 했던 사람은 텐가와였다. 그런데 텐가와가 죽어버렸고 아마 방도 바꿔놓지 않았을까. 텐가와의 방은 사토의 방보다 안쪽이라 응접실의 비명이 들리지 않을 수도 있으니 원래는 '탐정'이 사토의 방에 들어갈 예정이었을지도 모른다.

이제 시나리오가 허점투성이였던 이유를 알 것 같다.

그래도 여전히 커다란 수수께끼는 남는다.

어째서 '탐정'인 텐가와가 살해당한 걸까—.

그가 죽기 전에 이미 사토의 설정이 바뀐 걸 봤을 때 사고나 착각

때문은 아니다.

운영자들이 고의적으로 클라이언트를 죽여야만 했던 이유. 짐작되는 것은 또 다른 클라이언트의 지시뿐이다.

그 사람은 저택 안에 있었을까?

의심 가는 사람은 있다.

사카키와 히비코는 아마 운영 측 사람일 것이다. 사카키가 텐가와 대신 탐정 역할을 수행하고 히비코는 힌트를 주는 역할이었겠지. 그리고 또 한 사람—아무 역할도 받지 않은 사람이 있다.

수수께끼는 또 있다.

사토에게는 이쪽이 훨씬 더 중요하다.

왜 고엔마를 비롯한 운영자들은 '탐정'이 죽은 다음에도 필사적으로 시나리오를 진행하려고 했던 걸까.

입속으로 바닷물이 밀려 들어왔다.

간신히 감춰져 있던 진짜 수수께끼까지 알아내는 데에는 성공했다.

하지만 그 답을 찾아낼 힘이 더는 남아있지 않다.

급격히 몰려드는 졸음. 시차 때문이 아니다.

나를 찾아줄 사람이 과연 있을까—.

사토의 몸이 소리 없이 바다 밑으로 가라앉았다.

4.

고엔마가 한달음에 복도를 지나쳤다.

시나리오가 당장 끝장나도 이상하지 않을 대형 사고가 두 개나 겹쳤다. 식자재의 품절이나 배수시설 고장처럼 소소한 헤프닝도 있었다. 그런데도 무사히 끝났다.

집사실에 들어가 비밀 문을 열었다.

이제 감출 필요도 없었다. 문이 자동으로 닫히지 않도록 설정을 변경했다.

사령실에 도착하자 반자키가 '수고하셨습니다'라며 인사했다.

카는 고엔마를 본체만체하고 다른 원고 작업에 열중하고 있었다.

"그래, 자네도 수고 많았어."

고엔마는 웃으며 대답하고 미야비의 앞에 섰다.

수고했다는 말이 나오길 기다렸다. 지금만큼은 그 말을 들을 권리가 있다.

"마지막에 그건 대체 뭐야?"

미야비의 목소리는 냉랭했다.

"사토 말입니까?"

"왜 갑자기 자살하는 건데. 의미를 모르겠네."

사토의 기묘한 행동은 시즈쿠의 죽음을 받아들이지 못한 나머지 자살한 것으로 정리했다.

"시나리오에서 벗어난 행동이기는 해도 복수가 새로운 비극을 낳았다고 보면 될 것 같은데요."

고엔마가 강한 어조로 항변했다.

나름대로 잘 처리했다고 자부하고 있던 터였다. 다른 캐스트들도 다들 호평 일색이었다.

"뭐? 지금 이게 잘 끝났다고 생각하는 거야? 클레임 걱정이나 하라고. 뭐, 이미 끝나버렸으니 어떻게 할 수도 없지만."

어떻게 할 수도 없다고?

간신히 가능한 최선의 결과를 만들었더니 어떻게 할 수도 없다고?

문이 열리고 마나베와 고사카가 들어왔다. 마나베는 와인병을 들고 있다.

"클라이언트에게는 보내드렸어?"

와인을 본 미야비가 말을 돌렸다.

"이제 가보려고 합니다."

돌아서서 나가려는 고엔마를 향해 미야비가 말을 던졌다.

"추가 비용 건에 대해서도 확실히 허가를 받아두라고."

"네?"

저도 모르게 되묻는 고엔마의 얼굴이 불신으로 가득했다.

가격협상은 엄연히 미야비의 일이다. 현장을 담당하는 직원에게 시키다니 말도 안 되는 일이다.

"이렇게 귀찮은 일이 늘어났으니 당연하잖아."

"비용에 대해서는 이미 이야기가 끝난 것 아닌가요?"

"부족했다고 말하면 되잖아. 실제로 사건 사고가 끊이질 않았으니까."

"그래도 제가 어떻게……."

이번에 갑작스럽게 시나리오가 변경된 건 클라이언트의 요구를 무턱대고 받아들였기 때문이다. 물론 결정한 사람은 미야비였다.

"죽이든 죽이지 않든 어쨌든 이번 일로 단골을 한 명 잃게 된 거잖아. 그럼 가격이라도 올려 받아야 하지 않겠어? 그러잖아도 요즘 매출이 떨어져서 큰일인데."

"결정해 주시면 따르겠습니다. 하지만 가격협상은 제 일이 아닙니다."

"이것도 임무 중 하나라고 생각하면 되잖아. 현장에 있던 네가 말해야 더 설득력이 있을 거 아냐. 고사카한테도 보너스 두둑이 주고 싶은 거 아니었나?"

관자놀이 부근이 뜨거워졌다.

고사카가 불안한 시선으로 이쪽을 쳐다보고 있었다.

"빨리 가봐."

미야비가 짜증스럽게 의자에서 몸을 일으켰다. 더 할 말이 없다고 말하는 것처럼.

또 위에서 통증이 느껴졌다. 고엔마는 아픔을 참으며 미야비의 앞을 가로막았다.

"보너스는 이미 결정된 겁니다. 가격협상과는 관계없을 텐데요."

"이봐, 이건 비즈니스라고. 돈을 더 많이 받고 싶으면 이익을 내야지."

"고사카에게 거짓말을 했던 겁니까?"

"나한테 책임 지울 생각 마. 그때 내가 동의하지 않았더라면 저 사람은 절대 하지 않았을 거라고."

미야비는 자신보다 한참이나 나이가 많은 고사카를 턱으로 가리키며 말했다.

"알아들었으면 어서 가서-."

"도구 취급은 하지 말아 주십시오!"

꾹꾹 눌러왔던 감정이 분노가 되어 터져 나왔다.

그 기세에 압도당한 미야비가 잠시 주춤하더니 바로 지위를 앞세워 누르려 했다.

"지금 감히 누구한테 하는 소리야!"

"여기 있는 사람들은 모두 자기가 해야 할 일을 완수했습니다. 아직 일이 남아있는 사람은 당신뿐이란 말입니다. 이제는 좀 일을 해야 하지 않겠습니까? 그게 누구든 자기 일도 처리하지 못 하는 사람은 이곳에 필요가 없습니다."

"지금 잘릴 각오는 하고 말하는 거지? 회사를 그만둔다는 게 어떤-."

"목숨을 걸 생각은 추호도 없습니다. 다른 지부로의 이동을 요청할 겁니다. 현장은 어디든 사람이 부족하니까요."

"만년 최하위 부서가 어디 감히! 내가 실적을 내려고 얼마나 애를 쓰고 있는데!"

미야비가 고사카와 마나베, 반자키를 차례로 노려보았다.

모두 시선을 피했다.

"상사 말을 우습게 여기는 반항적이고 쓸모없는 스태프! 너희들을 받아 줄 데가 있을 것 같아?"

미야비의 입가가 일그러졌다.

예상했던 바였다. 시나리오의 완성도와는 별개로 이런 상사가 있는 한 내부에서 문제가 터지는 건 시간문제였다. 그날이 오늘이었을 뿐이다.

그래도 이동을 요청하겠다는 말까지 꺼낸 건 섣불렀을지도 모른다.

승진 누락. 좌천. 연봉 삭감.

고엔마는 최악의 경우를 상상하며 어깨를 움츠렸다.

"저도 이동을 요청하겠습니다."

떨리는 목소리가 등 뒤에서 들려왔다.

고엔마가 어찌 된 영문인지 몰라 뒤늦게 돌아보았다.

마나베가 와인병을 꼭 붙든 채로 목소리를 짜내 말했다.

"저도요."

옆에 있던 고사카도 손을 들었다.

관제장치 앞에 앉아 있던 반자키도 일어섰다.

"기술부에서도 한 명 요청하겠습니다."

코끝이 찡해졌다.

위가 점점 더 아파 왔지만 가만히 있을 수는 없었다.

고엔마가 미야비에게 맞섰다.

"보충 인력은 경비삭감을 이유로 모두 다른 곳으로 보내버렸지요. 당신이 내겠다는 실적은 우리 없이도 가능합니까?"

"……아무것도 모르는 주제에."

미야비의 눈썹이 치켜 올라갔다.

"여기가 얼마나 심각한지 모르니까 그런 한가한 소리나 하는 거라고!"

"한가하다고요? 고사카를 설득하는 걸 제게 떠넘긴 사람이 누굽니까? 당신은 돈과 관련된 일만 한다면서요? 그런데 모두 공수표였지요. 이게 당신이 한 일입니까?"

미야비의 얼굴이 볼썽사납게 구겨졌다.

처음부터 이해해 주리라 생각하지 않았다. 기대조차 없었다.

그러나 도저히 말하지 않고는 견딜 수 없었다.

"도와주지는 못할망정 당신은 두 번이나 호출음이 울리게 했지요. 무선 호출은 긴급할 때만 하는 게 원칙인 것 모릅니까?"

"……긴급한 상황이었다고."

"현장에 있는 사람들은 모두 상황을 제대로 파악하고 있었습니다. 그건 긴급한 축에도 끼지 못합니다."

"그 사토라는 놈을 얼른 해치웠어야지. 중대한 상황에서 판단이 느려터졌다고."

"그래서 앞으로도 똑같이 하겠다고요? 무선 호출기가 있다는 걸 들키면 어떻게 할 겁니까?"

"……."

미야비는 무언가 말하려다가 입을 떼지 못했다. 자신의 실수가 너무나 명확했기 때문이다.

"기가 막히네. 주객전도도 정도껏 해야지."

미야비가 팔짱을 낀 채 턱을 쳐들었다.

"번거롭게 나까지 나서게 만든 건 생각도 안 하고 이때다 싶어 불평만 늘어놓는 건가? 그래, 알았어. 경비삭감만으로는 안 되겠네. 현장 스태프들 교육도 다시 해야겠어."

"3년이면 됩니다."

고엔마는 어린아이를 달래듯이 말했다.

"뭐?"

"그런 말은 현장을 겪어보고 나서 해주십시오."

미야비의 머리에서 김이 솟아올랐다.

"내 이번 일은 반드시 기억……."

미야비가 말을 하다 말고 난폭하게 의자를 발로 차더니 방을 나가 버렸다.

"……자, 그럼."

고엔마가 애써 밝은 목소리로 분위기를 바꿔보려 했다.

불안해하던 마나베의 어깨를 토닥였다.

고사카와 반자키를 바라보자 두 사람은 쓴웃음을 지었다.

"작가님, 시끄럽게 해서 죄송합니다."

카에게도 사과했다.

여전히 노트북만 응시하고 있었다.

"진짜 너무하네. 이렇게 외딴곳에 처박혀 있는 것도 우울한데 집중이라도 좀 할 수 있게 해달라고."

하여튼 이 작가와는 평생 서로 이해하지 못하겠군.

고엔마는 머쓱하게 고개를 숙였다.

"죄송합니다."

"다들 왜 그래. 이런 일에 쓸데없이 뜨거워지고 말이야."

카의 비아냥에도 누구 하나 반응하지 않았다.

미야비를 향한 분노와는 또 다른 허무함과 비슷한 감정이 방안을 지배했다.

문득 마나베가 안쪽 문을 쳐다보며 물었다.

"그런데 괜찮으려나요?"

미야비에게 심한 말을 한 것이 후회되는 모양이었다.

"충격을 받긴 했겠지. 그래도 그 사람은 아직 일이 남아있으니까 그 일에 집중해 주지 않으면 이쪽이 힘들어져."

말을 마친 고엔마가 마나베가 들고 있던 와인병을 받아들었다.

"나도 마지막 임무를 마치고 오지."

사람들이 사라진 기암관은 고요했다.

고엔마가 고급 와인을 들고 2층으로 올라갔다.

미야비가 말한 가격협상을 할 생각은 눈곱만큼도 없었다. 이것은 어디까지나 내 일이다.

객실 문을 두드리자 쉰 목소리가 들어오라고 대답했다.

방에는 욕실, 화장실, 부엌이 완비되어 있고 작은 거실에는 고급 양주가 즐비했다. 그중 몇 병은 이미 마개가 열려있었다.

"모두 끝났습니다."

고엔마가 깊이 허리를 숙이며 인사하자 소파에 앉아있던 클라이언트는 '그런가'라며 짧게 대답했다.

방 안에서는 선글라스도 마스크도 하고 있지 않았다.

선장으로서 기암관에 들어온 이후 계속 이 방에서만 머무른 것이다.

"지내는 건 어떠셨나요?"

"쾌적했다네. 고맙네."

훨씬 넓고 호화로운 방도 따로 마련해 두었다. 하지만 아들과 같은 공간에서 지내는 것이 자신의 의무라고 말하는 클라이언트를 위해 저택 2층에 최대한 고급스럽게 방을 꾸몄다.

"와인을 가지고 왔습니다."

"고맙네. 자네도 한 잔 어떤가?"

"영광입니다."

고엔마는 찬장에서 와인 잔을 두 개 꺼내어 와인을 따랐다.

클라이언트와 건배를 하고 입에 머금었다.

풀바디. 농후하고 복잡미묘한 맛이 최근 몇 개월간의 분투를 보상해 주는 것 같았다.

"훌륭한 맛이군."

클라이언트가 말했다.

"어려운 부탁을 들어줘서 정말 고맙네."

"천만의 말씀입니다."

고엔마는 머리를 숙이며 생각했다.

이 사람은 지금 무슨 생각을 하고 있을까.

후계자로 삼을 예정이었던 아들을 직접 지시해서 살해한 아버지. 그 옆모습은 온화하면서도 쓸쓸해 보였다.

"여기에는 처음 와보네만 무척 멋있군. 아들이 요청한 건가?"

"네. 가능한 아드님이 원하신 대로 맞춰드렸습니다."

클라이언트의 아들은 탐정 유희의 단골이었다. 기암관의 살인극은 그의 요청에 맞춰서 시나리오와 세트장을 준비했다. 비용은 언제나처럼 아버지의 돈이었다. 본인은 텐가와 레이타라는 이름으로 의기양양하게 기암관에 들어왔다. 하지만 '탐정'으로서 수수께끼에 도전할 예정이었던 시나리오는 이미 변경된 후였다. 자신이 피해자가 되는 이야기로.

"나는 미스터리는 잘 모르지만, 갑작스럽게 의뢰해서 괜한 민폐를

끼친 건 아닌지 모르겠군."

민폐도 그런 민폐가 없었지요.

라고는 당연히 대답할 수 없다.

솔직히 실제로도 엄청나게 무리한 부탁이었다. 탐정 유희가 시작되기 전날 밤에 연락이 와서 아들을 죽여달라고 한 것이다. 고엔마를 비롯한 운영자들은 황급히 시나리오를 수정하고 세트와 준비물 일부를 변경해야만 했다. 예기치 못했던 시라이의 '사망사고'까지 발생하면서 도중에 중단될 뻔한 위기도 있었다. 막대한 돈이 들어간 비즈니스의 실패는 스태프들의 해고뿐만 아니라 생명의 위험으로도 이어진다.

고엔마가 아무 말을 하지 않자 클라이언트는 와인을 더 따라주었다.

"이 와인의 가치도 녀석은 모를걸세. 가치를 모르니까 금액만으로 판단하려 하지. 모든 것이 그랬지. 날이 갈수록 낭비가 심해지는 것도 당연한 일이었는지도 모르겠네."

변명인가. 회한인가. 클라이언트는 차마 아무에게도 말할 수 없던 자신의 속내를 털어놓으려 하고 있었다.

고엔마는 잠자코 귀를 기울였다.

"한심한 이야기네만 나는 도저히 녀석을 막을 수가 없었네. 돈만 쓰는 거라면 눈을 감아줄 수 있었지만, 여기에 참가하는 것까지 여기저기 흘리고 다니기 시작했더군. 아아, 안심하게나. 구체적으로는 말하지 않았어. 하지만 시간문제였다네. 이 밖에도 다른 문제들이 끊이질 않았고……."

클라이언트가 고엔마와 눈을 마주치며 물었다.

"자네, 아이는 있는가?"

"아니요, 없습니다."

"……그렇구먼."

슬픈 목소리로 말한 클라이언트는 와인을 한 모금 마셨다.

"아버지라면 무슨 일이 있어도 아들의 편을 들어줬어야 하는 걸지도 모르지. 하지만 나는 그럴 수 없었네. 아들놈 때문에 회사와 그룹 전체가 위험해지는 걸 상상하기만 해도 온몸에 소름이 돋더군."

그래서 직접 위험을 제거하기로 한 것이었다.

아들이 스스로 참가하는 탐정 유희야말로 경찰의 눈을 피해 처리하기에 딱 좋은 무대였다. 그렇게 기암관은 처음으로 부자가 동행하는 장소가 되었다. 아들은 때때로 불편해 보이기도 했지만 한편으로는 어딘지 들떠있었다.

"그 청년은 어떻게 되었는가?"

클라이언트가 모니터를 바라보며 물었다.

모니터는 응접실을 비추고 있었다.

사토가 깨고 나간 창문이 그대로 남아있었다.

조금 전 일어난 일인데도 한참 시간이 지난 것 같은 기분이 들었다.

첫 번째 피해자가 될 예정이었던 '사토'는 시나리오가 변경되면서 죽지 않게 되었다.

그 시점에서 이미 있으나 마나 한 단역으로 변해버렸지만 등장인물이 많지 않은 시나리오에서는 그런 단역도 레드헤링을 위해 꼭 필요한 존재였다. 무작정 없앨 수는 없었다. 다만 누가 하든 상관없는 역할이었기에 아르바이트를 돌려보내고 스태프를 대역으로 세울 수도 있었다. 원래대로라면 그렇게 하는 게 맞았다. 그런데 미야비가 인건비를 삭감한 탓에 일손이 너무나 부족해서 아르바이트를 '사토' 역으로 데려올 수밖에 없었다. 그 결과는 모니터가 비추는 대로였다.

"그 청년의 마지막은 예정에 있었나?"

"아닙니다."

고엔마가 솔직하게 대답했다.

"살아있겠는가?"

클라이언트의 시선은 부드러웠다.

이 방에서 줄곧 모든 것을 지켜보고 있던 것이다.

고엔마는 조용히 대답했다.

"높이가 워낙 높아서 힘들 것 같습니다."

5.

이대로 허리가 굽는 게 아닌가 싶을 정도로 심한 기침이 연거푸 나왔다.

간신히 기침이 사그라드는가 싶더니 이번에는 팔과 무릎에서 통증이 느껴졌다.

눈앞은 여전히 어둠에 휩싸여 있었다.

아무래도 딱딱하고 뾰족한 무언가의 위에 엎드려 있는 것 같았다. 손을 더듬어서 확인해 보니 바위였다.

파도에 밀려온 건가.

근처 섬에 표류한 건가? 그럼 구조될 수 있을지도 모른다.

사토는 바위를 짚고 머리 위로 고개를 들었다.

달빛이 쏟아지는 절벽. 이 모습은 어디선가 본 적이 있었다. 기암관의 뒤쪽을 둘러싸고 있던 바위산이다.

낙담이 한숨으로 바뀌었다.

표류는커녕 정신을 잃었던 건 아주 잠깐이었다.

힘이 빠져서 바위 위에 털썩 주저앉았다.

그때 눈앞에서 무언가가 움직였다. 어둠 속에서 몇 개나 되는 오렌지색 불빛이 거칠게 흔들리고 있었다.

실눈을 뜨고 자세히 살펴보았다.

빛은 불규칙적으로 심하게 흔들리며 모양이 바뀌었다. 반사광……해수면에 반사된 빛. 오렌지. 따뜻한 색. 달빛은 아니다.

사토는 조심스럽게 움직여 빛이 나는 쪽으로 향했다.

갑자기 절벽 쪽에서 빛이 비쳤다.

그렇게 강한 빛은 아니었지만 어둠에 익숙해진 눈에 갑자기 빛이 들어와서 깜짝 놀란 사토가 고개를 움츠렸다.

다시 빛 쪽을 보았다. 빛을 내뿜고 있던 것은 조명이었다.

눈앞에 펼쳐진 광경에 사토는 침을 꿀꺽 삼켰다.

파도에 침식된 건지 바위 절벽의 아랫부분이 깊숙하게 파여 있었고 그 부분을 차양 삼아 크루즈 선 몇 대가 정박해 있었다. 모두 사토가 타고 왔던 크루즈 선보다 훨씬 호화로웠다. 주위를 밝힌 조명에 반사되어 반짝반짝 빛났다.

바위산의 형태를 보아 이곳은 기암관의 뒤편이었다.

운영 쪽 사람들인가?

크루즈 선 위로 사람 그림자가 보였다. 술을 마시며 떠들고 있었다.

배를 빼앗아서 도망친다. 가능할까? 조종법 따위는 당연히 모른다. 하지만 이대로 가만히 있을 수도 없었다.

사토는 크루즈 선에 가까이 다가갔다. 깊게 파인 바위 절벽은 부두처럼 쓸 수 있도록 정비되어 있었다. 들키지 않게 몸을 숨겨가며 아무도 없는 배를 찾았다. 모든 배에 사람이 타고 있었다. 모두 방심하고 있기는 해도 혼자서 배를 빼앗는 건 무리였다.

이제 어떡해야 할지를 생각하던 사토의 시선이 몇 미터 앞의 바위 절벽에 꽂혔다.

두 사람 정도가 통과할 수 있을 정도 크기의 동굴. 깊이를 가늠할 수는 없지만 환한 조명이 안으로 이어지고 있는 것이 보였다. 사토는 동굴에 들어가기로 마음을 먹었다.

튀어나온 바위로 둘러싸인 동굴에 들어서자마자 숨이 턱 막혔다. 그런데 20미터 정도 걸어 들어가자 철근 콘크리트로 만들어진 통로가 나왔다. 완만한 오르막으로 된 통로에는 빨간 카펫이 까려 있었고 벽에는 사진들이 붙어 있었다.

흑백사진을 포스터 크기로 크게 인화해 붙여놓은 것이었는데 언제 찍은 사진인지는 몰라도 질감만 봤을 땐 꽤 오래되어 보였다.

첫 번째 사진에는 얼굴에 도끼가 박힌 채 죽은 외국인 남성이 찍혀 있었다. 옆에 있는 사진에는 나무에 매달려 있는 세 명의 여성. 목을 매달고 죽어있다.

사진은 계속해서 이어졌다.

자동차 안에 앉은 상태로 타죽은 여성. 총을 입에 문 채 머리 뒤쪽이 날아간 노인. 눈과 입의 구멍에서 꽃이 피어있는 시체.

사진은 도중부터 컬러사진으로 바뀌었다.

남녀의 토막 난 시체가 문자판으로 쓰인 해시계. 고야의 검은 그림을 본뜬 시체 14구. 소에 올라탄 목 없는 남자.

일본인처럼 보이는 시체도 종종 있었다.

전부 영화의 한 장면을 그대로 연출한 사진처럼 보였다. 사토도 며칠 전에 이 사진들을 보았더라면 그렇게 생각했을지도 모른다. 하지만 지금은 다르다.

이것은 탐정 유희의 기록이다.

사토가 태어나기 훨씬 전부터 이어져 온 어둠의 비즈니스. 그 기록들이 마치 예술품처럼 장식되어 있는 것이다. 기묘한 감각이었다. 어딘가에서 이와 비슷한 장면을 본 것 같기도 했다.

문득 사토의 발이 멈추었다.

탑처럼 보이는 건물 앞에 서 있는 남성. 그 머리 위에서 빛나는 거대한 발광체. 다른 사진과 달리 음산한 느낌은 없었다.

그러나 사진을 보던 사토의 숨이 점점 거칠어졌다.

빛나고 있던 것은 탑의 조명에 반사된 거대한 얼음이었다. 심지어 남성을 향해 떨어지는 중이었다. 이후 어떤 일이 벌어졌을지는 상상하기 어렵지 않았다.

"미친 놈들!"

사토가 사진을 떼어내 바닥에 내던졌다.

분노로 제정신이 아니었다.

떨어지는 거대한 얼음 밑에 서 있던 남자는 도쿠나가였다.

견딜 수 없는 분노가 사진으로 향했다.

눈에 들어오는 사진들을 닥치는 대로 떼어내서 던지는 동안 사토는 떠올렸다. 기발한 살해 현장을 찍은 사진들. 이 사진들을 바라보면서 걸어가는 통로. 어떤 사람은 가던 발길을 잠시 멈추고 사진을 감상할지도 모른다. 기다리는 시간을 무료하지 않게 만드는 배려─꼭 놀이공원 같았다.

"너 뭐야!"

다급한 외침. 그리고 이어서 들려오는 몇 사람이 뛰어오는 발소리.

사토가 퍼뜩 제정신으로 돌아왔다.

크루즈 선에 있던 남자들이 이쪽을 향해 달려오고 있었다.

사토는 통로의 안쪽을 향해 뛰었다.

바위산은 물론이고 기암관에도 전혀 어울리지 않는 자동문이 나타났다.

문이 완전히 열리기도 전에 그 사이로 몸을 던졌다.

전혀 다른 세계가 펼쳐졌다-.

야외 콘서트장에나 볼 법한 거대한 모니터. 그 위로 기암관의 객실과 식당, 응접실 등이 분할 화면으로 떠 있다. 그중 시즈쿠의 방을 비추는 화면이 커지더니 시즈쿠의 시체를 뒤로한 채 문에 목각상의 머리를 끼우는 고사카의 모습이 보였다. 이 영상이 시즈쿠를 죽인 직후의 기록이라는 것을 사토는 바로 알아차렸다.

벽을 따라 걸어가며 주위를 둘러보았다. 기암관과는 전혀 다른 근대적인 모습의 방. 파티장처럼 여러 개의 테이블이 놓여 있고 수많은 사람이 요리와 술을 즐기며 담소를 나누고 있었다. 다들 얼굴에는 가면을 쓴 채였다.

"주류 메뉴도 따로 있습니다. 원하시는 분은 스태프에게 말씀해 주세요."

모니터 앞에서 화려한 기모노를 입은 여자가 말했다. 가슴팍 옷깃을 풀어 헤치고 긴 머리를 자연스럽게 늘어뜨렸다.

"미스터리 팬 여러분, 곧 캐스트들이 등장하니 자유롭게 이야기를 나누시길 바랍니다. 수수께끼를 어떻게 풀었는지 들어보는 것도 또 다른 재미가 되리라 생각합니다."

그런 거였군.

이제야 모든 것이 이해되었다.

지금까지의 모든 일들은 보여지고 있었다.

탐정 유희에는 클라이언트인 '탐정'뿐만 아니라 '관객'들도 게스트로 초대되었던 것이다. 그래서 '탐정'이 죽고 난 다음에도 살인극은 이어져야만 했다. 살인 현장까지 모니터로 볼 수 있게 해놓은 것을 보니 도서 미스터리처럼 즐기고 있던 것 같다.

"미스터리라기보다는 스너프 필름이라고 하는 편이 맞겠지만."

사토는 헛웃음을 지었다.

"저놈 잡아!"

자동문 앞에서 남자들이 사토를 가리키며 외쳤다.

붙잡히면 흔적도 없이 제거당한다.

내심 반쯤 포기 상태였다. 더는 도망칠 곳도 없다. 죽기는 싫지만 사실 지금까지도 딱히 적극적으로 살지는 않았다. 계속 자신은 장기 말에 불과하다고 생각했다. 한번 쓰고 버리는 일회용 역할.

그러나 사토는 달렸다.

희미하게 남아있던 반항심이 다리를 움직이게 했다. '관객'들의 앞을 향해서-.

그때 복부를 강타한 충격에 사토가 풀썩 앞으로 고꾸라졌다.

한 남자가 쓰러지는 사토를 붙들었다.

누구지? 쫓아오는 남자들은 아직 뒤에 있는데.

사토는 자신을 잡은 남자의 얼굴을 올려다보았다.

고엔마였다.

"이 자식!"

버둥거리는 사토의 손에 얼굴이 뭉개진 고엔마가 낮게 포효했다.

"쓸데없는 짓은 하지 말라고 그렇게 말했는데!"

고엔마가 사토를 벽으로 밀어붙였다. 기진맥진한 사토에게 저항할 힘은 남아있지 않았다.

사토를 뒤쫓아온 남자들이 사토의 양팔을 붙잡았다.

완전히 움직일 수 없게 되었다.

"사령실로 데려가."

고엔마가 숨을 고르며 지시했다.

사토는 남자들에게 끌려갔다.

이 앞에서 자신을 기다리고 있는 것은 죽음일 것이 분명했다.

그런데 스스로도 이상할 정도로 사토는 절망하지 않았다. 오히려 흥분되었다. 비일상의 극치. 도전적인 수수께끼. 이곳에 온 이후 계속해서 불안과 공포에 시달렸지만 그보다 더 큰 자극을 느꼈다. 그리고 마침내 혼자 힘으로 기암관의 비밀에 도달하게 된 것이다.

무력한 모습으로 묶여있는 상황에서도 기묘한 흥분은 좀처럼 가라앉지 않았다.

내가 생각해도 미친 게 틀림없어.

사토는 씩 웃으며 '관객'을 바라보았다.

살아남으려는 발버둥은 이제 게임으로 변했다. 생사는 뒷전인 서바이벌. 오직 떠오르는 생각들을 실현에 옮기는 것만이 의미가 있다.

"미스터리 팬 여러분! 듣고 계시나요?"

사토가 유일하게 움직일 수 있는 입을 벌려 외쳤다.

"이 자식이 또!"

고엔마가 사토의 목을 향해 손을 뻗었다.

사토는 목이 졸리기 직전까지 말을 멈추지 않았다.

"여러분은 속고 있습니다! 사실은-."

6.

고엔마는 양다리를 크게 벌리고 서서 사토를 노려보았다.

의자에 묶인 사토는 꿈쩍도 하지 않았다.

벌써 5분이나 이 상태였다. 속이 부글부글 끓었으나 충동적으로 행동할 수는 없다.

관객들 앞으로 뛰어드는 걸 봤을 때는 바로 죽여버리려고 했었다. 그런데 사토가 '관객'들을 향해 외친 말 때문에 그냥 죽일 수는 없어졌다.

이대로 사토를 죽이면 관객들로부터 클레임이 들어올지도 모른다. 대부분은 크게 신경 쓰지 않을 테지만, 속고 있다는 말을 들었으니 잠자코 넘어가지 않을 사람도 있을 것이다. 수천만 엔에 달하는 돈이 오가는 만큼 아무리 작은 클레임이라도 무시할 수는 없다.

사토도 이쪽이 말을 꺼내길 기다리는 모양이었다. 침묵 속에서 키보드를 두드리는 소리만이 울렸다. 아르바이트를 사령실까지 데리고 들어온 것은 매우 이례적인 일인데 카는 전혀 개의치 않았다. 철저히 자신과 상관없는 일이라고 생각하는 것이다.

스태프용 숙소에서 남녀 두 명이 나왔다.

"수고하셨습니다아─. 샤워를 했더니 아주 개운하네요!"

경박한 말투. 지금 돌아가는 상황을 모르는 건가.

"다 좋은데 파티가 끝날 때까지는 '사카키'로서 행동하도록 해. 오늘은 네가 주인공이니까."

고엔마는 얼굴을 쳐다보지도 않고 말했다.

"물론 입죠. 아주 자알 알고 있다고요─. 아에이우에오아오."

사카키가 엉터리 발성 연습을 하면서 안쪽 문을 통해 나갔다.

저런 녀석에게 미스터리 연구회의 수재 역할을 맡기는 건 위험부담이 컸다. 처음에는 여러 명의 힌트 역할 중 한 사람으로 최소한의 대사만 줬는데 '탐정'을 죽이게 되면서 어쩔 수 없이 주인공으로 발탁했다. 본인은 의욕이 넘쳤지만 영 믿음직스럽지 못했다. 그래도 결과적으로는 훌륭히 역할을 마쳤으니 칭찬받을 만했다.

이어서 사나운 인상의 여자가 낮은 목소리로 말했다.

"왜 이 자식이 여기 있는 거야?"

"긴급피난이다."

고엔마는 퉁명스러운 여자에게도 등을 돌린 채 대답했다.

"난 못 본 거야."

"빨리 손님들이나 접대하고 오도록 해."

"내가 술집 여자인 줄 아나."

내뱉듯이 말하고 여자도 나갔다.

"가모……히비코 씨? 다들 성격이 전혀……."

사토가 입을 다물지 못했다.

"놀랐나?"

고엔마가 묻자 사토의 얼굴이 굳었다.

"그렇게 놀란 것처럼은 보이지 않는데. 너, 다 알고 있었지?"

"–탐정 유희 말인가요?"

사토가 순순히 대답했다.

"어떻게 알았지?"

"…….."

"대답하지 않아도 결과는 바뀌지 않을 거다."

"그럴까요. 섬에 와서 알게 된 건지 오기 전에 알았는지. 이건 당신들에게도 꽤 큰일일 텐데요."

"알게 된 건 여기 온 다음이잖아."

"어떻게 알죠?"

"네 행동 때문이지. 특정 시점부터 다른 사람처럼 변했어. 그 직전에 알았겠지."

"행동만 보고 추리한다고요?"

"추리가 아니라 경험이다. 쌓아온 경험이 다르다고. 날 속일 생각이라면 쓸데없는 시간 낭비다."

"저는 시간은 남아돌거든요."

뻔뻔하게 돌변한 사토의 태도.

귀찮게 되었군. 이대로는 시간만 끌게 생겼어.

고엔마가 슬그머니 배를 감싸 쥐었다.

조금 전부터 심한 통증이 느껴지고 있었다.

"솔직하게 말하면 살아 나갈 수도 있어."

통증을 감추기 위해 애써 무표정을 지으며 말했다.

"살인 집단을 내가 어떻게 믿어요."

사토는 고분고분하게 굴 생각이 없어 보였다.

달래는 것도 소용없나. 전처럼 겁먹게 하는 것도 어려울 것 같군.

"게스트들이 속았다는 건 무슨 말이지?"

"당신들은 야쿠자인가요?"

"아니."

"회사?"

"……뭐. 참고로 질문에 답해줄 수는 있지만 그만큼 네가 살아날 가능성은 줄어든다는 것만 알아두도록 해."

"그건 중요하지 않고요."

"……?"

"그럼 지금부터 제 추리를 알려드리지요."

그리고 사토는 '후후' 웃었다.

"……실제로 이런 대사를 말할 날이 오다니."

사토는 허공을 바라보며 말했다.

"집안 대대로 탐정을 해온 것도 아닌데 이런 극적인 순간을 맞이할 일이 인생에서 몇 번이나 있을까요."

"아케치 코고로군."

"와, 잘 아시네요? 역시."

"일이니까."

사토는 씩 웃으며 작게 헛기침했다.

"당신들의 회사는 '탐정'과 '관객' 양쪽에서 돈을 받고 있지요. '탐정'은 리얼한 살인사건의 수수께끼 풀이를 즐기고 '관객'들은 그 과정을 리얼리티 쇼를 보듯이 감상하고. 혹시 '탐정'이 수수께끼를 풀어낼 수 있을지 없을지를 가지고 내기도 하지 않나요?"

"감이 좋군."

"감이 아니라 추리에요. 그런데 이번에는 갑자기 '탐정'을 죽이게 되었죠."

"……그것도 알고 있었나."

"그러니까 추리한 거라고요. 왜인지는 모르겠지만 당신들은 클라이언트인 '탐정'을 죽였어요."

"'탐정'은 누굴 말하는 거지?"

"텐가와 씨요."

사토는 바로 대답했다.

기암관의 살인. 그 진상까지 모두 알아버린 건가.

어떻게?

궁금했지만 게스트까지 엮어서 뭘 하려고 하는지 알아내는 게 먼저다.

"당연히 텐가와 씨는 자신이 죽을 거라고는 생각하지 않았겠죠. 속아서 죽은 거예요."

"'탐정'을 속인 게 '관객'을 배신한 거라고 말하고 싶은 건가?"

"아니요. '탐정'을 죽인 이유를 모르는 이상 그렇게 연결할 수는 없어요. 제가 말하는 건 어디까지나 '관객'을 배신했다는 사실 그 자체예요."

사토가 신나게 말을 늘어놓았다.

즐기고 있는 것 같았다.

"'탐정'을 죽이기로 한 건 우리가 섬에 오기 직전이었을 겁니다."

"어떻게 확신하지?"

"나중에 설명할게요. 주제와도 관련이 있으니까."

"주제?"

"먼저 '관객' 이야기부터 하지요. '관객'은 '탐정'과 '범인'의 진검

승부를 리얼리티 쇼처럼 보고 즐기려고 왔지요. 그런데 '탐정'이 죽었어요. 대신 탐정 역할을 한 사람은 스태프였던 사카키 씨. 히비코 씨는 힌트 역할이었겠죠. 두 사람은 운영 측 사람들이었으니까 시나리오는 처음부터 알고 있었지요. 그래서 시킨 거고요."

사토는 점점 말이 빨라졌다.

"모르긴 몰라도 '관객'은 돈도 엄청 많이 내겠죠? 직전에 모두 환불하기는 어려웠을 거예요. 돈 문제도 있는 데다가 신뢰를 잃게 되니까요. 게다가 내기까지 하고 있었다면 더 큰 문제가 되었겠죠."

"그걸 게스트에게 다 말하겠다고?"

"이대로 제가 사라지면 운영자들이 무언가를 감추고 있다고 의심하게 될 거예요. 신뢰가 사라진 기업이 어떻게 되는지 뉴스에서도 자주 나오잖아요."

"……좀 더 기대했었는데."

고엔마가 코웃음을 쳤다.

"네 추리는 대부분 맞아. 하지만 제일 중요한 부분이 틀렸어. 세상 물정 모르는 어린놈의 한계지."

"전부 맞출 수 있을 거라고는 생각하지 않았어요."

"기암관에서 일어나는 일들이 전부 연출된 것이라는 사실을 우리가 게스트에게 숨기고 있다. 이 부분을 말하고 싶었던 거지? 바로 죽지 않기 위해서."

사토는 대답하지 않고 머리를 굴리고 있는 것 같았다.

"우리를 우습게 보지 말라고."

고엔마의 말에 사토가 미간을 찌푸렸다.

"우리는 이번 탐정 유희를 시작하기 직전에 게스트들에게 이번에는 '탐정'이 없을 거라고 미리 알렸어. 대신 요금을 할인해 주고 차액은 환불했지. 전액 환불을 원하면 그렇게 해주기로 했다. 결과적으로 취소한 게스트는 단 한 사람도 없었지만."

"내기는요?"

"이번에는 없다."

"진짜인지 어떻게 믿죠?"

"사실이야."

등 뒤에서 미야비의 목소리가 날아들었다.

문이 열린 것을 눈치채지 못하고 있었다. 계속 이야기를 듣고 있었던 듯했다.

"우리는 고객을 우선으로 생각하는 우량기업이니까."

미야비가 우아하게 걸어들어왔다.

"이익은 많이 줄어들었지만, 클라이언트에게서 추가 요금을 받았거든."

미야비는 빈정대는 말투로 고엔마를 바라보며 말했다.

가격협상을 거절했다고 아직도 화가 난 건가.

고엔마는 어이가 없었다.

"다만……."

말하다 말고 미야비가 고개를 숙였다.

카트 소리가 가까워지고 있었다.

문이 열리고 마나베와 고사카가 술병들이 실린 카트를 밀며 들어왔다. 부족한 술을 채우러 온 것 같았다. 두 사람은 심상치 않은 분위기를 느꼈는지 잔뜩 얼어있었다.

그 모습을 힐끗 바라본 미야비가 말을 이었다.

"그렇기 때문에 이번에는 살인극의 완성도를 더욱 높여야만 했지. 중간에 멈추는 건 물론이고 실수도 용납되지 않아. 그런데 네 놈 덕분에 하마터면 큰일이 날 뻔했지 뭐야."

무언가 더 말하려다 말고 입을 다물었다.

어색한 모습이었다.

미야비는 잠시 망설이더니 이내 결심한 듯 입을 열었다.

"하지만 아쉽게 됐네. 우리 팀은 너 같은 놈 하나 때문에 어떻게 될 정도로 형편없지 않거든."

우리 팀-.

미야비가 한 말이라고는 믿기지 않았다.

마나베와 고사카도 눈을 동그랗게 뜨고 고엔마를 보며 고개를 갸웃거렸다.

"계……계속하도록 해."

미야비가 빨개진 얼굴로 테이블 위에 걸터앉았다.

그렇게 말해도…….

고엔마는 너무 놀란 나머지 어디까지 이야기했는지 잊어버리고 말았다.

쉽사리 말을 꺼내지 못하자 사토가 먼저 말문을 열었다.

"그런가요. 그래도 죽기 전에 이렇게 이야기할 수 있는 것만으로도 대성공이에요."

"우리와 이야기하고 싶었다고? 쓸데없이 호기심이 많은 놈이군."

고엔마가 비웃었다.

하지만 내심 사토가 무슨 말을 할지 궁금하기도 했다.

"거기 기모노 입으신 분."

사토가 미야비를 눈으로 지명했다.

"여러분의 팀워크는 부정하지 않겠지만, 개중에는 덜떨어진 사람도 있는 것 같은데요."

"뭐라고?"

미야비보다도 먼저 마나베가 발끈했다.

사토는 개의치 않았다.

"치명적으로 멍청한 사람이 있어요."

"누구지?"

미야비가 팔짱을 끼고 사토를 내려다보았다.

"여기 있는지 없는지 모르겠지만."

사토는 주위를 둘러보았다.

"시나리오를 쓴 사람이요."

키보드를 두드리던 카의 손이 멈추었다.

"'탐정'을 죽이기로 결정된 게 탐정 유희를 시작하기 직전이라고 생각한 이유는 아주 단순해요."

사토가 카를 쳐다보았다. 아무래도 작가가 누군지 알아버린 것 같았다.

카가 의자를 돌려 사토를 노려보았다.

사토는 카를 보며 빙그레 웃었다.

"시나리오가 너무나 엉망진창이었거든요."

"어, 어, 엉……엉망진창이라고!"

카가 의자를 박차고 일어섰다.

"어디가! 대체 어디가 엉망진창이라는 거야! 어서 말해봐!"

"트릭은 물론이고 살해 동기와 배경 부분은 너무 심각해요. 처음에는 미스터리 연구회 내부에서 일어난 다툼 때문에 일어난 일이라고 하려던 거였죠?"

"으…….."

정확한 지적에 카는 차마 대답하지 못했다.

"그런데 갑자기 텐가와 씨를 죽일 수밖에 없게 되었고 그래서 인간관계를 다시 짠 결과 여기저기에서 허점이 생겨버린 거겠죠. 야마네가 말도 안 되는 인기남이 되어버렸다든가. 제대로 하려면 처음부터 다시 생각했어야죠. 그런데 그렇게 하지 않았어요. 왜? 고칠 시간이 없었으니까. 제 말이 틀렸나요?"

"……그래 시간만 더 있었으면 걸작을 쓸 수 있었는데."

카가 묘하게 수긍하며 멋대로 인정했다.

"네, 지금 이건 완전히 졸작이지요."

"뭐어?"

자리에 앉으려던 카가 다시 몸을 일으켰다.

"시라이 선생님의 죽음까지 포함하면 정말 차마 눈 뜨고 볼 수 없을 정도라고요. 그야—."

"닥쳐!"

자신이 말하라고 했던 주제에 카는 자기가 먼저 사토의 말을 끊었다.

"'탐정'을 피해자로 바꾸느라 고생한 것도 모자라 도중에 '범인'까지 죽어버렸어! 설정은 그대로 두고 범인까지 바꿔야 했다고! 고작 몇 시간 만에! 그래도 모순 없이 미스터리를 완성했지! 나보다 더 잘 쓸 수 있는 작가가 있을 것 같아? 어림없는 소리! 나오키상을 줘도 모자란다고!"

카가 흥분한 나머지 하지 않아도 될 말까지 떠벌였다.

"마지막 말은 잘 이해가 되지 않는데요."

사토가 냉정한 말투로 말했다.

"모순은 있었습니다."

"없어! 그런 게 있었을 리 없어!"

카는 마치 어린아이가 떼쓰는 것처럼 악다구니를 썼다.

사토가 시나리오의 허점을 차례대로 늘어놓았다.

고사카가 원래 법의학자였다는 억지 설정. 뚱뚱한 체형인 야마네를 중년 여성이 혼자서 살해했다는 무리한 설정. 시라이를 살해하기에는 약한 동기. 란포 트릭의 중복.

이 자식······.

고엔마의 등줄기에 소름이 돋았다.

사토는 범인과 트릭을 전부 파악한 것뿐만 아니라 시나리오의 완성도까지 판단하고 있던 것이다. 만약 사토가 이판사판으로 달려들었다면 시나리오가 망가지는 것에서 그치지 않고 더 큰 일이 벌어졌을지도 모른다.

카는 기가 막힌 얼굴로 입만 뻐끔거리고 있었다.

"그리고 또······."

사토가 계속해서 말을 이었다.

"시라이 선생님의 사인을 굳이 독살로 할 필요가 있었나요? 사실은 칼에 찔린 거잖아요."

"뭐?"

방에 있던 모두가 깜짝 놀랐다.

사토는 분명 그때 시라이의 상처를 확인하지 못했을 텐데.

"어떻게 칼에 찔린 거라는 걸 알았지?"

이제 더 숨겨봤자 소용도 없었다.

고엔마가 솔직하게 물었다.

"텐가와 씨의 방에서 봤으니까요."

사토는 당연한 걸 물어본다는 듯 태연하게 대답했다.

텐가와의 방…….

사토가 방에 들어간 것은 시체를 발견했을 때뿐이다.

거기에서 무엇을 봤다는 거지?

인간의자에 들어가 있던 시라이를 본 건가? 아니 그건 불가능하다. 사토가 인간의자 트릭을 알아낸 건 야마네가 죽은 다음이었다.

"뭘 봤다는 거야?"

모두가 궁금해하는 것을 미야비가 대신해서 물었다.

"기념품이요."

사토는 또 태연하게 대답했다.

"……기념품으로 찔렀다는 걸 알았다고? 어떻게?"

"물론 봤을 때는 전혀 생각하지 못했어요. 그때 시라이 선생님은 머릿속에 들어있지도 않았으니까. 그런데 위화감은 있었어요. 그리고 시라이 선생님이 죽었다는 걸 안 다음 그 위화감을 떠올렸지요. 텐가와 씨의 방에는 기념품이 잔뜩 있었는데 어찌 된 일인지 그것만 없었거든요. 왜 그 식당에서 자랑했던 칼……커트……어쩌고요."

커틀러스다.

분하니까 이건 가르쳐주지 말아야지.

그래도…….

고엔마가 말을 꺼냈다.

"사고는 어쩔 수 없는 일이었지만, 아무래도 우리가 사전 준비 과정에서 실수한 것 같군."

이번에는 사토가 의아한 표정을 지었다.

"너와 야마네의 배역을 반대로 해야 했는데. 그렇게 했더라면 이런 귀찮은 일은 벌어지지 않았을 텐데 말이지. 네가 엄청난 미스터리 마니아라는 걸 면접에서 알아봤어야 했어. 왜 면접관들이 몰랐던 거지?"

"좋아하는 미스터리가 뭐냐고 물었더니 애니메이션을 말했거든."

미야비가 대신 대답했다.

"애니메이션을 바보 취급한 시점에서 그 면접관은 잘라야 마땅하다고 생각해요."

사토가 진지한 얼굴로 말했다.

"그래서? 시나리오가 엉망이었다고 지적해서 만족했나?"

미야비가 시계를 바라보았다.

파티장을 언제까지고 비워둘 수는 없었다.

"아니요. 딱히 지적하려던 건 아닙니다."

사토가 고개를 좌우로 흔들었다.

"뭐, 솔직히 이야기하면 아직도 지적할 건 차고 넘치지만, 진짜 말하고 싶었던 건 대안이에요."

"대안……이라고?"

카의 관자놀이가 움찔했다.

"애초에 고사카 씨의 단독범행으로 만든 게 잘못이었어요. 이런 상황에서는 시라이 선생님과 고사카 씨를 공범으로 만들고 둘 사이가 틀어져서 고사카 씨가 시라이 선생님을 죽인 걸로 하는 게 맞죠. 이렇게 하면 이상한 동기를 만들 필요도 없고요. 낙태를 권했다고 죽이다니, 그게 말이 되나요?"

거친 콧김을 내뿜던 카가 소리를 지르려다 말고 입을 꾹 다물었다.

사토의 눈빛이 점점 더 날카로워지고 있었기 때문이다. 승부사의 얼굴이다.

"그리고 역시 시즈쿠를 마지막으로 죽였어야 했어요. 그녀의 죽음이야말로 클라이맥스에 어울리죠. 시라이 선생님의 죽음이 뒤에 또 나온 건 완벽한 사족이에요."

고엔마는 이제야 이해했다.

어느새 사토의 시점은 탐정에서 작가로 바뀌어 있던 것이다.

"시끄러······."

카는 입술을 부들부들 떨었지만 고엔마는 사토의 지적을 받아들였다.

시라이의 죽음을 감추는 데 급급했던 나머지 드라마로서의 흐름까지는 미처 생각하지 못했다.

"제일 실망했던 건 시라이 선생님을 살해한 방법이에요. 란포 트릭만 또 나오는 건 이상하잖아요. 게다가 편지에 나온 살인은 세 건인데 갑자기 네 번째 살인이 일어나다니."

"시끄럽다고!"

마침내 카가 폭발했다.

"시라이가 죽은 건 편지 내용이 알려진 다음이야! 편지 내용까지는 바꿀 수 없잖아! 그런데 시체는 네 구가 있었다고!"

"자, 작가님……."

고엔마가 카를 달랬다.

성난 목소리가 파티장까지 들릴 리는 없지만 만일을 위해서였다.

하지만 카는 멈추지 않았다.

"원래 완성된 작품은 얼마든지 비판할 수 있기 마련이야! 하지만! 너 따위가 생각한 걸 내가 생각하지 못했을 것 같아? 진작에 다 검토했다고! 야마네나 시즈쿠 중 한 명을 살리고 살인을 세 건으로 해야하나? 시즈쿠는 안되지. 시즈쿠를 살려두면 범인의 동기부터 바꿔야하니까. 또 고사카의 딸이 없으면 굳이 이런 트릭을 사용하는 이유가사라지지. 그럼 야마네를 살려둘까? 그러면 피해자가 미에이도 가문과 가까운 사람밖에 없어서 범인이 금방 들통나버리잖아! 마지막으로시라이와 시즈쿠를 동시에 죽일까? 어떻게? 목각상 머리는 하나밖에없으니까 한 방에서 두 사람을 죽여야만 하지. 어쩌지? 두 사람이 나이 차를 뛰어넘은사랑이라도 했다고 해야 하나? 그거야말로 말이 안되잖아! 안 그래? 나는 프로라고! 이보다 더 좋은 방법이 있으면 어디한번 말해 보시지! 자, 어서!"

숨 한번 쉬지 않고 말을 뱉어낸 카가 힘없이 의자에 풀썩 앉았다.

"모방살인에 집착하니까 그렇죠."

사토가 정색하며 중얼거렸다.

"뭐어?"

카가 턱을 쳐들었다.

사토는 난처한 얼굴로 한숨을 쉬었다.

"제가 말했잖아요. 고사카 씨와 시라이 선생님의 사이가 틀어진 걸로 하면 이상한 동기를 만들지 않아도 된다고. 예상치 못한 살인이었으니까 모방살인으로 만들 필요도 없었고, 그 살인만 형태가 다르니까 오히려 수수께끼의 힌트도 될 수 있었다고요."

"그런 방법이 있었군."고엔마가 감탄하자 카가 쏘아보았다.

"죄송합니다……."

"역시 이래서 아마추어는 안된다니까."

카가 애써 코웃음을 쳤다.

"그렇게 하면 멋이 없잖아. 멋이. 모방살인이야말로 이번 탐정 유희에서 가장 중요한 요소였어. 클라이언트가 모방살인을 요구했으니까. 프로는 말이지. 의뢰받은 대로 작품을 만드는 게 일이거든."

"하지만 클라이언트가 죽은 다음이잖아요."

"그건……."

사토의 지적에 카가 몸을 움츠렸다.

"멍청한 소리! 이번에는 '탐정'이 클라이언트가 아니었다고! 아니, 클라이언트는 맞았지만 진짜 클라이언트는 '탐정'의 아버지였단 말이다!"

카가 화가 난 나머지 물어보지도 않은 말을 나불거렸다.

"맞잖아? 진짜 클라이언트가 모방 살인을 꼭 지켜달라고 했던 거잖아?"

카가 벌겋게 달아오른 얼굴로 고엔마를 다그쳤다.

상황을 모면하려고 없는 말까지 지어내다니. 비열한 자식.

클라이언트의 요구는 탐정 유희 안에서 아들을 죽여달라는 것뿐이었다. 모방살인이니 뭐니 하는 요구는 전혀 없었다.

"네. 그렇지요."

그렇지만 일단은 카의 말에 맞장구를 쳤다.

늘 하던 대로 기분을 맞춰주기 위해서기도 했지만, 한편으로는 사토가 어떤 반응을 보일지가 흥미로웠다.

이제 어떻게 반격할 거지?

그러자 사토는 별일도 아니라는 듯이 대답했다.

"어떻게든 네 번째 살인도 모방 살인으로 해야만 했다면 시라이 선생님의 시체에 칼을 꽂아서 하루사다 씨의 서재에라도 갖다 놓으면 그만이죠. 어차피 저택 주인은 없으니까."

"하아."

카가 거친 숨을 내뱉었다.

"거봐, 이럴 줄 알았지. 네 주제에 무슨. 그러면 모방살인이 아니잖아. 알겠어? 모든 방을 보여주는 게 목적이 아니라고. 이번에는 고전 미스터리 작품을 본뜬 살인을-."

"알고 있어요."

"거짓말하지 마!"

"그래서 모방살인으로 만들었잖아요. 편지 내용에도 맞춰서."

"뭐?"

이해가 되지 않았다.

미야비와 다른 사람들의 머리 위에도 물음표가 떠올랐다.

카가 사토의 얼굴 가까이 다가가서 물었다.

"어떻게 서재에 시체를 갖다 놓는 게 모방살인이 된다는 거야?"

카가 직접적으로 질문했다. 오만하기 그지없는 작가도 궁금해 죽겠는 모양이었다.

작가의 질문에 사토는 오히려 당황했다.

"여기가 어디죠?"

그 말에 사토와 고엔마의 눈이 마주쳤다.

그런 거로군-.

"여기?"

카가 눈썹을 찌푸렸다.

"딴말하지 말고!"

카는 시험당했다.

그리고 도망쳤다.

"그게 모방살인과 무슨 관계야? 여기가 어딘데?"

"기암관이죠."

질문에 답한 것은 고엔마였다.

어느새 위에서 느껴지던 통증은 가라앉아 있었다.

"딩동댕."

사토가 미소 지었다.

"뭐? 아······아······."

그제야 패배를 깨달은 카의 눈이 요동쳤다.

기암관의 모델은 말할 것도 없이 기암성이다.

아르센 뤼팽이 활약하는 '괴도신사 뤼팽' 시리즈. 그 대표작 『기암성』에서 최초로 일어난 살인은 칼부림 사건. 살해 현장은 주인용 객실에 접해있는 서재였다.

미에이도 하루사다의 서재에 나뒹구는 칼에 찔린 시체. 그것은 편지와는 별도로 무대 그 자체를 이용한 모방 살인이 되는 것이다.

"어처구니없는 소리 하지 마!"

카가 흥분해서 날뛰었다.

"기암관은 단순히 전 세계의 미스터리가 관계있다는 걸 보여주기 위한 소도구에 불과해. 중요한 건 일본의 고전-."

"그만 인정하세요."

고엔마가 카의 말을 잘랐다.

카의 기분 따위 어떻게 되든 상관없었다.

서재의 활용은 하나의 요소에 지나지 않는다.

사토는 카가 쓴 시나리오의 허점을 꿰뚫어 보고 다시 쓰기까지 했다. 게다가 주어진 조건에 맞춰서 다른 대안까지 즉석에서 제시했다.

다른 일에 정신이 팔린 허술한 작가. 극한의 상황에서도 더 훌륭한 대안을 만들어낸 청년. 승패는 명백했다.

"네가 쓴 시나리오로 기암관을 볼 수 있었더라면 좋았겠군."

고엔마는 사토를 똑바로 응시하며 말했다.

"……프로를……나는……."

카가 힘없이 책상에 엎드렸다.

"자, 이제 슬슬 본론으로 돌아가 볼까. 넌 대체 뭘 위해서 시간을 벌려고 했던 거지?"

사토가 고엔마와 미야비를 차례로 바라보았다.

잠시 생각하는 듯싶더니 이내 신중하게 입을 열었다.

"구직활동입니다."

의외의 대답이 돌아왔다. 사토는 작가로서 자신을 고용해달라고 말하는 것이다. 고엔마는 어떻게 대답해야 할지 망설였다.

한편 미야비는 사람을 다루는 데 익숙한 덕분인지 태도가 돌변했다.

"작가가 되고 싶다고? 우리들 밑에서?"

"장기말은 되지 않을 거예요."

사토의 대답에 미야비가 콧방귀를 꼈다.

"하지만 여기에서 능력을 발휘하게 된다면-."

사토는 마치 자신을 설득하려는 듯 말을 이었다.

"저 같은 사람도 극적인 순간을 몇 번이나 맞이할 수 있을지도 모르니까요."

"또 아케치군."

고엔마가 웃었다. 이번에는 비웃음이 아니었다.

이 녀석은 정말 미스터리를 좋아하는군.

20년 전의 자신에게도 이렇게 좋아하는 게 있었던가.

지금은 있긴 한 걸까.

"거짓말이야! 살고 싶어서 헛소리하는 거라고!"

카가 악에 받쳐 외쳤다.

그의 말대로 그럴 가능성도 있다.

"어떻게 할까요?"

미야비에게 결정을 넘겼다. 정하는 건 윗사람이다.

미야비는 사토를 평가하는 것처럼 찬찬히 살펴보더니 고엔마를 바라보며 말했다.

"작가 선정은 현장 책임자에게 맡길게."

또 부하직원에게 리스크를 떠넘기는 건가.

평소대로라면 이렇게 생각했겠지만, 지금 미야비의 말에서는 업신여김도 허세도 느껴지지 않았다.

"알겠습니다."

고엔마는 그 말을 신뢰한다는 의미로 받아들였다.

사토를 향해 고개를 돌렸다.

문득 짓궂은 생각이 떠올랐다.

"작가님, 잘됐네요."

갑작스러운 말에 카가 의아한 얼굴로 고엔마를 쳐다보았다.

"작가가 늘어날지도 모르겠어요. 이런 일에 말이죠."

"뭐……."

"작가가 두 명이 되면 작가님의 부담도 줄어들겠지요. 당분간은 부탁드릴 일이 없을지도 모르겠군요. 물론 선생님 하기에 따라 달라지겠지만."

카가 잔뜩 겁먹은 얼굴이 되었다.

탐정 유희의 작가를 그만두게 된다. 그 영향이 돈뿐만이 아니라 목숨에도 미치리라는 사실을 알고 있기 때문이다.

고엔마는 다시 사토를 바라보았다.

긴장한 표정으로 이쪽을 보고 있다.

결론은 이미 내렸다.

가까이 다가가려고 발을 내딛던 순간 또다시 눈앞이 흔들렸다.

맹렬한 복통. 순식간에 솟구치는 구역질. 그 자리에서 몸을 웅크리고 바로 손으로 입을 막았다. 입에서 튀어나온 것들이 바닥으로 떨어졌다.

방금 마셨던 와인. 순간 그런 줄 알았지만 아니었다. 피다. 커피처럼 새카만 피였다.

동료와 상사가 황급히 다가왔다.

걱정스러운 목소리로 말을 걸어 주는데 전혀 귀에 들어오지 않는다.

현기증이 심해지고 있었다.

검사를 미룬 벌인가 보군.

고엔마는 혼자 수긍했다.

*

죄송합니다. 방금 남자가 한 말은 모두 진짜입니다.

여러분께 사실과 다른 정보를 드렸습니다.

이번 살인극을 쓴 작가가 우리 회사의 대표 작가라고 말씀드렸습니다만, 사실은 더욱 유능한 작가가 한 명 더 있습니다.

다음에는 그 작가의 시나리오로 여러분을 보다 거대한 흥분의 세계로 초대하겠습니다.

아무쪼록 다음 작품을 기대해 주십시오.

기암관의 살인

초판 1쇄 발행   2024년 9월 1일

지은이   다카노 유시
옮긴이   송현정

펴낸이   황윤재
디자인   오아름
교정교열   혜로
표지그림   이봄 _ Leeborm
편집 · 제작   네오시스템

펴낸곳   허밍북스
출판등록   2022년 11월 23일 제2022-000030호
주소   (42699) 대구시 달서구 문화회관11길 31, 3층
전화   053-591-1010
팩스   053-591-1075
이메일   jaeo@hmbs.co.kr
인스타그램   @humming__books

ISBN   979-11-981830-0-2 03830
값   17,500원

* 허밍북스는 네오시스템의 출판 브랜드입니다.